Holybird

Holybird

Mr. & Mrs.

快乐手册

[美]史蒂夫·杜斯／著

The Mr. & Mrs. Happy Handbook

卫青青／译

群言出版社

Qunyan Press

图书在版编目(CIP)数据

Mr. & Mrs. 快乐手册/(美)杜斯著;卫青青译. —北京:群言出版社,2008.1

书名原文:The Mr. & Mrs. Happy Handbook

ISBN 978-7-80080-750-3

Ⅰ.M⋯　Ⅱ.①杜⋯　②卫⋯　Ⅲ.①爱情-通俗读物②婚姻-通俗读物

Ⅳ.C913.1-49

中国版本图书馆 CIP 数据核字(2007)第 107109 号

The Mr. & Mrs. Happy Handbook：Everything I Know About Love and Marriage by Steve Doocy (with corrections by Mrs. Doocy). Copyright © 2006 by Steve Doocy. Simplified Chinese Translation copyright © 2008 by Qunyan Publishing House. Published by arrangement with William Morrow, an imprint of Harper-Collins Publishers. All Rights Reserved.

北京市版权局著作权合同登记号:01-2007-2612

Mr. & Mrs. 快乐手册

出 版 人	范　芳
责任编辑	闻立鼎
出 版 者	群言出版社(Qunyan Press)
地　　址	北京市东城区东厂胡同北巷 1 号
邮政编码	100006
网　　站	www.qypublish.com
电子信箱	qunyancbs@126.com
总 经 销	010-65265404　65138815
编 辑 部	010-65276609　65262436
发 行 部	010-65263345　65220236

总 经 销	群言出版社发行部
读者服务	010-65220236　65265404　65263345
法律顾问	中济律师事务所
封面设计	Zz 设计工作室
印　　刷	北京领先印刷有限公司

版　　次	2008 年 1 月第 1 版　2008 年 1 月第 1 次印刷
开　　本	720×960mm　1/16
印　　张	13.75
字　　数	200 千字
书　　号	ISBN 978-7-80080-750-3
定　　价	23.80 元

目　录

CONTENTS

Chapter 3 婚 姻

目 录

Chapter 4　孩　子

Chapter 5　成人话题

Chapter 6　解决问题

Chapter 7　永远幸福地生活在一起

前 言

　　我八岁的时候,有个穿着卡其布短裤和及膝黑色长筒袜的男人递给了我一本书——《童子军指南》,这本书将会改变我的一生。这本小小厚厚、价值两英镑的参考书里,装满了这个世界的奥秘。再接下来的几年里,我会从中学习如何不用火柴就点燃篝火,系餐巾的正确方式,以及一种我现在仍在使用的技巧:如何打水手结。这周末你要是看见我从家得宝①买了一堆造屋顶的木头回家的话,你大可放心,我肯定是用酒瓶结②把木头固定在我的车顶上的。

　　当我到了12岁,这本书渐渐不能满足我的需要了。我只学会了半套旗语字母,所以我就不能靠打旗语来传粗话了。而且作为一个荷尔蒙充沛的年轻小伙子,只有《男孩生活》这本杂志才能长时间地吸引我了。也就是在这个时候,我意识到了,如果说《童子军指南》让我对未来"做好准备"的话,那么这本书里关于女童子军的那一章在哪里?根本就没有这么一章。那女童子军组织这方面是怎么做的呢?——她们让年轻姑娘准备好和年轻小伙子相处了吗?没有,她们在教这些小姑娘如何想出101种方法来推销薄荷巧克力饼干,好把她们培训成《学徒》节目里面的参赛选手。

　　当我们自豪地把我们的大儿子从医院接回家的时候,我记得,我太太用一种我以往从来没有见过的目光,忧心忡忡地看着我说:"我们真的需要一本用户手册了。"这样我们才能知道该怎么给他换油。

---

　　① 家得宝(Home Depot),全球最大的家庭装饰用品零售商。
　　② 童子军学打水手结中的一种,也叫卷结。

　　自从我脱下童子军服以来,我一直渴望有那么一本书,用平实的故事告诉我生活中的秘密。把这本书当作是约会、婚姻、生儿育儿的操作手册吧(关于宠物的内容是额外的奖励)。

　　我们都渴望获得帮助,可惜在婚姻爱情方面还没有一个权威专家。我们总是觉得有人知晓所有秘密。这个人满头银发,打着领带,声音洪亮。可惜,菲尔·唐纳休①不会给你回电话。

　　那么现实中,人们都是从哪里汲取建议的呢? 很可惜,很多人都是从他们无能的多嘴多舌的邻居,或者是有过四次婚姻经历的电台主持人那里听到建议。各种各样的建议朝着我们袭来,常常搞得我们晕头转向。

　　本质上,这本书不是一本建议书,因为我在这本书里写的对我和其他人有用的经验不一定就会对你有用。这本书更像是一本不要在家里做这些事的书。我们犯过了所有能想到的错误,可以让你不再重蹈覆辙、出丑丢脸。

　　在这本书里,我献上了一个婚姻保持了 20 多年男人的所有实践经验。感谢 20 年前那个对婚姻充满了幻想、毅然嫁给我的女人——凯茜,神圣的凯茜!

　　"你看上去很快乐。"乔治·W·布什一次对我太太说。那次,情报局偶然允许我们夫妻俩进入白宫。国防部长唐纳德·拉姆斯菲尔德看了我一眼,然后上下打量了一番我太太,最后对我宣布道:"看起来,你是高攀了,小伙子。"然后,他又问我太太有没有兴趣入伍,她答道:"只要他们做普拉提运动。"

　　书里还有很多关于那些分享你的屋子和好东西的小矮人——孩子的故事,然后是关于成人话题和解决婚姻中的危机的章节,最后是关于"永远幸福地生活在一起"的智慧总结。这本书可谓囊括了从蜜月到最后葬礼所有事项的操作手册。

　　如果你很幸运,而且认真读了这本书的话,你可以学到以下几点:

---

　　① 美国著名脱口秀主持人。

◆ 为什么只有在强力麻醉剂和长管子的作用下，你才能确定你的配偶100%地说了实话；

◆ 我和一个男人的偶然蜜月之行，以及我与我太太，梅格·瑞恩，真正的蜜月之旅；

◆ 一个富有的丈夫给他亲生母亲买了一个批发来的棺材；

◆ 我家价值327000美元的狗；

◆ 我们邻居家的孩子如何在我家客厅制造了一场斗鸡；

◆ 当我和我太太参加了在线约会俱乐部以证明我们是天生注定的一对时，发生了什么事。尽管我们为期一个月的试验早在一年前就结束了，可是她还是源源不断地收到单身汉的照片。那些照片都像是在光头党聚会上拍的。好在她还是喜欢我这个笨蛋多一点。

　　这些都是真实的故事。故事的主人公不是我就是那些快要和我做不成朋友了的朋友。因为我在一家电视台工作，我的这些朋友都是娱乐界、政界或商界的风云人物。当我的一个朋友得知我这本书的主题后，他告诉我，他太太，另一个更出名的人物，妒忌的时候把他的保时捷轿车"上了锁"，当他在路上的时候，还把他的钢琴卖了。可是当我打电话让他回来把故事录下来的时候，他改变了主意，拒绝我的"记录"。很多大人物都不愿意涉及这个话题，因为他们最怕再次被赶上红地毯。

　　"嗨！(明星的名字)！你太太说长途旅行的时候你讨厌停车下来方便，所以你用一个佳得乐的瓶子解决了。真恶心！排到领礼品队伍的最后去！"为了保护他们财源滚滚的演艺事业，我不会在书里泄露他们的真名。所以我既不会承认也不会否认那个使用喷雾装植物油和橡胶婚纱的人是布赖恩·基尔默特[①]。

———————————

　　① 布赖恩·基尔默特，福克斯电视台早间新闻《福克斯和朋友们》的三个合作主持人之一。

　　我希望你会喜欢《Mr. & Mrs. 快乐手册》，如果你不喜欢的话，我敢打赌你的太太(先生)一定会喜欢的，这就是你们俩之间存在的问题！瞧，没有人的婚姻是完美的，因为完美本身就是不可能达到的。你最应当期盼的是一场快乐的婚姻。这本书记载的是我作为一名专业的新闻人 25 年来亲眼见到的、让婚姻保持快乐的秘方。

　　千百度里你快乐地选择了你的配偶，这里面一定是有一个重要原因的——在你心里面，你觉得你们俩是最佳搭档。就像我奶奶总是跟我说的一样："是锅子总能找到盖子"。虽然她也说过："别拿棍子捅那只猫！"前面那句话更适合做这本书的开场白。

第一章

混沌初开

从古至今，男人一向不知该如何与女人相处。

"我穿这片无花果树叶子显胖吗？"夏娃问亚当。

亚当是个天生的搞笑高手，一听这话，他立马鼓起腮帮子，从喉咙深处发出一声长鸣"哞哦哦哦哦哦哦！"夏娃糊涂了。此时上帝还没有造出牛来——他还在忙着造旅鸽身上的虫子呢。夏娃本能地对亚当的谄媚行为感到生气，于是亚当就正式被打入冷宫（狗窝）了。棘手的是，那时候还没有狗呢！上帝刚刚造到以 B 字母开头的动物，正在造小鸟儿。

亚当夏娃与无花果树叶子的故事几千年来没有什么大的变化。虽然这年头，也出了不少亚当和史蒂夫的搭档①，不过本书不涉及这个话题。现如今，男人自认为了解女人，女人也以为了解男人，而事实是，男人对女人的了解和金毛猎犬对退休储蓄计划的了解一样少得可怜。

两性之间有很多不同。很明显，当初男人和女人的设计就不一样。我们还是少男少女的时候，这种差别就显现出来了。比方说，我太太第一次拿出胸罩给我两个女儿时，她们都被吓坏了。我的一个女儿不肯戴，总是把它藏在床底下。最终，她妈妈忍无可忍，问她为什么不肯戴，我年仅十岁的女儿直勾勾地望着她的眼睛，用彼得·潘般天真的声音回答道："想点好的，妈妈。"

---

① 泛指男同性恋。

而我那不知谦虚的儿子终于加入高中棒球队后，跑到饭桌上展示起他的防护胸罩来。

随着我们逐渐成熟，这种差别越来越大。看一下我们的大脑是如何工作的吧！男人总是思考一些最直接、最基本的问题：

◆ 这会使我腹胀么？
◆ 你能肯定这不会被当作色情电影服务费记在旅馆账单上？

而女人的问题就要复杂得多，充满了各种各样的感情因素。譬如以下这个，每位女人出门时就被设置好的、用来测试男人对她们爱的深浅和诚实程度的问题：

◆ 我穿这条裤子显胖吗？

其实这个问题和裤子无关，男人也不知该如何入手回答。他们会停下来搜肠刮肚地寻找合适的答案，可就在他们思索的空当，女人体内主管妄想症的腺体就会分泌出一种荷尔蒙来，这种荷尔蒙进入她们的血液，立刻发出了"他觉得我很胖！"的信号。

紧跟着女人泪水涟涟，男人道歉连连，却依然免不了做可怕的"大检查"。

无论男人或是女人，是时候认识到，虽然男人有时会喜欢用一下熏衣草香皂，可是男人终归是男人。女人应当懂得，与她一起生活的是一只同狼在本性上相差无几的哺乳动物。他体会不到儿童选美大赛，穿名牌鞋子的宠物小狗比你一天的开销还昂贵的钱包的种种美妙之处。

既然夫妻双方不可能真正了解对方，那还不如挤出微笑，假装没有听到另一半最新脱口而出的蠢话。男人和女人都应该避免重复过去的错误，朝前看。

有句古语说得好："疯狂，就是重复做同样的事情，却期盼会有不同的结果。"

男士必读

（女士请跳过这段）

当你的妻子问你："我穿这条裤子(裙子、无花果叶子)显胖吗？"只有唯一一个简单的回答会使你的婚姻美满而持久："不，哈巴拉英格斯"(翻译：我不知道你在说什么。)

当你妻子终于翻译出这句话的意思，为你没有回答她的问题而恼怒的时候，你就已经解套啦！她已经忘记了她那条紧身裤。

为什么要结婚？

52%："我们彼此相爱"；

23%：想早点脱离心急的父母；

15%：这样他们就不会因为性爱而下地狱了；

8%：各种各样的原因(经济上的考虑，安全上的需要，害怕孤独，被多层的婚礼蛋糕吸引)；

2%：想知道自己是什么血型。

我的真命天女

（1985 年 10 月 27 日）

那天，我和妹妹莉莎在斯泰森酒吧里看棒球比赛。这家墨西哥风味的酒吧位于华盛顿特区。我们的主队堪萨斯城皇家队正在打世界大赛的第七场比赛。对最有价值球员的采访开始了，电视屏幕上出现了一个漂亮的金发女记者，我告诉我妹妹她正好在我们的大楼工作。

"她很可爱，"莉莎说道，"你为什么不去约她？"

"你说她啊？我怕配不上她。"

事实上,谁也配不上她。她来自著名的模特公司——福特模特公司,而且是 ESPN[①]第一位拥有个人的杂志秀的女职员。她滑雪技术一流,约会或交往的大都是《人物》杂志列出来的"年度最性感男人"。最要命的是,她美得让人心痛。

"嗯,有道理,"我妹妹说,"和她比起来,你的基因是差了一点。"

这下你可明白我为什么要离家远走了吧!

一周之后,我在 NBC 的内部餐厅又见到了这位天仙般的姑娘。她的盘子里堆着一个流油的奶油汉堡、一份超大号的炸薯条、一份色拉、一块曲奇饼,还有一杯健怡可乐。虽然她身材苗条,不过她吃起来却像个大块头的卡车司机。

她排在罗杰·马德和宗毓华[②]中间,要想和她搭话简直难于上青天。所以我没轻举妄动。我静静地排在队伍里,仿佛我是在停车等待温蒂快餐店的服务。

她从门口消失了。

正当我走到摆放叉子、汤勺和餐刀的台子的时候,她突然又冒了出来,迅速抓了两个盐包。那时候,在 NBC[③]盐包还是免费的这是削减预算前的美事啦!

转眼,我和她走到了一起,穿过大厅,朝着我们用餐的桌子走去。我意识到我必须抓住机会说点什么。好的搭讪话题莫过于"我还有三个月可活了,吻我吧!"然而我却说,"你薯条上是什么东西?血浆么?"

虽然拙劣,好歹她做了回答。她挤出一个冰冷的笑容,答道:"我们管这个叫番茄酱。"

鉴于我常常在看医生的等待空闲阅读《大都会》杂志,我明白女孩都喜欢听赞美的话,所以我立刻加上了一句"你做的世界大赛的报道很不错!"

"谢谢!"

---

① ESPN 娱乐与体育电视网,美国 FOX 电视网旗下的王牌体育频道。

② 罗杰·马德 NBC 著名记者。宗毓华美国著名华裔女主持人。

③ NBC,美国国家广播公司。

"我老家是堪萨斯！我喜欢皇家队。"

"很好啊！"我的心都提到了嗓子眼，直到听到她回答，才又落到了肚子里。她要再不开口，我就觉得自己傻帽透顶了。

"我老板说你是个花痴。"她冒出一句。冷冰冰地就给我判了死刑。

"真的吗？"我目瞪口呆。

"你和 NBC 每个女人约会过，有人还看到你鬼鬼祟祟地在 CBS①活动。"

"这是造谣！"（我明明是在 ABC②出没。）

她侧了一下身，消失了。

完蛋了，不是吗？先别急着下结论。就在她用异样的同情眼神审视我之后的一个月，我们又会面了。这一次，我们同样倒霉地被分在圣诞和新年之间的那一周工作。12 月 31 日中午左右，我在餐厅遇见了她，她拿着她的巨无霸套餐正要离开。

"新年快乐！"她说道。

这一次是她先发话，而且她等着我的下文。这可是不可多得的机会。"新年快乐！"我答道，"你今天晚上有什么计划？"

她说她要做晚间新闻那一班，一直到 11 点半才有空。"想要一起过么？"她问我。

晚上 11 点半？我收工 6 个小时以后？"当然好啦！"我平静地答道，心里欢呼雀跃，像是中了头奖一样高兴。

"好极了，"她把她的地址留给了我，然后，噗，又消失啦！

正当我要走出办公室的时候，老板叫住了我，问我能否做晚上 11 点华盛顿闹市的一个现场报道。在我看来这份工不错。这样一来，我就能和我的约会对象一起下班啦，我会灌上一肚子咖啡，然后去寻欢作乐。

11 点 05 分，我的现场报道已经结束，我准备冲回播音室去接她，可是有个制片人通过内网打电话来问我能否留下来，做一个午夜的现场报道，这次是上强尼·卡森的《今夜秀》。

---

① CBS，美国哥伦比亚广播公司。

② ABC，美国广播公司。

"开什么玩笑？我肯定能留下来。不过……"那时候还没有手机，我问制片人能不能给我的约会对象打个电话，告诉她我会迟到会儿。

"没问题。"他挂了电话，转过身就把这事给忘了。

这时已经是午夜时分，我的约会对象赶回了家，淋浴、换装、万事俱备。只差我了。她打电话到我办公室、我家、我朋友家——没人知道我上哪儿去了。她一边等一边打开了电视。一般情况下，她会看 ABC 电视台迪克·克拉克①的节目，不过既然她现在为"另一个电视网"工作，她调到了 NBC 电视台。

餐厅里口口声声说要和她约会的那个家伙立马出现在了屏幕上。她以前也被别人放过鸽子，可没有像现在这样清清楚楚上了电视。这可是破天荒第一遭。

时钟即将指向午夜 12 点，我被十万多人围裹着，感谢上帝，总算还有两个是清醒的。还有那么一打子喝得晕头转向的人觉得，要是他们前后摇晃直播车，肯定有趣之极。本来么，这么干是很有趣，问题是，我在车顶上。于是，我就像是在一艘远洋客轮上做现场报道，"海浪"汹涌。唯一的区别是，如果你是在船上的话，他们不会朝你扔啤酒瓶子。可现在，瓶子犹如枪林弹雨朝我飞来。有一个砸到了往回传输信号的伸缩杆，在我边上摔了个粉碎，撒了我一身的棕色玻璃碴子。

一百英尺之外，娱乐业的工作狂人，詹姆斯·布朗②，正在倒数计时。"3-2-1-新年快乐！我感觉棒极了。我早知道我会开心的。"

我，恰恰相反，一点都开心不起来。我觉得糟透了。因为时代广场上人山人海，警察又设了警戒线，我来不及去赴我的约会了。刚被啤酒瓶袭击完，眼看着我的美妙约会也泡汤了。

第二天我打电话向她道歉。她说在电视上看到了我了，她完全理解。

"那个啤酒瓶子是不是砸到了你的脑袋？"她问道。她的关心让我很感动。更让我出乎意料的是，当我约她第二天再见面时，她居然答应了。看起

---

① 迪克·克拉克，是每年主持纽约时代广场新年典礼的主持人。
② 詹姆斯·布朗，美国"灵魂乐教父"。

来我们的友谊又起死回生啦。

我们打算和我朋友以及他的夫人一起出去，他们两个个性鲜明，我想和他们出去肯定会很有意思。我的女伴穿了一套新的蓝色小山羊皮套裙，明艳动人。现在回想起来，那天她实在是太美了，震得我有点手忙脚乱。吃饭过程中，我把一杯红酒打翻了，洒在了她腿上。吃甜点的时候，我又把一杯咖啡浇在了她身上。

她气疯了。这次约会从一开始就糟透了。约会结束后，我问她能否步行送她到家门口。

"不用了，真的没必要。"

眼看着，我和此生遇见的最可爱的女孩的约会即将变成痛苦的回忆，我卑躬屈膝地请求她原谅，希望上天会可怜我一次。我为所有的不是统统道歉了一番：放她的鸽子，毁她的衣服，邀请我的煞风景的朋友——他们刚开始吃饭的时候就把点的红酒退回去了两次，后来还大吵了一架，我朋友的妻子让饭店服务员把她送回去，把老公一个人撂下了。我把那天发生的坏事的责任都揽到了自己身上，连道琼斯股票下跌了37点也没放过（这招可是格林斯潘教我的）。

我静静地等待她的反应。"说点什么吧，"我暗自祈祷，"什么都行。"她就站在那里，用X光般的目光把我扫视了一番，似乎是想看看我究竟有没有大脑，因为我的表现让她对此毫无信心。终于，她打破了沉寂："你想进来喝一杯吗？"

这可不是我在做梦，这是真的。我如释重负。我也渴了，而且知道她应该还有干净的衣服可换，于是就接受了她的邀请。

喝着她买来庆祝新年的香槟，我们对这次灾难性的晚餐开怀大笑了一番。笑完之后，我们开始漫无目的地东拉西扯起来，然后我们聊到了彼此的工作和家庭。我们整整聊了一夜。我知道了她所有的故事。她也听了我的。我惊讶地发现我们的关系突飞猛进。聊了足足5个小时之后，我正式决定了：我很喜欢这个女孩子。她就是我梦寐以求的结婚对象。我做梦都想和这样的女人结婚，在一条静谧街道上的平房里安个家，养三个孩子和一只神犬莱西（凡是看过《神犬莱西》这档热播节目的人很难抵御宠物犬的诱惑）。

聊了 10 个小时后,她不得不把我从家赶了出去,"我还要上班呢,你走吧!"

就在我出门告别的时候,一句话从我嘴里冒了出来,连我自己都吓了一跳。"我知道这话听起来有点吓人",我说道,"可是,总有一天,我会娶你。"

这次,她看我的眼光,就仿佛她突然发现我是个制造连环爆炸的恐怖分子。"好极了。你真的该走了。"

41 天后,我在华盛顿棕榈酒店的 52 号桌向她求婚。

6 个月零 28 天之后,我们结婚了。

这已经是 20 年前的事情啦!

第二章

婚礼与蜜月

不知道是从海报上还是从冰箱的磁性贴上，我看到过一条小 H·杰克逊·布朗①的名言，上面是这么说的："找对结婚对象，这个人会决定你90%的人生是幸福或是痛苦。"

我们都会问自己："我找对了人么？"

当我问自己这个问题的时候，我明白我必须做出选择：是选那个金发美女的还是红色娇娃？由于第一次约会后六周，我就想向她求婚，我原有的好些个计划就要泡汤了。当惯了单身汉，我原本一直想给自己买一辆奢华的红色跑车。

我可以选择：买一个硕大的戒指，结婚，然后负债累累，或者是买一辆红色跑车，收一堆罚单，然后负债累累。无论如何，我都会破产——无非我是先买一辆酷车还是先买一颗硬石头。

"哇，我看你是买不了保时捷啦！"我朋友 M.J.看到我未婚妻手指上亮闪闪的石头后，这么说道。

显然，爱情的魔力最大。我买了颗石头，向金发美女求婚，然后驾着我那辆1979年的福特平托车驶向新生活（小心追尾）！这是个英明的决策。我太太一点都不费油。

---

① 美国畅销书作家。

我还在想着那辆红色跑车，巴望着在我中年危机来临前能拥有一辆，只要我太太同意，我就马上买。我想象她左手轻轻一挥，说"好吧，我同意了"，可怜我那辆红色跑车已经在她的手指上停靠了 20 年。

我们的婚礼当天

（蛋糕倒计时）

治安法官：75 美元

竖琴师：125 美元

酩悦香槟酒：84 美元

婚礼地点：密苏里州，堪萨斯城，卢瑟公园，玫瑰园帐篷：免费

婚礼总支出：284 美元

于暴风雨来临前 90 秒在公园里成婚：无价

有些东西是用钱买不到的，一场快乐的婚礼就是其中之一。

我们真的只花了不到 300 美元就结婚了。我们很幸运地得到了很多帮助——我太太的兄弟们付了宴会账单——这可是一笔不小的数目，因为我家的亲戚都很能喝。我们结婚前一晚在盖茨烧烤店举办的预演由我父亲买单，不过那里最贵的东西才 6 美元。我母亲则坚持要为我们准备蛋糕。我母亲在我的家乡小镇，堪萨斯的阿比利尼，烤了这个三层的柠檬蛋糕，上面涂满了香草奶油。把蛋糕搁后备箱里的备胎上，我父母开着那辆家用小汽车，行驶了 180 英里，才到了堪萨斯城的卢瑟公园。他们足足开了三个小时，穿过中西部的滚滚热浪，却丝毫没有意识到，后备箱是没有空调的。当我父亲下车去开后备箱的时候，才意识到出了问题，蛋糕上的奶油一滴滴流了下来。我母亲说要为我们准备婚礼蛋糕，结果带来的却是婚礼浓汤，我想想就好笑。直到我们打开香槟，她还在不停地自责。

宴会上，一名服务员提了一个高招："给每个人一根吸管怎么样？"说完，他就狂笑起来。我母亲恶狠狠地瞪了他一眼，把他瞪进了厨房。等他出

来的时候,手里的蛋糕变成了单层的。蛋糕看上去还不错,就是经过长途运输后,味道实在是差强人意。

尽管我们婚礼只有 15 位来宾,不过可以算得上是简洁而盛大。这和我朋友的婚礼相差极大。他们总共邀请了 205 名客人,花销不菲。可是更大的婚礼并不意味着更好。新娘的父亲推荐了一位曾为《国家地理》工作的著名摄影师来担当婚礼的摄影。想到《国家地理》杂志上动人的风景图片和富有人文气息的照片,新娘就雇了他。却没想到,这位摄影师的特长不是拍摄人物,而是捕捉火山爆发的瞬间。

这位名摄影师从来没有拍过婚礼照,于是就远远地站在那里等待火山爆发。他可没等多久。新娘很快就爆发了,因为她发现教堂里竟然没有新娘化妆间,她只好在一个公用的女厕里梳妆打扮。就在她精心打扮了一个半小时之后,一个女流浪者从厕所的一个隔间里冒了出来。显然,她刚刚睡醒,很高兴看到周围正在举行一场婚礼。"挺漂亮,小姑娘。"她说道,接着就去教堂的地下室去领免费午餐了。就在大家倒香槟酒举杯庆祝的时候,她又回来了,所幸她带了自己的杯子。

不久新娘又爆发了一次,因为她发现她选的昂贵红酒居然没有上,客人们喝的是温吞吞难以下咽的冰酒。那些好酒就剩下了,在他们位于加利福尼亚托卢卡湖畔的车库里存放了多年之后,她丈夫统统都捐给了他办公室附近的一家同性恋酒吧,换了一次洗车服务。他本该告诉酒吧里的人这些酒已经坏了,不过那样的话他就不能靠这笔捐献减税了,所以他没说。

另一名出手阔绰的新娘决定在婚礼上不用摄影师,而是聘请了一位先锋派画家。不幸的是,这位画家白天的工作是画法庭速写,整天都在描摹犯人。婚礼结束后,这对新婚夫妇收到了 10 张不同角度的画像。每张画上,新娘都像是做贼心虚,而新郎怎么看怎么像涉嫌杀妻的罗伯特·布莱克[①]。

20 年后,我太太对我说:"早知道我们的结婚保持这么长时间,我应该把婚礼再办得隆重点。"可真的有这个必要吗?举办一场出色的婚礼,你用不着花上一大笔钱,或是请个专业人士来策划。我家的壁炉架上有一张我

---

① 罗伯特·布莱克,美国著名演员,艾美奖得主,因涉嫌杀妻卷入长达四年的诉讼。

俩正式的结婚照,我和新娘站在及膝的喷泉里,鼻子碰着鼻子。我们看上去是那么年轻,那么快乐。知道吗?就在拍照 10 秒钟后,那个 4 岁大的小花童踢中了我"太阳晒不到的地方"。

我的新娘那天穿了一条无肩带的白色婚纱,就是在婚礼的前一天凭优惠券到劳拉·阿什利婚纱店买的。那年头,电视剧《迈阿密风云》相当走红,于是我就学着上面的样子,进了布鲁明戴尔百货的男装部,买了一套亮蓝的佩里·埃利斯牌亚麻西装,配了一件粉红衬衫、一条粉红领带,还有一双粉红袜子。当我母亲看到她唯一的儿子身着堪萨斯迪金森县从未有人穿过的颜色出现时,她评论道:"你真的是太……"她顿了顿,试图寻找贴切的词汇,"波希米亚了。"刚开始我有点生气,后来我想了想,觉得她也许是说我穿的粉红很具有巴哈马[①]风格。

为了拍那张喷泉里的结婚照,我的新西服毁了。不过,为了留个纪念,我把这套衣服在我的衣柜里挂了 18 年。直到有一天,我儿子问我他可不可以把这套衣服穿到学校里去。我还以为他觉得这套衣服很酷,所以想穿,没想到,他实际上是想参加校内的最古怪老式服装的比赛。往好的方面想,他毕竟没有借他妈妈的婚纱。不过,这本来也是件不可能的事——婚纱缩水得太厉害了,大概只有芭比娃娃才穿得下。

还是回到 20 年前我们只花了 284 美元的那一天吧!我记得我们坐在那辆从赫兹租车行租来的车里,等着暴风雨逐渐变小,好去迎接我父母送来的蛋糕汤。除了我们的衣服毁了,婚礼再没出别的差错,尽管花销不多,婚礼棒极了,而且我的新娘很满意。终于,我们成了快乐夫妻——快乐先生和快乐太太。我太太微笑着转过头来,对我说:"我爱你。"

刚刚成为她丈夫十分钟,我把她拉到身边,轻轻地吻了她一下。然后,我说了一句让她大吃一惊的话,绝少有新娘会在自己的结婚当日听到这样直接的告白:"我和你结婚是为了你的肾[②]。"

---

① 巴哈马,以拥有粉红色的沙滩闻名。

② 美国肾移植手术普遍,夫妻之间常进行捐献。

婚姻丛林里的乔治·布什
（W 先生的建议）

在策划婚礼的时候，我们犯了几个小错。首先，在暴风雨季节，我们本该租一顶帐篷来举行露天婚礼。其次，因为我们对高热量食物很敏感，所以我们没有让人在婚礼上撒米①。为什么不扔土豆饼呢？如果我们重新举办一次婚礼的话，我保证我们会请专业的婚礼策划师帮忙，或者请世界领导人给我们出谋划策。别笑，我就知道有位领导人物给婚礼列了一个建议清单。

白宫和其他单位差不多，如果员工订婚或者有孩子了，老板马上就知道了。

"我订婚那天，他正好连任成功。"白宫的一名资深官员告诉我，"第二天早晨，我跨进椭圆形办公室（总统办公室），给他（乔治·W·布什）看我的戒指。他人很好，对我很支持。"

这时，她才发现他的老板，自由世界的领导人，不仅仅有一张中东"和平地图"，对婚礼也有一套自己的想法。以下就是美国第 43 任总统，乔治·W·布什对于婚礼的建议：

- 于周二举行婚礼，这样比较低调；
- 于白天举行婚礼——这样举行舞会的可能性比较小（总统很反对跳舞）；
- 别让母亲插手，至少减少她们的干预，要不然她们就会说了算的；
- 要爽爽快快的，不要把订婚时间拉得太长。

关于最后一条，她说总统是这么说的："当你确信他（她）就是你要找的那个人，就大胆地往前走吧！"如果你喜欢他，就行动吧，和他结婚，开始新

---

① 在婚礼上抛洒米粒，是美国婚俗之一。

的生活,麻利地开始。

事实上,为了节省时间,总统还提议让白宫的医疗队给她做血液检查。可惜她拒绝了他的好意。不过,她可能是《现代新娘》订阅者中唯一一个让公共卫生部部长做婚前检查的读者。

在她订婚的九个月里,总统不断友善地对她提出建议。虽然她定了9月在希腊的米可挪斯岛举行婚礼,可是总统却对这个地方不太感冒,总想让她改变计划。"他一度强烈反对我们在希腊登记结婚。他看到我为了这事忙坏了。是的,我拿着文件一次次和希腊使馆交涉。"

然后,总统用和普金、希拉克和布莱尔交往时的坦诚问道:"你真的想和他结婚么?如果你真的想要和他结婚,那你应该马上就结,在这里(美国)结。他觉得我们结婚以后可以去希腊庆祝。"

可是这位年轻的新娘觉得,大伙儿大老远的飞到希腊去参加她的婚礼,她可不想弄个假的来糊弄他们。所以尽管总统坚持反对她在国外结婚,她还是坚持己见。

米可挪斯岛的市长主持了婚礼。"婚礼全部用希腊语主持,只有我95岁的老奶奶听懂了一个词。她可喜欢这场婚礼啦,眼泪流得稀里哗啦的。"

语言问题在他们的大喜之日确实成了个大麻烦,另外扔在"重要文件抽屉"里的一份官样文件也让她时不时地感到担心,"我都不知道那到底是结婚证还是汽车产权证。"

那她到底采纳了老板的几条建议呢?让我们来检查一下:

◆ 她的婚礼不是周二举行的;
◆ 他们的母亲参与了婚礼策划,把新娘都快逼疯了;
◆ 最让总统恐慌的是,他们居然跳舞了。

换句话说,她聆听了老板的建议,在他谆谆教诲的时候还不时地点头赞同,临了却还是随心所欲,办了一个她梦想中的婚礼。本来么,就应该这样。

新娘拥有一票否决权。

至于由谁说了算,我有另外一种理解。有多少人知道"W"实际上代表的是婚礼(Wedding)的意思? 你该听从你内心的声音。

什么是蜜月
(一堂历史课)

我们知道,蜜月就是婚礼之后到第一笔信用卡账单寄到的那一段时间。

几个世纪以来,新婚夫妻都去度蜜月,不过只有最近他们才能在蜜月里享受到某种乐趣,因为只有最近,新娘才能点上几个菜,而不至于受到担心开销的新郎的白眼。

相传公元300年,欧洲就有了度蜜月的说法。那时,蜜月实际发生在婚礼之间。男人会先选定一个适合做妻子的女人,然后他可不用经历漫长的约会的阶段,而是直接绑架这个女人。男人和他的朋友们会一直把这个女人当成人质,直到她的家人忘记了她失踪这件事,而开始担心起母牛下崽的事来。最终,男人觉得可以安全地回家了,就得意洋洋地宣称他们已经成婚了,然后问他的新岳母:"晚上吃什么?"

抢婚源于匈奴王阿提拉,他荒淫成性,又凶残无道。那么蜜月"汉尼姆"(honeymoon)的发音是不是来源于阿提拉的外号"汉"(Hun)?

不是的。

我研究发现,在新婚夫妇结婚的第一个月里,他们会喝一种加了蜂蜜的红酒,叫"蜜的"。就像是春季去劳德代尔堡①旅游的游客一样,新婚夫妇都很能喝,第一个月里他们每天都能喝下至少一大杯这种红酒,所以早期的造字者就把这两个词拼在了一起,构成了"蜜月"。

以上都是传说而已。你有兴趣的话可以找匈奴王阿提拉求证一下,可

---

① 劳德代尔堡,佛罗里达州。美国著名水乡,城里水道交错纵横,水傍豪宅林立,有美国的"威尼斯水乡"之名。

惜他已经不在人世了。我敢保证他现在肯定在地狱里杀人放火呢。

亚当和史蒂夫
（我的意外蜜月之旅）

在我还打着光棍的时候，我在一家没有什么名气的电视网工作，那里我常常能在大厅里见到汤姆·布洛考[①]。那时我的一个好朋友是一名录像编辑。他提议我们一起去度假。在此之前，唯一一个和我一起度过假的男人是我老爸，我们在凯利风景区玩的时候，他每夜都打呼噜。

"好哇，"我告诉这位老兄，让他张罗这事。

他向我保证，我们要去度假的地方，久负盛名，满是加拿大的单身姑娘。给她们买上几瓶酒，还有比这更好地显示国际友爱的方法吗？这就是我们的如意算盘，只可惜泡汤了。就在我们启程的前一天，他订票的旅游公司关门了。我朋友是用支票付的款，他的钱一去不复返了。他哪儿也去不成了。而我，用的是美国运通卡，所以我的钱得到了保护。这样一来，我不得不一个人去度假了，问题是我该上哪儿去呢？

我给一家旅行社打了电话，询问接线员小姐是否有第二天出发的全包旅行项目。15分钟后，她打了回来。她给我订了去牙买加的票。我很兴奋，因为我从来没有去过那里。而且她给我的旅行套餐包了所有费用——饮料、食物、住宿、小费。她很有可能也说了那个风景点的名称，不过我没有搞清楚到底是哪里。

第二天清晨，我就坐上了牙买加航空的班机，开始了炎炎烈日下的一周假期。

下了飞机，我就开始找开往我的度假地欢乐度假酒店的班车，酒店位于这个岛的最西端。那个时候搜索引擎 google 还没有诞生。这可把我害惨了，因为如果我用 google 搜索过"欢乐度假酒店"的话，就会发现，我将在一

[①] NBC 著名主持人，主持晚间新闻节目。

个被称为"天体聚会圣地"的地方度过一周。

当我抵达目的地时,我看到,感谢上帝,人们还是穿着衣服的——不过在有个沙滩上人可都是光溜溜的。那里有两个沙滩,一个是天体沙滩,一个是"保守"沙滩。我发誓我是很"保守"的,并且以此为傲,万一我能被提名做最高法院的助理法官或是参加《美国偶像》节目呢。

当我被护送到我的房间时,我惊讶地发现,那里居然已经放了一个手提箱。我问手提箱的主人是谁,得到的答案是"你的室友。"原来,这个在我抵达24小时之前唯一空出来的房间是个和别人共用的房间。

当然,我做好了最坏的打算,万一我的室友是个瑞典女按摩师或巴西超级名模呢?可是,显然我的忧虑是多余的。我的室友原来是个密歇根州的足病治疗医生。而且"她"是个男人。

在我们成为室友36小时之前,他还站在一所教堂前面,等着他的新娘和他一起步入婚姻的殿堂。可惜她最后一刻害怕起来,改变了主意。足病医生的未婚妻还会吓得冰手冰脚的,这实在是小概率事件了吧!

他们没结成婚。不过,他手里还攥着一张去牙买加的票,免得让家里人追着问一个星期"到底出了什么事?"他选择给美国运通公司打电话。然后,和我一样,在最后时刻找到了这一度假地。就这样,在这家伙本该度蜜月的一周里,我们两个完全陌生的人住进了这个"天体聚会圣地"的双人间。

不过,我们一起玩得很尽兴。我们两个生平第一次参加了"泳装狂欢酒会"。那里的自助餐厅,食物丰盛,饮料充足,天气还非常怡人。作为海滩上一名单身足病医生,我的室友还忙得不可开交。女孩们时常会在趟水的时候踩上海胆,这时她们就会打电话来找我的室友绍尔大夫(化名)。

我在堪萨斯这个傍海的地方曾经受过这方面的培训,据我所知,治疗海胆蜇伤的唯一方法是往伤口上尿尿。问题是,我不是医生,尽管度假的时候我也假装是医生。你想知道,这位在牙买加度假的足病医生是怎么给姑娘们治海胆蜇伤的吗?他往她们的伤口上尿尿。

热门蜜月旅行地点的优缺点		
地点	优点	缺点
夏威夷	优美、遥远、饭店菜单大都有生鱼片	费用昂贵,旅途漫长,大部分饭店菜单上都是生鱼片
圣巴泰勒米	美食,名人云集	当地人讲法语,而且会取笑你的穿着。身材火辣的法国女人赤裸上身走来走去,会让新婚丈夫心猿意马
牙买加	经济实惠,热带风情,把头发编成辫子收费不贵	每个人都像是要向你推销大壶,原始人在那里结婚再好不过了
法国	历史悠久,风景优美,美食加美酒	如果他们发现你是个美国佬,他们也许会把你的脑袋塞进冲水马桶里冲冲
波科诺斯	风景优美,经济实惠,对(美国)东北城市交通便利	浴缸是香槟酒杯形状的——千万别喝洗澡水
拉斯维加斯	灯火辉煌,熙熙攘攘,日夜都可消遣	你要是老是输的话,就不会觉得赌博有意思了。还有,大厅里那个友善的家伙是个拉皮条的,急着想挣钱还他凌志车的贷款
尼亚加拉大瀑布	壮观,令人震惊,世界自然奇观	不停地流水让你不时有"放水"的冲动

爱人和麻风病人

（我与梅格·瑞恩的蜜月之旅）

最好的蜜月旅行地点对每个人来说都不一样。你去哪里度蜜月取决于多种因素——你有多少钱；你喜欢什么类型的活动；还有你有什么其他的个人喜好。我们度蜜月时，就飞到了具有异国风情的莫洛凯岛。莫洛凯岛是夏威夷群岛之一，距离被称为蜜月天堂的毛伊岛仅几十英里。我们决定不随波逐流。

我们两个以前各自去过一些夏威夷岛屿，听从新娘的建议，我们选择了这个岛，主要是因为这里"听上去"别具异国风情。这个岛上没有电梯，没有红绿灯，所有的房子都没有棕榈树高。著名的草裙舞就是从这里传出去的。这个岛是纯正的原始夏威夷岛。

从东海岸出发，经历了17个小时的颠簸飞行后，我们的飞机穿过稀疏的云层开始下降。莫洛凯航空的空姐问我们要去哪里。

"莫洛凯。"

"真的啊，"她面无表情地说，"为什么呢？"

"我们得到的积分奖励是这个！"

"噢，"她说道，仿佛突然明白了。然后她就问了一连串的问题。你们住在哪里？你们吃什么？我们尽可能地回答她的问题，终于她问了唯一一个我知道确切答案的问题："那你们整整一周都干什么呢？"

"你开玩笑吧？"我答道，"我们是去度蜜月的。"然后我朝她挤挤眼，好让她明白我的意思。

她明白。"可是你们还是要出房间的啊，"她又说道，"如果你们觉得无聊的话，可以去麻风病隔离区看看。"

什么，麻风病隔离区？很快，我们就知道了，莫洛凯的一个半岛曾经是麻风病隔离区，上个世纪数以千计的夏威夷麻风病人被放逐到那里，只因为当时的夏威夷国王卡梅哈梅哈五世命令所有的麻风病人必须与外界隔离。

"把他们统统送到莫洛凯去。"1865 年国王一声令下。

我太太这次做得有点过头了。她倒是没有让我们乘坐一艘或许会爆发诺瓦克病毒①的游艇,或者去一家曾经爆发过军团病②的时髦旅馆,她找到的是这个地球上一个不仅仅有天体沙滩,还有麻风病隔离区的地方。

这么多年过去了,现在我回想起这件事,都不禁笑出声来。如果我们还能重新度一次蜜月的话,我们是绝对不会选一个麻风病村的。让我告诉你原因。麻风病人都被隔离得远远的。那里连条铺好的路都没有。不过,也许因为这是个"受诅咒的岛"——我给起的名字,不是美国商会起的——这里相当平静。

没有空调,没有吹风机;这是一个真实、偏远、富有乡村气息的地方。你就好比是参加了《幸存者》节目,而没有百万美元的奖励可拿。我太太不喜欢偏远或富有乡村气息的地方。在她脑海里,露营就是在丽兹卡尔顿大酒店的大厅里支个帐篷。我们离家 5372 英里,那时我突然想到:我们的蜜月旅行地点绝对是我新婚妻子的一个战略性错误。而我,典型的新手老公,一时半刻还不会让她忘记这个错误。

我也犯了一个超级可笑的错误。吃晚餐的时候,我问服务员:"今晚的马西马西③是什么?"

"马西马西就是马西马西,"服务员答道。

"不对,"我要给他上一课"马西马西"是餐馆常用的一个类别名称,就和"当日汤"一样。我接着教育道,马西马西就是"当日鱼"的意思。我觉得自己正确无比,因为这是有一次我在位于内陆的堪萨斯州的一家餐馆吃饭的时候,一个正式的服务员告诉我的,尽管这家餐馆不是以海产品为特色。不幸的是,他错了。多年以后我犯了同样的错误。

---

① 1968 年在美国俄亥俄州诺瓦克镇一起腹泻暴发流行的患者身上首先发现并因此得名,是世界范围内引起的急性无菌性胃肠炎的重要病原。

② 急性呼吸道传染病。1976 年美国费城召开的退伍军人大会中发生的一次原因不明的严重急性呼吸道感染爆发流行,由此得名"军团病"。

③ 一种鱼,中国称为"鬼头刀"。

"别生他的气,他忘记吃药了。"我太太向服务员道歉。饭后,她坚持让我给他一笔不菲的小费,巴望着他不会告诉别的度假的人我连吃什么都搞不清。这样一来,就像我不会让她忘记她给我们订了去麻风村的票,无论我在说什么,她每九分钟都会用"噢,真的啊……马西马西"来回答我。

很快我们就几乎不说话了,短短几天后我们都无聊得要死。有那么一阵子,我们简直觉得这里的人们之所以会得麻风病(现在也叫汉森病),不过是为了找点事情做。

到了最后一天,我们和解了。我向老婆保证说,因为这次地点选错了,所以我们会重新度一次蜜月。

两个月之后,我们踏上了第二次蜜月之旅。

我们飞速地跑进华盛顿国家机场。因为我们在途中拐错过了一个弯,我们眼看着就要错过飞往百慕大的班机了。我刷地拿出机票,递给安检处的验票员。我对她连声道歉,说我们走错了路,还特意提到"我们要去度蜜月。"女地勤对我们格外地客气,搞得我还以为,她认识我,知道我是 NBC 电视台的主持人,而且看了《华盛顿邮报》的风格副刊,知道我们这周要去度蜜月。

完全不是。她看到我太太,还以为她是梅格·瑞恩。梅格·瑞恩可不能坐次座!她显然打定了主意。就在飞机等待起飞的同时,她扫了一眼电脑屏幕,往那台敦实的电脑里打进了点东西,顺手把我们的机票撕掉了一半,这时柜台下面的一台机器啪啪吐出两张登记证来:居然是头等舱的!

我们走上通道时她说道,"旅途愉快,梅格!"

我们面面相觑,"她是不是吃错药了?"直到我们进了头等舱,一屁股坐下后,我们才明白她到底在说什么,因为空姐笑得喘不上气来。

"什么事情这么好笑?"我问道。

"验票员还以为你是梅格·瑞恩[1]"她告诉我太太。

我们都大笑了一场。等我们的飞机平稳飞行后,飞行员还跑来介绍他自己,显然他也以为梅格·瑞恩坐在他的飞机上。他告诉我们他在越战时开

---

[1]　好莱坞女明星。主演过电影《西雅图不眠夜》、《电子情书》等。

休伊直升机的经历,还特地说他非常喜欢我太太在《世界颠覆日》中的表演。"我们在机组休息室有一套这个片子,"他补充道。然后他拥抱了她一下,回去开飞机了。

喝着美国航空提供的免费香槟,晕晕乎乎中,我对我太太说,"这次蜜月旅行比上次的要强多了,比那次我和那个足病治疗大夫一起去的旅行都还要好那么一点点。"我太太点头表示同意。

飞机降落后,我们发现跑道有点潮湿。刚享受了2、3分钟干燥的好天气,在我们于机场大厅取行李的当口,一场瓢泼大雨就浇了下来,噼里啪啦地打在了大厅的金属屋顶上。这次,我们还是没有做足背景调查的功夫。要是我们问了别人,就会知道,这当口正好是百慕大倒霉雨季的开端。

接下来的每时每刻都在下雨。我们从早到晚被困在屋子里。要是晴天的话,我们住的旅馆会是个非常好的地方,可是现在没有一天是晴天。

"你开玩笑吧,"我太太告诉我这家旅馆没有一间屋子有电视的时候,我脱口而出,"这是违反日内瓦公约的。"就连在"恶魔岛"[①]上也有电视!

就这样,坏天气加上在百慕大,美国游客不能租车,只能租机动自行车,我们算是被困死在屋子里了。除了渴望找点东西读一读(这个情景是多么似曾相识),我们最为盼望的莫过于美食了。幸运的是,我太太订的是一家供应英国风味食物的旅馆。那里提供以牛腰派为主打的自助餐,只要你能吃得下,可尽管吃。

吃的糟透了,天气坏透了,还没有电视,我们的第二次蜜月旅行刚过了4天,就打电话给航空公司,早早订了回程的机票,好回家吃点像样的饭菜。

回程的验票员没有认出我的妻子是"梅格",结果我们分到了两个糟糕的双人座。我们的蜜月之旅就此结束。

我还欠我太太三天蜜月旅行。可是鉴于我们以往的出行纪录,我想她宁愿让我欠着她。

第二次蜜月旅行归来,我们倒是没有被晒伤,不过被风吹得患了皮炎。

---

① 一座方圆 22 英亩、岩石丛生的小岛,由于曾是美国联邦监狱所在地,因而闻名于世。

―――― 快乐太太的建议 ――――

如果你发现处境不妙，就尽全力去改善。如果改善不了，就随遇而安吧！如果那样都不行，你就只能大笑了。工作中也许你是个处理问题的高手，可是度蜜月的时候，你也不能让老天不下雨、饭店改菜单、麻风病都痊愈。

蜜月恐怖故事
（袋子也疯狂）

我有两个朋友自以为完美地策划了一次蜜月旅行，他们列了详细的清单，做了很多笔记，把旅游手册研究得十分透彻，可等他们到了遥远的目的地，却发现他们没有做好任何计划生育保护措施。

他们惊慌失措，因为他们可没打算刚结婚就升级。新娘拥有护士的专业知识，她知道任何没有受到保护的"关系"都会直接导致"大腹便便"。

在他们翻遍了新手提箱后，她终于在她的皮夹里找到了一个保险套的替代品。一只塑料袋子。据说，它也一样管用。

有意思的是，当她的丈夫叙述这件事的时候，起作用的是一只海芙蒂牌垃圾袋。

狂野自拍
（要不要都拍下来）

好了，你和你性感撩人的妻子正在度蜜月，突然一个主意冒了出来……"新娘子在床上，我刚好买了一个有遥控器的摄像机，我有点醉啦……我把三脚架放哪里去了？"

度蜜月者易犯的错误	
应当做的	不该做的
视觉冲击是很重要的。给配偶购买一些显得亲密的服饰,总会增进彼此的感情。	别穿丁字裤去泳池,那里可没人想看你的屁股。
对你的新婚妻子/丈夫表现得温柔体贴。	你的配偶永远不会忘记你度蜜月时所说的话。无论如何要避免说"废物",即使你真的是指那些没用的东西。
在你们静静相处时,询问你的配偶想做点什么。	如果你点播旅馆里的成人频道的话,你会得不偿失。
尽量把蜜月的美好感觉延长。	别把旅馆的床单当成纪念品拿走——床单很脏。把桌子拿走好了。

感谢麦莫莱克斯公司创造的奇迹,我们清清楚楚地知道汤米·李和帕梅拉·安德森是怎么度蜜月的。还有帕丽斯·希尔顿在那她那卷绿色粒面的录像带里在干什么?我听说,有那么一段时间,帕丽斯·希尔顿自拍录像的网站的浏览量比希尔顿宾馆预定网站的还要大。

那么你呢?你不是搞摇滚的,或者是豪华宾馆的女继承人吧?注意,万豪宾馆家族的继承人如果读到这里的话,请接受我的道歉。

一个非常著名的电视人告诉我,在几种情况下他会把自己和夫人的好事拍下来。当然,他可不想让这些录像带落入他人之手,而且即使万一泄露了出去,他也不想被认出来,所以他很艺术地设计了每一段录像,让你根本看不到录像里面人的脸。

他妻子不在的时候,他会反复观看这些录像带,直到有一天他突然意识到一个严重的后果:"万一哪天我心脏病发作死了,别人来整理我的东西,然后发现了这盘带子?我太太还不槽了!"

一想到这里，他把录像带拿到了厨房餐桌上，拿了一把 12 盎司的羊角锤，开始小心地处理起录像带来。他一下一下小心地处理，直到录像带变成了一堆碎末。

另外一对夫妻录下了他们的蜜月"接触"。后来，他们显然看过自己的甜蜜的蜜月的回放至少一次。因为就在那次之后，小偷偷走了他们的 VHS 录像带播放器。

幸运的是，这些小偷有次开车撞坏了篱笆，被当地的警察抓住了，警察拿到了那台播放器。由于机器的序列号已经被小偷擦掉了，警察没法根据这个找到主人。有人灵机一动，把播放器插上了电源，接到了电视上。这下好了，在绿色粒面的录像里，这台 VHS 播放器的主人立刻显示了出来。这台机器很快就被还回了这对高调的夫妻。

事实上，在这台机器还回去之前，有人复制了一盘里面的录像，而且据说还悄悄地放了好几年。为什么这样说？那是因为，从那以后，他们去杂货店买东西的时候，都会被人行注目礼，凡是看过录像带的当地人都会睁大了眼睛瞪着他们。

"格兰，看，这就是我们这里的艳星。"

"她穿上衣服看起来不一样了。"

快乐太太的建议

拍还是不拍，这是个问题。

答案就是：不拍。

除非你妻子超级火辣。

开个玩笑而已。

A 级努力

（给蜜月打分）

在回程的路上，给你们作为丈夫和妻子的第一次漫长的相处打个分

吧！尽管每个人的评分标准会不同,下面是一般所谓的成功标准:

A 级

◆ 你俩密不可分;

◆ 你们觉得更爱对方一点点了;

◆ 你们在海滩上度假,回来没有晒伤。

B 级

◆ 你俩谁也没有长胖;

◆ 总体上来说玩得还不错;

◆ 坐玻璃底舱游船游览的时候你们用了优惠券,少花了 5 美元。

C 级

◆ 你俩在买夏威夷的四弦琴做纪念品的时候,为价格大吵了一架;

◆ 头一天晚上有人睡着了,怎么叫也叫不醒;

◆ 头三天内,夫妻一方给他/她妈妈打电话:"是,是,是,你早跟我说过了……"

D 级

◆ 保险套的盒子从来没有打开过;

◆ 胃药的盒子空了。

F 级(失败)

◆ 你俩从婚礼上吵到度蜜月回来;

◆ 夫妻一方和家政人员或景区服务员出轨了;

◆ 上演了枪战。

第三章

婚　姻

你们结成了快乐夫妻

（然后呢）

一句"我愿意"，你就从吃精益牌单身餐，沦落到了买肯德基家庭套餐的地步。

你已经进入了令人激动的充满变革的时代。

女士们，你们一直都在为婚姻作准备，期待婚姻的到来。早在高中阶段，你就花了好几个小时，在自习室里胡思乱想、胡乱涂写你婚后的名字，"真诚的，安德森·范布勒斯夫妇"。这一天终于到来了。

男同胞们，你们富有男子气概，相信自己一直会保持体重180磅，"肌肉结实，性感逼人"。然而，感谢婚姻创造的奇迹，你很快就会改变，大大地改变。很有可能，在你们结婚三周年逛商场的时候，你会落在你太太后面三步之遥，手里拎着她的提包。你还会担心别的哥们怎么看你吗？才不呢。她的手提包不配你的鞋子，你才会觉得丢脸。

这不过是小小的代价，你得到的是一个伴侣，她会使你的人生变得有意义，最重要的是，在你日渐衰老的时候，还有人和你一起聊聊天。

一点点建议：哥们，如果她要把你的单身洞穴重新布置一番，就随她去吧。窗帘、床单、厨房用具，随便什么都让她处理。你真的在乎你的咖啡机是钝光面不锈钢的,还是暗黑色金属的？当然不在乎。不过你的确有一个要求。只有一个要求。

任何情况下,她都不能断了你的有线电视或是互联网。

我们每个人都有誓死保卫的东西。

第一次婚姻发生的时间表

20 万年前

上帝创造了亚当

↓

上帝从亚当身上取了根肋骨

创造了夏娃

↓

亚当很高兴有女性做伴

让夏娃给他"做个三明治"

↓

相亲很迅速

她是地球上唯一一个女人

↓

亚当和夏娃理所当然有了孩子

该隐、亚伯、塞特

↓

他们生活在天堂里,直到……

该隐杀了亚伯

塞特没有受到指控

↓

撒旦(蛇)用禁果引诱夏娃

蛇保证苹果不含反式脂肪,夏娃咬了一口

夏娃发明了"外卖",把禁果带回家给亚当吃

↓

亚当和夏娃享用了禁果野餐

↓

弥天大错;他们觉得全是别人的错,除了 O.J.①谁都是无辜的

↓

亚当和夏娃被上帝从伊甸园的花园赶了出去

↓

亚当和夏娃漫无目的地流浪;亚当不好意思问方向

我们到底要什么
(爱情的真相)

凡是妻子都希望有人看着 VISA 卡账单,真心实意地说:"这个月你就花了这么点钱?下个月放开了花!"当她们喜爱的选手落选《美国偶像》的时候,她们需要有人牵着她们的手,安慰她们。女人都希望有一个可靠的男人发自肺腑地告诉她们:"你真漂亮,真香。"

但凡丈夫都想要一台 50 英寸的等离子背投。

我现在彻底明白了
(蜜月效应消退)

你开始有了一种奇怪的感觉。你已经吃了半瓶子药片,可还是不起作用。都说会发生这种情况,可是你觉得不会发生在你的身上,你会永葆那种"新婚"的感觉!可是也许就在你笨手笨脚的老婆非要你吃蛋糕而不是你喜欢的派的时候,这种感觉产生了。

————————————

① O.J.指 O.J.辛普森,前美式足球明星兼演员,涉嫌谋杀妻子和她的朋友,1995 年被判无罪释放。

到目前为止,你一直都沉浸在蜜月的甜蜜中。但愿你碰上个结了婚的警察,让你清醒过来。他会拉住你,检查你的证件(结婚证和新娘登记证),然后用那种"实事求是"的语气告诉你"蜜月效应"。

"这是新婚后产生的一种奇妙、温馨、梦幻般的感觉,仿佛一切都是美好的。"警察解释道,"你会喜欢上这种被爱包围着的感觉,还有……"。

然后,他会拿出一个呼吸监测器,检查你离清醒还有多远,还有多长时间,你就会实话实说。不幸的是,呼吸监测器跳出一个巨大的数据,显示你刚刚至少喝了半打啤酒,不过别担心,因为他不是真正的警察。是我编出来的!

当然我也不是警察,虽然我是有一副手铐。别问我为什么有。不过,女士们,先生们,如果蜜月效应消退了,别沮丧。从现在开始起,日子才会越来越好。

从"我愿意"到"呃 – 哦"

(新婚再教育)

你们蜜月旅行回来了。你们新买的对开门冰箱的冷冻箱里,放着结婚蛋糕留下的最上边一层,上面压着保罗太太牌速冻鱼片。

你觉得你们可以稳稳当当地开始婚姻生活了。然而,慢慢地,你发现刚刚和你结婚的那个人身上,很多以前你美化了的细节开始露出真面目。

◆ "以前她说她是维根①,我还以为她是说她是从维加斯来的。"
◆ "我还以为他在卧室装了一根铁杆是因为他的梦想是当一名消防员!没想到,他不过是个喜欢脱衣女郎的汽车配件销售员!"

这些就好比墙面上出现了裂痕——也许这叫事后后悔,不过,这也是

---

① 意为绝对素食者。

人之常情。通常这种情况被称为"婚后震惊综合征"。

我在堪萨斯州长大,那时候,我家的一个邻居到了三十五、六岁才结婚。他是个好男人,工作很勤奋。他最终娶了一个金发女郎,让我们都大吃一惊。那个女孩是个城市人,居然同意嫁给他,这很是让我们吃惊,因为要适应乡村生活可不容易。

和其他几百万家庭一样,他们在乡村里的房屋没有安装排污系统,只有化粪池。新郎是个非常有才干的农民,可是他不懂化粪池的运作道理——他以为任何纸片要是冲了下去,就会堆到池里,造成堵塞。他可不想发生这样的事情,尤其是在丰收季节就更是如此。所以他在自己家立了一条规矩:谁也不能把任何纸片冲下去。报纸、西尔斯公司或者明镜公司的邮购目录不行,水电费账单不行。手纸也不行。

他们在布兰松市和"银元城"度了蜜月,然后新郎把新娘带到了他们的爱巢门口,告诉她,从今天开始,她再也不能把手纸冲下抽水马桶。他教她用查明牌手纸处理"个人事务",然后把手纸扔在马桶边上的废纸篓里。然后,每隔几天,新郎就会把废纸拿出去,烧掉,让处于下风口的邻居——我们,倍感高兴。

我的新夫人好像对我的缺点视而不见,从来没有发现我有任何弱点;她喜欢结婚后的感觉。结婚第一年,她会半夜里把我摇醒,然后说"嗨"。她总是面带微笑,连我拙劣的笑话也能把她逗得开怀大笑。还有——这件事很要命——她曾经拿了一把餐刀,把我的金枪鱼三明治的外皮削成了心型。难怪我的金枪鱼吃起来和心脏似的。

我是首先从那种美妙的、晕晕乎乎的蜜月效应中清醒过来的人。别误会我。我喜欢婚后的感觉。可是,当你第一次"恋爱",又经历了策划婚礼、蜜月以及其他一系列事情后,你肯定会忽略一些东西。结婚之前我们一起聚餐500次,我都不知道我怎么会忽略了这个现象。可是,有一个周六,我和妻子一起吃早午餐,她说话时,我突然发现,每次她要吃口东西之前,都会先把一片色拉移开,或者是用叉子叉上盘子里的什么东西,轻轻地叉11下。不是10下,也不是12下,而是整整11下。

就像警察通过审讯室的单向玻璃观察犯人一样,整餐饭我都在观察她。1、2、3、4、5、6、7、8、9、10,到了第 11 下她就会叉上点东西来送入口中。出于某种未知的原因,她要积蓄力量,先叉 10 下,才会干正事,吃一口;这有点像吃饭的前戏了。

这个发现令我震惊。她是我见过的最美丽的女人,非常完美……我原以为是这样的。可是,我刚刚意识到,"我太太不是在计算卡路里摄入量,她是个雨人(Rain Man)①。"

"1,2,3,4,5,6,7,8,9,10,11。11 分钟,到瓦普纳。"

我忍不住把这个发现说出来,话一出口,我就意识到我伤害了她的感情,顿时我感到糟透了。而她试图向我证明她没有这种条件反射。于是,她一下叉起一块鳄梨,显然是把它当成了我的脑袋,不过要等她和劳拉博士(Dr. Laura)②打过电话后,她才会意识到这点。一个绝望的电台热线求助电话是蜜月结束的绝好标志。现在外出就餐的时候,我唯一数的就是小费要付多少了。

我认识另外一对夫妻,他们住在不同的大洲,度过了浪漫的订婚阶段后,他们终于决定搬到女方位于曼哈顿 1100 平方英尺的公寓里一起住,结果发现需要做出重大调整。新娘子兴高采烈,总想让他的丈夫高兴,所以她快乐地承担了家务,给他洗衣服,把他的衣服放在抽屉里"属于他的一边"。然后她骄傲地叫他来参观她的工作成果。当他打开每个抽屉,他的脸上流露出了痛苦的表情。可是他什么也没说。因为他没有对她大加赞赏略感失望,她离开了。当她晚上回到家的时候,她想再看一眼自己的杰作,结果却大吃一惊。他把所有东西拿了出来,又重新放了一遍。

"他不喜欢我叠衣服的方法。他衣服的某些特定的地方需要褶子。我不知道在哪里。"他们立刻达成了协议。从那天开始,衣服归他洗。然而,在吃饭的时候,又出了一件事。"他的食物必须按照一定的规律摆放在盘子里,"她解释道,"芦笋尖必须朝东,要不然他就吃不下饭。"他的菜的排列就像是一张地图,这是美食频道加探索频道的混合产物。

---

① 1988 年奥斯卡获奖影片《雨人》,其主人公是个具有超高计算能力的白痴。

② 劳拉博士,美国一档婚姻家庭电台节目的主持人。

尽管他有这么多的怪癖,她都能容忍他的任何行为。那万一他有点强迫症怎么办?她说他"吻技一流",这比"他怎么叠他的鬼衣服",重要得多了。

快乐先生的建议

蜜月的感觉不会长久,这其实是件好事。

因为害怕破坏两人的关系,新婚夫妇总是回避、粉饰问题。可这并不是保持诚实关系的好办法。双方最终都会摆脱这种状况,那种易逝、美好、难以解释的刚刚成婚的恋爱感觉会被真正的爱情所取代。

还是回过头来说一说我太太吃饭时数数的习惯吧,她现在还是老毛病不改。有时候在餐桌上,我也忍不住会在脑海里跟着数起来,只要我的神算子夫人发觉我在给她点数,她就会抛给我一个"我还不如嫁给那个可爱的牙医"的眼神。

实际上,每当我收到她和三个牙齿整齐(经过矫正后)的孩子的牙医账单,我也会偷偷希望她的愿望成真。

嫁给精打细算者
(我嫁了一只铁公鸡)

"我婆婆病了很久,前段时间刚刚去世。"一位太太说道,接着向我描述起那天,她丈夫和他的兄弟姐妹给她母亲安排丧事的情形来。

"好了,我想所有东西都备齐了,"葬礼承办人说,"现在请你们跟我到灵堂来。"就像是被催眠了的绵羊,他们乖乖地跟着穿着黑衣服的承办人走。

"请你们好好考虑一下,给你们的母亲选一副棺材。"他说道,然后用一种柔和的语调推销起来,他在殡葬业已经干了23年了,推销功夫练得炉火纯青。这时候,逝者的大儿子插嘴了。

"哦,我们已经买了一副棺材了。今天下午就送来。"

承办人停下话头，非常吃惊地说："你们什么时候买的？"

"上个星期。我们知道她没有多少日子了。"

"哪里买的？"

"范奈斯市的棺材直销店。"

一听这话，葬礼承办人立刻变成了芒提·豪①，急着想跟他们做成交易。"你要是给我个机会就好了，我肯定卖得比他们便宜。"

"得了，"大儿子说道，"我们还记得上次我父亲去世的时候，你狠狠宰了我们一刀。"

"是这样啊，"承办人悻悻地说道。话说完了，一行人就离开了灵堂，找到了业务经理，付了葬礼的费用，没买棺材。

你会忍心批发一个棺材给你亲爱的妈妈用吗？

(天上传来声音："含辛茹苦地把你们拉扯大，这就是你们对我的报答吗？")

也许你会以为那位小气的先生没有多少钱。你错了。他们家很富有。他们就是不愿意花这笔钱，这让他的妻子很是不舒服。下面还有几个例子：

- ◆ 他们家的人开的都是高级车(梅塞德斯、路虎和雷克萨斯)，可是他们从来都不雇人泊车。他们冠冕堂皇的理由？"万一有人偷看车上仪表板的杂物箱，知道我们住在哪里，然后打劫我们怎么办？""他们骗人，"他妻子说，"其实，他们就是不想给泊车的人小费，一块钱也不肯。"
- ◆ 每次洗澡的时候，他会在澡盆里至少放 2 英寸的冷水，好节省燃气费。他太太总是放上满满一盆子滚烫的热水，等水凉下来再洗。这可要他的老命了。
- ◆ 他从来不让他太太看到他们的联合退税额，因为他不想让她知道他到底挣多少钱。她痛苦地认识到，蒙上眼睛签退税表(1040 表)，注定会弄花她的妆。

---

① 芒提·豪，1963~1990 年间娱乐秀《让我们做笔交易》的节目的主持人。

每当家里的东西坏了,她丈夫也从来不叫修理工来维修。早餐的时候,妻子会说:"抽水马桶漏水了。"

"我今天晚上一回来就修,"丈夫会说,显然把这件事记在了心上。

当然,他说他今天晚上一回来就修已经说了四天了。所以,有一天他上班的时候,他太太打电话叫了一名水管工,把抽水马桶修好了。一两周后,维修账单来了,她把账单藏了起来,因为如果他知道,居然有另外一个男人在他家动了他太太的管子,他非气得把屋顶掀翻了不可。

除了小气的毛病,她还是很爱他的。"他是个非常棒的父亲,也是个好丈夫。"而且虽然他买了个批发的棺材,她不得不洗冷水澡,还得偷偷地叫水管工,她知道,在他的心里,有那么一个特殊的位置是专门留给她的。

"我知道,母亲节那天早上 5 点,他就会去 99 美分商店抢购。对他而言,这是表达'我爱你'的最佳举动了。"

温柔地骗我

(婚姻和金钱)

我父母经历过经济大萧条。所以过去四十多年来,我一直坚持关上不用的灯,以节约费用。可是,我太太花钱却大手大脚。就连我回到家,知道她给我们的金毛猎犬请了个荷兰语家教,我都不会吃惊的。

我能很敏锐地察觉到女人、男人和金钱的关系。

一共有三种夫妻组合:

◆ 夫妻双方都花钱如流水(好在他们有透支保护)。

◆ 夫妻双方都非常节约(其中一个人还保留着他/她 19 岁生日时奶奶给的 10 美元支票)。

◆ 一个节约的人和一个花钱大手大脚的人结了婚(喜欢花钱的人觉得节约的人是个小气鬼,节约的人觉得爱花钱的人还以为自己和超级富豪结婚了)。

要是夫妻双方的消费习惯一样，那再好不过了。可是当一个很节约的人和一个爱花钱的人结合，问题通常很快就来了。

一个（爱花钱的）女人告诉我一个故事：她是如何让她（很节约的）老公相信她存了一大笔钱，尽管实际上她把家里的小金库都挥霍得一干二净（家庭罪犯注意了：请做笔记，这个方法很实用）。

尽管她是个购物狂，她老公还是深爱着她。事态最终发展到，到了月底他们得决定付钱给谁——电力公司还是专卖奢侈品的内曼·马库斯百货商店（她选择内曼百货商店，理由是如果家里断电了，她要坐在黑漆漆的屋里的话，她就更需要闪闪发亮的床单了）。

到头来，他都快要领救济餐了。"别再瞎花了，"他跟她说，"不然的话，从此以后我来管账。"

好了，她才不想每个月从他那里领零用钱。至少那个月不行——布鲁明代尔百货公司正在搞大减价。心理医生说购物狂不可能在一夜之间改变。疯狂购物的冲动是非常强烈的，而且你大概也听说过那句古话，"前路艰难，勇者血拼"，所以她就是这么做的。

在商场里，她继续恣意挥霍。无论她想要什么，她都买下来。因为她有了一个计划。这个计划非常完美，她那智商平平的丈夫肯定不会发现破绽。完成购物后，她在她家车库摆开了摊子。她把所有新买到的东西从购物袋里拿出来，摆在身边的副驾驶座上。然后，拿出了一支刚刚从斯特普尔办公用品货架上买来的红色荧光笔。

是时候把她的计划付诸行动了。

她拿了一件漂亮的艾琳·费雪牌衬衫，价签上标的 110 美元。这是她买这件衣服时，在诺德斯特姆百货公司付的价钱。她用荧光笔在 110 美元上面画了红叉叉，然后草草地写了一个大大的 55 美元，就像商店减价出售时写的那样。

有了这支红笔，她把所有买到的东西的价格都做了一番修改。天才啊！

等他回来了，他会问"这东西多少钱？"她就会高高兴兴地把第一件东西的价签拉出来给他看。

"看，是半价啊。"她满脸笑容。

他老婆那么能干,每样东西都省了那么多钱,他怎么会生她的气呢?不光这样,他还觉得她听进去他的话了,因为她只去减价的地方购物。

当然,这和真相差了十万八千里。也许是我看《法律与秩序》[1]看多了,可是她老公为什么不问:为什么老海军,安·泰勒和盖普[2]卖的东西的价格都是同一种红颜色的笔迹?还有,他为什么不要求看一眼购物小票?理由很简单——他从心里想相信他老婆改变了,所以当她说她变了,还被他看了"减价"的商品,他就完全相信了。

"谢谢,东西很好,你真棒。"

我把这个故事说给我太太听的时候,她的眼睛瞪得大大的,把每个细节都听了进去。一面点头,她一针见血地评价了这个计谋:"聪明!"当我问她是不是也瞒着我洗钱的时候,她用一种痛苦的眼神看着我,就好像是有人要她捐献骨髓似的。

我太太花钱如流水,我们刚结婚那一阵,她花起钱来就好像她是印钞票的(用金考公司的复印机),当然这样做在那个时候是违法的。我们度假的时候,她要是不在商场里,格林斯潘就会打电话来问,是不是出了什么事了。她说这叫"购物疗法",而且提醒我,"这比办个葬礼要便宜。"

在我们结婚的头十年里,我一直想改变她购物的习惯。我带她去仓储式商场和批发市场,在这些地方,她发觉了批量购物的乐趣。她不仅仅能购物,还能用叉车来购物!"我在梅西百货从来没机会戴安全帽!"她快乐地尖叫道。

她开始大批量、多品种地购物。她把她的小轿车换成了沃尔沃旅行车。因为她需要牵引力强劲的汽车。我写这本书的时候,我太太拒绝就此话题接受我的采访,她让我去找她的律师。这很有意思,因为我们没有律师。

与此同时,我的日子过得实在是紧紧巴巴。然而,我太太还是喜欢买便宜货。比如我回到家,看到我家的车道上停着个新家伙。

"你在哪儿买的直升机?"我问道。

---

① 美国罪案调查电视剧。

② 均为美国服装品牌。

"国土安全部,"她答道,"我用优惠券买的。"

也许我本该多问几个问题,可是这样一来,我们成了这一带首先拥有西科尔斯基公司生产的直升机的人家,这会让我们那些开梅塞德斯轿车的邻居嫉妒得要命,所以我就不多问了。

快 乐 太 太 的 建 议

一开始,就要设置限额。"我们只能花这么多。"没有讨价还价的余地。

有时候,一方会超支。这就需要调整。下个月,勒紧腰带。把因果关系建立起来,"如果你要买这个,你就买不了新的沐浴精油了。"

还有,给铁公鸡的一封信,来自他们的伴侣。吝啬鬼的生命是孤独的。你为什么要存钱?为了退休之后,和你刚刚严厉指责过的那个人幸福地生活么?她不过是花了4美元买了杯摩卡拿铁咖啡,这算得上大事吗?等你退休了,你大可以早早地去买特价咖啡,省下5美元。有一种东西叫做生活的品质,知道吗?下次你爱人偶尔买点东西,让她觉得开心的时候,别再小题大做了。生命是短暂的,消逝得很快。虽然有的时候,信用卡账单来得更快。

最后,我建议在公共场合,比如商场或者超市,你们总是手拉着手。这会让你太太感受到你爱她。而且,你要是放手的话,她会去购物的。

胆 小 如 鼠
(恐惧心理)

托德是个好人、相当不错的父亲、挣钱养家的能手。可他也是个长不大的孩子。他刚结婚那阵要做一个血液检测,以测定血型。这是夫妻孕育检查的一部分。他想要孩子,可是要他卷起袖子来做检测,"没门",这是为什么呢?

托德还小的时候,有一次割伤了自己的手指,伤得还挺重。喷涌而出的鲜血把他吓晕了。在医院里,他看到破伤风的针头又吓晕了一次。等他醒过来的时候,医生正要给他注射麻醉药,这让他第三次晕了过去。再等他睁开眼睛的时候,他看到医生正在给他缝合伤口,可想而知,这可怜的人晕了第四次。

打那天起,他再也不会让针扎到他身上任何地方。这就意味着,多年以后,如果有人要做孕育的血液检测的话,那么这个人肯定是他妻子。她接受了检查,结果完全正常;医生需要检测托德的血液。可是他把话说得很明白:"绝对不可能!"

于是他美丽的妻子,玛德琳,一名护士,做了一件绝望的主妇才会做的事。有一天清晨,4点半,她起来,在他的胳膊上抹了点酒精,找准了根血管,一针扎下去,抽出血来。一切都在他的睡梦中完成。

他一点也没感觉到发生了什么事,可这个故事让我担心起来。他老婆能在他睡着的时候这样做,那么其他的太太们趁她们的先生睡着了都能做出什么事来?"亲爱的,我的脾到哪儿去了?"男人指着自己的脾脏,"我上床的时候,它还在那里的。"

我欣赏玛德琳的机智。而且,尽管她是个女人,她才是个真正的童子军,对未来的一切都做好了准备。她在车上仪表盘的杂物箱里备着一个脐带夹和一个球状抽吸管,万一她要生孩子的时候遇上了塞车,这些东西就可以派上用场。当然,她车里的可调节座位到时也会有用了。

至于那管她半夜抽到的血样,天一亮她就送到了医院的实验室,让医生进行检测。不过他们还没有接受治疗,她就自然怀孕了。所以,我想,他还不是那么女里女气吧。

我和托德一样,估计还有很多读这本书的丈夫也是,非常害怕各种医疗程序。针头、点滴、栓剂,当然还有40岁以上男人最害怕的,前列腺检查。仅仅是提到这些名字,我就觉得浑身刺痛,就好像是超人靠近了唯一能让他致命的氪星矿石一样。

有趣的是,这些对大多数妻子来说不过是小菜一碟。

这是因为作为生命的孕育者,妻子们对于身体各种部位的检查已经习以为常，任由双手冰冷、呼吸有咖啡味的医生总是在她们的身上刺啊、戳啊、捣啊。要是在过去，妇女还会在田间地头蹲下来，生下孩子，然后先把庄稼收割上来，之后，她们才会去照看箩筐里的孩子，说"我想给他取名叫麦罗。"

快乐太太的建议

接受现实：男人和女人害怕的东西是不一样的。这没有什么大不了。不过这样很容易让人产生一个疑问：要是丈夫们对几乎所有健康检查都怕得要死，女人们为什么还要和这些软弱无能的家伙结婚呢？

答案很简单。

平均一个月，托德就会接到一个电话，电话里他平素相当冷静的老婆会尖声惊叫："赶紧回家！！！"喀哒挂了。

托德就会立马赶回家，发现他老婆像个女人一样尖叫着。他就会立刻扫视房间，卷起一本杂志，竖起胳膊，迅速出击，把那只长着 37 条毛茸茸的腿、形状狰狞恐怖的虫子拍个粉碎，然后用拿着油炸圈的那只手的手背，把虫子残留下来的痕迹擦干净。

"这就是我嫁给他的原因。"她自豪地向人吹嘘她这支一个人的杀虫部队。

丈夫，是没有多大的用处，不过我们有时还得全靠他们。

花言巧语

（诚 实）

这本该是个有趣的夜晚，我们和邻居们一起聚会，玩起了"不再是新婚者游戏"。因为鲍伯·尤班克斯很忙，所以我充当了主持人。我还记得清清楚楚，导致那晚不欢而散的一句回答。

"先生们，你们想在哪里看到你太太的照片……"

这个问题别有用意。而且我的邻居们也都喝得醉醺醺的。

"我想在哪儿看到我太太的照片？"我的一个邻居重复道，"在她葬礼上！"

整间屋子顿时鸦雀无声，唯一嗡嗡作响的是那台租来的玛格丽塔制酒机。

一般说来，一个人要被家庭困扰多年，才会在大庭广众之下如此直率。多数我认识的快乐夫妇，会采取所谓的"有选择的诚实"。有些事情你可以实话实说，可是有些事情你必须加以修饰。

可惜的是，你要是喝醉了舌头就不听你的话了。

还有一次，我们参加了一位朋友盛大的生日聚会。夜渐深，在厨房里，我发现自己陷在了两对我认识的夫妇中间。他们从中午就开始喝了，而我第一杯汽酒还没有喝完，所以我就充当起了他们胡言乱语的翻译。很快，我就发现，他们原来在高中的时候分别和对方之一约会过。

"你还记得那一次，"一名妻子对着她的前男友，那个娶了站在她丈夫边上的这个女人的男人说到，"你带我去'返校节'舞会，然后我们……？"

他点点头，在他现任妻子和说话女人的幸运的丈夫面前，那遥远的一夜情开始涌上心头。

"你是我遇到过的最差劲的男人。"她啐道。

为了维护老公的尊严，他老婆立刻反驳道，"每次你喝多了就把这件事说一遍。你是个酒鬼和荡妇。"

"我原先是个荡妇"那个喝多了的女人说道，"现在我只是酒鬼啦。"

她丈夫点点头，"她是个酒鬼。"他已经在喝第五杯马提尼了。结婚以来，他俩一直幸福地生活在酒缸里。

他们这段酒后对话里面，错误比比皆是。他们至少有个人应该有选择的修饰一下自己的话。不过当你血液里的酒精浓度都赶上松节油了，想要控制住嘴里冒出来的话实在相当困难。

如今，我太太和我彼此完全诚实。当她问我真相，她知道如果真相令人痛苦，我回答的时候会委婉一点。如果她想要知道"真正的"真相，她先得给我打上三针杜冷丁让我糊涂了再说。

我已经年近五十啦，我总是在想哪天我得去做一个前列腺检查，不过也就是想想而已。直到有一天我听说,我的一个朋友因为做了检查而得救了,我才下决心去看医生。

这趟医院之行对我来说具有重大意义。在此之前,我从来没有打过点滴,手腕上从来没有被绑过橡胶绷带,什么都没有试过。所以,从各个方面来说,这次前列腺检查是我的处女之行。

被推进检查室后,我大概和护士聊了 27 秒,然后她就把三支杜冷丁推进了我的静脉,我就昏过去了。

30 分钟后我醒过来,医生告诉我,"一切正常,没有病灶。"

然后,他对我说,检查一点都不难受,比不上我回到恢复区以后受到的盘问。

"你你说什么?"我的舌头都不听话了,就像是喝多了,却强作清醒。

"问你太太去吧,她审问了你。"

"什么?她也来了?"(别问刚接受了前列腺检查的人是谁来了。)

后来我回想起来,护士带我的太太来探望我的时候,我还处在麻醉药的作用下,稀里糊涂,乱说一气。

我太太意识到,这也许是她结婚以来,第一次有机会了解到"真正的"真相,所以她这个业余的测谎专家开始审问我起来,她先提了一个"可控的问题"看看我是不是真的有什么说什么。

"我昨天做的香蒜酱好吃吗?"

由于我那具有"委婉"功能的基因还处于昏睡状态,我诚实地回答道,"难吃得要死。"后来向我汇报我是这么回答的,"你忘记放松子了。我讨厌没有松子的香蒜酱。"

既然我是如此诚实,她就开始问第一个重要问题了。"你最近一次出轨是什么时候?"

毫无防备能力,我开始大笑起来。

"什么时候?"

我笑得更欢了。

"你到底有没有出轨过?"她追问道。

后来,她向我报告,我转过身来看着她。我一只眼睛盯着她,一只眼睛在后脑勺上打转。我喁喁低语，"没有。从来没有。我爱你。"然后我咯咯笑了一阵，睡着了。

目睹了这场审问的护士，着实松了一口气。她说，她看过很多夫妻问他们的爱人类似的问题。不过，这是她第一次在前列腺检查室里听到关于"松子"的对话。我很高兴她这样说。

和妈妈结婚
（姻　亲）

结婚前两周，有个女人和她的未婚夫终于和她未来的公婆吃了顿饭。他们是非常严格的罗马天主教徒，一直都在向圣母玛丽亚祈祷，希望他们的儿子不要娶这个女人。因为她不仅仅是个清教徒，而且离过婚。

几周之前，他们一直试图让她签署一份婚前协议，内容是，如果他们分手的话，她丈夫会得到所有她的财产。他们家从来没有人离过婚，所以他们想用白金手铐把她铐住，好让她老老实实呆着。他们为了不让有人在他们的眼皮底下离婚，可谓是想尽了办法。

尽管他们循循善诱，她可不吃他们这一套。他们要求她在协议书上签字的时候，她直接地说"不"。

这餐饭是结婚前最后一次和谈机会了。席间，准新娘去了洗手间。5分钟后，她回到饭桌前，却发现气氛异常尴尬。事情很明显有点不对——没人讲一句话。他们只是把自己盘子里的蛋糕移来移去，大口大口地喝着服务员拿来的不含咖啡因咖啡。四、五分钟令人痛苦的沉寂过后，她的准公公开口了。

"我就是……"

他太太立刻咆哮道："闭嘴，吃你的饭。"

又过了几分钟，她未婚夫宣布，"我们吃好了。"然后他俩就离开了饭店，让他那对着急上火的父母留下买单。

"怎么啦？"准新娘问道。他告诉她，就在她去洗手间的时候，他妈妈拿出了一纸协议让他签。那可不是他们追着让她签的那份婚前协议——而是特地为他定制的一份协议。这份协议由他们家的律师起草,内容相当简单:如果他们的儿子同意不和洗手间里的那个女人结婚,他们就付给他 500 万美元。

当然,恋爱中的年轻男人总会想办法钻个法律的空子,所以他们把最大的漏洞给堵上了:如果他只是取消了婚礼,还是跟她住在一起的话,他拿不到那笔钱。协议还特别规定,他永远不能再见她。

他接着说,"别担心,我才不会签呢。我们结婚。"

惊恐万分,她得停下来好好想想到底发生了什么:她未来的婆婆拿她做一笔交易。如果他悔婚,和她撇清了界限,那他足足有 500 万个理由这么做。

500 万可是个大数目。这时她突然想到,"他们应该让我去签这个协议。"

两周后他们举行了婚礼。她的新公婆自然没有到场。

在他们度蜜月的时候,她突然病了。她感染了一种奇怪的致命病菌,蜜月被迫中断,她住进了一家大医院的传染病房。这对新婚夫妇不得不面对真正的威胁——她也许会死。

你会猜新郎也许在后悔,"她说不定会死——我还是应该拿那 500 万。"

幸运的是,她恢复了健康。当然在病中,她丈夫一直陪伴着她。

出院回家后,她丈夫泄露了一个惊天的秘密,他悄悄告诉她,他怀疑她得病并不是偶然的,他觉得这是他母亲出的最后一招,那天吃饭的时候他母亲给她下了毒。

因为她的病的潜伏期是两周,就在她得病两周前,她正好在一家饭店的洗手间里补口红,而她未来的婆婆在试图收买自己的儿子。

巧合?你觉得呢?

和他们一比,你会突然觉得你和公婆的关系很美好。你婆婆什么时候抢劫过你?

快乐太太的建议

有公婆很不错。只要保持距离。我的公婆就几乎总是在 3000 英里之外。万一他们偷偷跨过州界来看我们,只要他们一越过密西西比河,我在北美防空联合司令部的朋友就会通知我,我桌上的红灯会立刻亮起来,我们就会赶紧打包躲到波科诺斯去。

不过,你可能住的和公婆很近,喊一声就能听到。我知道有些夫妻和他们的公婆住在同一个镇上,有的住在同一条街上,还有同住在一个屋檐下的。他们以后肯定都能上天堂。

提到公婆(岳父母),有些事情是放之四海而皆准的:

1. 你不是他们为孩子择偶的第一选择;
2. 他们是不是想要你听从他们的意见;
3. 很有可能,他们会比你先离开人世。只要你记住有一天你或你丈夫会得到一大笔遗产,你就会发现和他们争吵是不明智的,还是闭上嘴巴,微笑吧!

你必须想办法和公婆相处,不然的话,这辈子你都注定要不开心。

和公婆(岳父母)处理好关系,是你婚后的一大难题。你结婚了,你知道你要接受你爱人的家庭。不过你不知道他们居然是这么古里古怪的一家子。

我 被 礼 物 撞 了 一 下 腰

(礼物疲劳症)

每年春季,我都会得一种被病理学家称之为"礼物疲劳症"的病症。我会丧失一切购物欲望。

这是因为每年 5 月的 12 天内，我要给我太太买生日礼物、结婚纪念日礼物，还有母亲节礼物（豪马克贺卡公司请注意，既然是母亲节，就应该是由孩子来买礼物，不是吗？我很乐意在太太节的时候，给我太太买礼物，尤其是这个节日并不存在，我就更乐意了）。

真汉子不逛商店，他们只是购物，而且迅速购物。

众所周知，女人购物最多的日子是在感恩节之后，而男人购物最多的时候是在圣诞节前夜。为什么会发生这种情况？也许是因为，男人都是实际的、受啤酒驱动的个体，他们不愿意浪费时间，尤其是不愿意在收看 ESPN 体育台成问题的商场里逗留。

我的朋友麦克和我一样，当然，他比我高一点，聪明点，也成功点。我非常崇拜他。尤其是，他在一个圣诞节前的举动让我崇拜不已。这一举动已经在他的家乡成为传奇广为流传。那是一个圣诞节的前夜，中午时分，麦克到商场作一年一度的拜访。他事先显然已经计划好了，所以很快就买到了想要的东西，仅仅用了令人惊叹的 20 分钟就回到了车上。他已经达到了购买礼物的最高境界。他给妻子买了一枚蓝宝石钻戒，肯定会把她感动得喜极而泣。最妙的是——他用了不到半个小时就搞定了这件礼物。

当他的妻子朱蒂打开礼物的时候，她简直不能相信自己的眼睛，"我太喜欢了！"她激动地喊道。

在此之前 20 年，麦克给他妻子买的温馨礼物总是特百惠家居公司出产的、非常浪漫的、24 件套家居用品经典套装。这枚戒指弥补了她这辈子收到的糟糕礼物带来的遗憾。

朱蒂目不转睛地盯着他看，然后看看戒指，然后又看他，骄傲地宣布："这就是我嫁给你的原因。你知道我喜欢什么！"

接下来的一年里，麦克成了这一地区的最佳丈夫。作为一个男人，我觉得作为他的邻居简直是遭罪。下一个圣诞节很快又到了。自然，朱蒂，还有附近的所有妻子们，都在期盼这一次，麦克还能带来什么更大的惊喜。

笑容满面，麦克把另外一个小黑盒子递给了他太太。

"这不是钓鱼竿。"她知道这是什么，又是一件首饰！

她一下子掀开盖子，看到了今年的礼物。她非常震惊。简直是流光溢彩、耀眼夺目！盒子里装着的,是和去年他送给她的蓝宝石钻戒一模一样的一枚戒指。

一开始,她以为他又把去年的礼物包了起来,和她开个玩笑。直到她抬起右手,看到原来那枚戒指稳稳当当地待在那里,她才知道这不是玩笑。

"难怪这么面熟呢！"他正要解释,卧室房门砰地一声就关上了。

从个人角度来讲,我讨厌商场,尽管我已经能够做到在15分钟内进出商场了。我之所以能够做到这点,是因为我和麦克一样,总是给我爱的女人买同样的东西。

去年,我给她买了一个145美元的棕色凯特·斯贝德牌尼龙手提包。今年她生日的时候,我买了一个145美元的粉红色凯特·斯贝德牌手提包。母亲节的时候,我送的是个黑色的。她过完生日的第一天,就会把这件礼物退回去。就像她处理以前收到的无数个手提包一样。

另一方面,我太太总是给我买一些非常实用而又体贴周到的礼物。我唯一的要求是,无论她给我买什么,便宜是最重要的。我已经什么都不缺了,所以无论她给我买什么,我其实都不需要,这点我俩都明白。

男人总是为给女人买礼物感到痛苦,而女人却似乎非常善于给自己的男人买合适的礼物。

事实上,这不过是因为男人的演技比女人出色。当我们打开礼盒,看到伊夫·圣罗兰的科诺诗男士香水和一个印满了小马的傻乎乎的领结,我们都会做出同一种反应:"谢谢！太棒了！我喜欢极了！"实际上,男人真正想要的是一台全新的液晶屏幕电视,而且每到周五周六的晚上,孩子们上床后10分钟,花花公子频道就会神秘地开播。

但这是不可能发生的事情。因此,在现实世界里,男人会愉快地接受任何礼物,并且表现出喜爱:"小马！你怎么知道我喜欢小马？"因为他对妻子充满感激:这么多年以来,他不断忘记把抽水马桶的坐垫放下来,而他的妻子始终对他不离不弃。

快乐先生的建议

一定不要送女人家用电器。除非是拉尔夫·劳伦[1] 设计的烤面包机,否则的话,还是放回去吧！一件家用电器传达的潜台词是:"亲爱的,结婚周年快乐。现在到厨房给我做个玉米粉热狗吧！"换句话说,如果一件礼物是带插头的,你就要吃苦头了。

还有,如果是买衣服的话,记得永远要买小号的。

有一次,我给我太太买了一件大衣作为圣诞节礼物。因为不想泄密,我就没有问她穿几号的大衣。那件大衣很不错,而且看上去应该合身。

所以我就买下了这件 18 码的大衣。

结果是,我足足买大了 6 码。

从此,她拒绝和我交谈,直到情人节才让孩子传话给我:

"告诉你爸爸,丘比特死了。"

小打小闹
(如何不让争吵变成枪战)

有时候,你们会在重要问题上产生意见分歧。

"《全金属外壳》[2]里面的那个家伙叫什么来着？"他问妻子。

应该叫伊桑什么的。

"你肯定是说马修·摩丁！"她答道。

"霍克……伊桑·霍克。"

"我刚刚在电影频道看过这部片子,肯定是马修·摩丁！"

---

① 美国著名服装设计师。

② 1987 年美国反越战影片,马修·摩丁为主演之一。伊桑·霍克没有参演。

"我赌 20 块,你说错了。"

"我赌 20 块,你是白痴!"

"我从来没有爱过你。"

(剧情需要,停顿)

"还有,你妈做的肉块味道像老树皮!"

海牙国际法庭会认定最后那条的评论是完全多余的,即使那肉块比老树皮还要难吃,也没有必要说出来。

争吵的时候,有些事情是一定不能做的:

◆ 骂人(工作的时候已经骂得够多了);

◆ 嘴里酒气熏天;

◆ 大喊大叫;

◆ 编瞎话;

◆ 说一些难以补救的话;

◆ 羞辱你岳母(婆婆)的拿手菜。

适者生存的法则很简单,如果你与人争斗,必须竭力获胜。然而,这不是拳王阿里对弗雷泽的比赛,这是你和你所爱的人之间的争论。这里有一个不要让争吵升级的原则。我们的脑袋里都存着长久以来我们的伴侣犯下的各种可笑的错误。一旦我们甩出这些重磅炸弹来,局面就一发不可收拾了。争吵即将演变成相互咒骂,互伤感情,最终涕泪横流。想象一下辩论节目中的汉尼提与考姆斯①哭花了睫毛膏的样子。

如果在激烈争论的时候,你引爆了这样一颗中子弹,让家具无损而造成人员死亡,那么你在你们俩的关系上再插上两刀也没事了,因为你们俩之间的关系已经完蛋了。这种情况有时会持续几个月,有时甚至会持续好几年。既然你如此出口伤人,也许你会永远得不到原谅。即使你租上一个月

---

① 全美黄金时间段最叫座的夜间辩论类栏目,每晚九点播出。

诺拉·依弗朗导演的爱情喜剧,也于事无补。

如果你是在联合国参加谈判或者是为全美汽车工人联合会争取一份新协议,那么全力以赴,确保获胜。可是通过我 20 年来吵架的经验,我发现,我不必每次都赢。除非到了我太太每餐都给我吃糊糊的地步,我还是想要和这个女人一起生活下去的。

快乐太太的建议

美国全国汽车比赛协会竞赛的明星戴尔贾瑞特说过,有效的争论方式是:"在睡觉前解决争吵。"曾经荣获奥斯卡最佳女配角奖的女演员奥林匹亚·杜卡基斯回应了他的观点。如果你发现自己陷入了一场棘手的争论,你应该"待在家里"。她如是建议。这很有道理。如果丈夫和妻子都留在屋子里,直到他们说出彼此不同的看法,并且找到一个解决方法的话,他们就不会愤怒地摔门而去了。她又补充道,一定要"得出个结论",而且"看到问题的另外一面"。这也是对的。难怪她会得到奥斯卡奖呢。

当然了,如果奥林匹亚自己真的"待在家里"的话,她的奥斯卡奖座就不会被盗了。那次她出席了一个电视节目,主持人问她把她因《月色撩人》而荣获的奥斯卡奖座藏在哪儿了。她告诉了他。不幸的是,她家附近的一个小偷也看了这期节目。而后,他就闯进了她家,轻而易举地找到了奖座。它就放在奥林匹亚在电视上说的地方。后来,这个小偷和她儿子谈判过归还奖杯的事情,可是并不成功。所以直到今天她的小金人还藏在别人家里。

不过,不要为她感到难过。她从奥斯卡组委会那里又用 70 美元的价格买了一个替代品。如果还有人为放不放红辣椒吵架的话,想想她和她丈夫关于这次失窃的谈话:

"你为什么没有开防盗警报?"

"你为什么要在电视上把秘密存放地说出来?"

"你以为你是谁?伊桑·霍克吗?"

"你是说马修·摩丁吧。"

"算了。"

所以,我学会了妥协。我用一种全新的、轻松的方式吵架。争吵开始,我会确保我太太听到了我的话。所以我会重复几遍。如果她不理会,我也不会强迫她接受。

而且我现在也学会了倾听。曾有一度,我用一种角斗士式的不容置疑的方式争吵,非把我的对手置之死地而后快,完全不理会在极个别的情况下,我的对手是对的。现在,我倾听。如果我太太是对的,我会承认。

记住,这是种相当先进的思维方式。我花了很多年才认识到,为了再不在土豆沙拉上放红辣椒粉吵架,搞得3个月的周末都要看我太太的冷脸,这很是不划算。20年来,平均每个暑期,我们都要为放辣椒粉的事吵上两次。我太太说不放。我说要放,因为我妈就是那么做的,而且我妈总是对的。

现在,作为进化了的丈夫,我意识到我不值得为辣椒粉的事搞得脸红脖子粗。在大事上争论,小事就算了。为了一种红颜色的调料弄得不欢而散,不值得。既然土豆沙拉是我太太做的,那么她说了算。她喜欢怎么做就怎么做。虽然我明明知道,如果她放了辣椒粉的话,会比现在好吃25%,我还是静静地绝望地吃掉它。

哦不,是杰拉尔多
(年龄差距)

身为父母,最害怕接到这样的电话。你辛辛苦苦养大的孩子终于决定要结婚了,可是你不喜欢那个将和她共度余生的人。

"乍一听是挺可怕的,"杰拉尔多·瑞弗拉①跟我说,"我离过4次婚,是个57岁的男人,臭名昭著,还想和他们的女儿结婚。"
这个著名的电视新闻记者记得清清楚楚,当他年方25的女朋友艾瑞卡·莱维打电话给她的父母霍华德和南希,告诉他们她和杰拉尔多订婚了时的情形。电话线的另一端陷入了沉寂。

---

① 福克斯新闻著名主持人,以嬉笑怒骂的新闻主持方式闻名。

"他们把自己犹太教的女儿送去和一个不错的犹太小伙子相亲。"艾瑞卡告诉我。杰拉尔多不是他们心目中的理想人选。事实上,杰拉尔多比她爸爸还大一岁。32 年可是个巨大的年龄差距。如果说她是 iPod 一代的话,那他已经属于退休人员之列了。

他俩的年龄差距让她的父母非常不安,这立刻使得他们的订婚变得暗淡无光。虽然他可是个传奇人物,曾经在托拉博拉山区搜捕过本·拉登,还曾经用鼻子接过一把光头党扔过来的椅子。

于是,杰拉尔多决定开展魅力攻势。他邀请艾瑞卡的父母从他们的家乡,俄亥俄州的谢克·海茨,飞到纽约来。这个大腕主持人会在那里等着他们。为了给他们留个良好的第一印象,他直接去见他们。

"我用直升机去接他们。"杰拉尔多回忆说(我未来的女婿注意:我不在乎你年龄多大,只要你有私人直升机,欢迎你娶我的女儿)。然后他把他们直接带到了艺匠咖啡餐厅。这是家纽约标志性的餐厅,非常浪漫,在那里你可以和许多名流邻桌,享用 47 美元一份的法国龙利鱼。

"接下来我们作了这次谈话。"杰拉尔多继续回忆道。他喜欢她的父母。他们拥有磐石一样坚固的长达 30 年的婚姻。就在同样的 30 年里,杰拉尔多结了 4 次婚。在他出版了自传《揭露我自己》,写了多年以来他交往过的几个名人后,他又获得了"少妇杀手"的名声(我读他那本书的时候,很钦佩他的坦诚,不过,再说一遍,我是不会和他结婚的,除非他拿自己的直升机来接我)。

艾瑞卡的父母聚精会神地倾听了他的故事,显然瑞弗拉先生魅力逼人,说服力一流。这天以前,他们只在电视里见过他,看过他很久之前扮演的"令女人着迷的穿蕾丝裤子的男人"之类的片段。在现实生活中,杰拉尔多非常不同。他让他们看到了现实生活中的他。在向谢克·海茨的远道而来的客人"揭露他自己"的过程中,他向他们显示,他是多么爱他们的女儿。杰拉尔多这名前律师,把自己扔到了审判席上,为自己做了一份强有力的辩护,最终,一道清楚的判决下达了。

"你们结婚吧。"她父母说道。

他问,是什么让他们改变了主意?杰拉尔多亲自向艾瑞卡的父亲保证,他会照顾她一辈子。说到底,这不是天底下所有父母想让自己孩子得到的?"那天结束的时候,"杰拉尔多说道,"艾瑞卡的爸爸对我说'你是最棒的。'"

"现在,我爸妈成了杰拉尔多最好的朋友。"艾瑞卡微笑着说道,"他的家庭也对我敞开了怀抱。我爱死他们了。"

与此同时,她订婚的消息在她的家乡引起了巨大的轰动。克利夫兰的《诚实商人报》还在头版头条刊登了《克利夫兰灰姑娘的故事:艾瑞卡·莱维》。"我父母,"艾瑞卡说,"打电话来说,'灰姑娘?我们可没有把你关在地下室里。'"

他们举行了一个童话般的盛大婚礼,婚礼前一晚上在杰拉尔多的航海者帆船上举行了派对,然后在四季大酒店举办了婚宴。婚礼实际上是在纽约的中央犹太教堂举行的,新娘的父母至少实现了一个愿望:举行一场犹太教婚礼。杰拉尔多对他那些声名显赫的来宾发表了一份声明:"我真想要向人们宣布:无论你是担心还是想取笑(我们的婚姻),睁开眼好好看看我们吧!"

确实有很多人看了。出席的嘉宾有,比尔·克林顿和希拉里·克林顿,一些世界领导人,一些小报上常报道的名流,还有第 101 和第 82 空降师的伞兵。婚礼上,其他新婚夫妻都会竭力不让其他人抢了风头,杰拉尔多则把这项注意扔到了脑后,他同时邀请了以色列前总统和巴勒斯坦首席谈判。不见拳脚横飞,但见觥筹交错。他们也好好嘲笑了一番新郎新娘的悬殊年纪差距。

先是杰拉尔多的伴郎,演员切奇·马林说了一番祝酒词,开始的时候好像是拿艾瑞卡开刀,结果却是狠狠地刺了她的新郎一下。"等到她 40 岁得了更年期综合征,"马林说道,盯着杰拉尔多,"你已经翘辫子啦。"

后来,艾瑞克的父亲,霍华德,又让比他大一岁的杰拉尔多吃了一闷棍。他回忆起一次和未来女婿一同出游的经历,他们去了克利夫兰的摇滚名人堂。"我们去买票的时候,卖票的人说,'伙计们,两张老年票是吧?'"

好吧,这就是最大的问题。这对夫妻年纪并不相当。他们相差了足足有 32 年。不过他们俩都不在乎,别人为什么要介意呢?

"对杰拉尔多来说，年龄真不是个问题，他真的是很年轻。"他妻子微笑着说，"他总是充满活力。他的身材那么棒，有时候我都赶不上他。"

"她真可以算得上是现实社会的潮流指导，"杰拉尔多解释道，"是我与现代生活之间的桥梁。"

艾瑞卡帮助她的丈夫和另一代人对接。她丈夫同样也帮助她。"我觉得我是属于猫王埃尔维斯，鲍勃·迪伦还有越战的一代，"杰拉尔多告诉我，"这些是我成长期的印记。她就来自一个非常不同的时代。"

"我和他听一样的音乐"艾瑞卡说，"鲍勃·迪伦①现在是我最喜欢的歌手。"

"我们在一起已经有5年了，我们几乎不怎么争吵。"杰拉尔多补充道，我意识到我所想象的代沟在他们的婚姻里并不存在。

"她就是我的大后方。"瑞弗拉先生说，"我知道我能在她那里寻找安慰。我回家看到我的宝宝，回到我太太的怀抱中。这是我的安乐窝，无论外面有多么大的危险，在这里我都不会受到伤害。"

"我觉得非常幸运。"新娘害羞地说。

最后，她丈夫总结道："最终我搞清楚了，这是我愿意牵的那只手，直到天荒地老。"

让我们正视现实吧，年龄不过是个数字。我认识一些人，60多岁了，身体就和40多岁的时候一样好，我也认识另一些人，才30来岁，就已经表现得像是75岁了，只等着劳德代尔堡的新推盘游戏场地揭幕了。

这里有一条秘诀：永远牢记，在我们心中，我们年龄一样。

---

① 20世纪60年代美国著名摇滚歌手，被广泛认为是美国60年代反叛文化的代言人。

如何永葆"新婚"感觉

（根据一个古老的玩笑）

如何给女人留下深刻的印象：请她喝酒，与她吃饭，对她微笑，和她一起欢笑，拥抱她，做任何她想要做的事情。

如何给男人留下深刻的印象：带上啤酒，全裸出现。

订婚规则

（军　婚）

我认识一些当兵的，他们到纽约来暂住的时候，经常要求住在曼哈顿东边一家特定的行政酒店里。为什么偏偏选那里？不是因为这家酒店地处市中心，或是交通便利。这些穿军装的男人之所以强烈要求要住在那里，因为这家酒店是空姐们的长租之所。

一个非常著名的常在电视上出演将军的演员告诉我，"男人会找到这个地方，然后说，'如果我来纽约的话，我要住在这里。'"

女士们，先生们，这就是我们拥有地球上最具有战斗力的军队的原因。我们的战士在找女人方面也非常聪明。

有一名上校和他的三名伙伴来自旧金山基地，他们被派到纽约，到华尔街参加一个短期培训。他们早就听说过这家酒店的大名，于是他们立刻制定了一份作战计划。

"周日我们要吃一顿早午餐，结识一些姑娘。于是，我们就在酒店大厅和电梯里分发传单。结果来了16个女孩。"

那天，上校结识了一个非常迷人的模特。她对他的家政能力没有留下好印象。

"我走进那个房间的时候，他正在厨房里。"她回忆道，"他们准备了供15个人聚餐的材料。他在锅里煎了85块咸肉，做咖啡的壶只能倒出两杯咖啡来。"

一两周后,这些军人又在电梯里分发传单了,这次他们邀请整座大楼的人吃早午餐,免费提供香槟(除了军人即食口粮,人总还要吃点别的。)

"人那叫蜂拥而至。"上校咧嘴笑着对我说。

模特和可爱的上校再次相遇。这一次,他们聊得多了点。几杯马提尼酒下肚后,上校约她吃晚饭,"因为我知道,获得纽约女孩芳心的方法,就是请她出去吃饭。"

"我太穷了,花不起钱出去吃饭,"她说道,"他问我,'你老家是哪里?'我回答'没有固定的地方。我爸爸是部队里的。'"

"'天哪!'他痛苦地叫道,'我跑了3000英里来认识一个部队里出来的小鬼!'"

也许是受了她父亲的影响,她很喜欢穿制服的男人。不仅仅是部队里的,别的穿制服的她也喜欢。

她会不会和一个水兵约会?"立马就去。"

那水手呢?"那是肯定的,我很随和的。"

海岸警卫队队员?"当然,"她说道,"和商船队员约会就很难了,他们总是出海。"把他们从名单上划掉。

事实上,她的名单上突然只剩下了一个男人,就是那个吃咸肉,免费请人吃早午饭,喝香槟的上校。

"我遇到她的时候,她正要出去钓鱼,"他说道,"结果她钓到了我。"

三月,他们相遇。到了6月,西点军校放探亲假的时候,她成了他的爱人去探望他。再接下来一周,他向她求婚了。她母亲搭了下一班飞机去见未来的女婿。她父亲(当时也是个上校)一直到婚礼前四天才见到了他女儿的结婚对象。

"感谢上帝,他头发挺短。"她母亲通过加密电话电话向她的同级指挥官汇报。

"和部队里的人结婚,日子挺不容易的。你总是担心会出什么事。"她告诉我。她母亲新婚才两周,珍珠港就受到了偷袭。恰巧,当时他父亲在基地驻扎,袭击发生后一天他去上班,然后就彻底消失了。

　　"我妈妈知道他参加了诺曼底登陆行动，可是不知道他究竟在哪里，到底是不是还活着。只要部队那辆可怕的车子还没有停在我家门口，她至少还有希望。"

　　盟军在奥马哈海滩登陆后六周，她母亲收到了一封信。信中，他让她放心，"我很好。"她这才舒了一口气。整整六周，她不知道自己的丈夫是死是活，和她有同样遭遇的还有其他成千上万个美国妻子。那个时候没有电子邮件，也没有国际漫游手机，人们就是这样苦苦煎熬着。

　　我写这本书的时候，那对在纽约空姐酒店初次相遇的恋人，已经结婚30多年了。他骄傲地为国服务，而她骄傲地追随着他，拖家带口地从一个基地搬到另一个基地。每当一个军人结婚，他们的伴侣会发现，虽然他们不穿军服，他们也为国牺牲了很多。我向他们致敬。和军人结婚确实不容易，而且他们也没有受到多少来自别人的鼓励。

　　"我认识的很多太太们都没有军队生活的经验，"她说道，"她们不知道军衔是怎么回事。"她们也不知道老公的上司是个将军意味着什么，星条旗又意味着什么。"她们不明白为什么自己的丈夫会那么长时间不在身边，让她们承受那么多的痛苦。年轻的太太们会来找我，因为她们不明白为什么我会显得那么坚强。"

　　"我把我妈作为学习的榜样，我看着她是怎么从二战开始独自承受这一切的。我觉得正因为我是部队里出来的小鬼，所以这种生活对我来说变得相对容易接受一些了。"

　　国家需要有一些特殊的人无私地为国服务，同样也需要另一些特殊的人同这些人结婚。军婚的生活确实不容易。这种婚姻的秘诀是什么？我问这对军中夫妇。他们现在已经退休了，住在他们蒙大拿的别墅里，过着好日子。

　　"首先最重要的是沟通，"她告诉我，"其次是幽默感。这两样是密不可分的。如果婚姻里缺少了这两样，就不会长久。"

　　可是这么多年以来你们都分居两地，现在却突然要天天生活在同一屋檐下，生活有什么变化吗？要是他们相互厌烦起来，该怎么办呢？

　　"我会出去工作，或者遛狗。"他平淡地说道，刚刚从外面遛狗回来。

她有个更好的主意。她的建议既结合了她让他出去的愿望又利用了他受五角大楼培训产生的技能。"我会对他说，'你为什么不出去，打点什么东西回来呢？'"

他照她的话做了。

给我一个避风港
（你的第一个家）

我住过 14 所不同的房子，这还不包括我在堪萨斯大学读书的时候，暂时租住的豪华双人房车。你知道这个计算公式：堪萨斯+房车+龙卷风=龙卷风季节最差居住地。

我总是在不改变房子内部结构的前提下，把我的单身公寓弄得尽可能舒适一些。我娶了老婆之后，一切都变了。她觉得我在起居室放着的八人"极可适"浴缸，让我看起来不太像是个"有家室"的人。我们是时候该搬到郊区去住了。

我们跟普通人一样准备了一张购房清单。我们的房子要带白色尖桩篱笆、一个草坪，还有一个小车库，我们可以在里面养只小狗。典型的美国梦。可惜这样的房子是不存在的。

欢迎来到真实的房地产世界，或者应该叫真实的谎言世界。你可得花点时间才能听明白这里的行话。

◆ "待修理"的房子应该叫"待重建"；
◆ "古雅"的意思是："艾森豪威尔当总统的时候流行的建筑风格"；
◆ "低税收"意味着配套资源缺乏，离你这所古雅的待修理的新房最近的公立学校的图书馆里，只有一本书。

寻找一所新房的最佳方法是，开车四处转转，找一个你喜欢的街区。不要搬进那些可怕的，或者容易遭水淹的地区，也不要住进原房主获得了环保署巨额赔偿的房子。

我们开车穿过弗吉尼亚的时候，看到一个非常可爱的地方，那里山势连绵，马儿在白篱笆墙内吃草。"亲爱的，他们有篱笆啊。"我太太说道。它让我想起了我小时候的围栏床。

最终，我们找到一个我们都喜欢的地方。事实上，这个地方简直太完美了，都不像是真的。肯定有什么地方有毛病。也许这里曾经发生过一起可怕的命案，每到月圆之夜，墙壁就会流血。可是，谁在乎这个呢？这里有个可以装 4500 加仑水的游泳池！我太太给我递了一个"这座房子会让我快乐"的眼色，我开始和地产经纪协商，我只用了 15 秒钟。

"这就是我们要找的，"我脱口而出，"太完美了！"接着用哈佛商业学院现在仍在教授的，在谈判中不应该说的话，我继续说道，"房主不管要多少钱，我们都要了。"

我还应该说一下，我们仅仅看了起居室和游泳池之后就买下了这座房子。好在房子的二楼有卧室，不然的话我们得在前厅搭个上下铺了。我们俩是冲动型的购物者，而且晚饭的时候刚刚喝了几杯酒。

在这所房子里住了几年之后，我们意识到我们也许在买房的时候多花了很多钱，下次买房的时候我们会再慎重些。转眼间 7 年过去了，我又被吸引回纽约做一份电视工作。上一次我在纽约居住的时候，我们只有一个孩子，租了一间只有一个卧室的房子，月租金 6000 美元（NBC 电视台给我报销，那时候他们还没有在《挑战恐惧》①第九季上赔光所有的家当）。那套房子为什么如此昂贵？那是因为从那里能够看见曼哈顿东河的风光，而且嘉宝就住在我们隔壁。至少房地产经纪人是这么跟我们说的。事实上，我们唯一见到这位著名隐居者的一次，是在她逝世的那一天，验尸官在她脚趾上挂上了标签，把她抬了出来。

如今，我们已经有 3 个孩子了，而且我发现大多数五口之家都不住在纽约城里。在这里，大街上的双人儿童推车就和公园大道上的沃尔玛超市一样罕见。人们最终都住到了所谓的三州地区——新泽西州，康涅狄格州

---

① 是国家广播公司的真人秀节目，让参赛嘉宾挑战各种项目，比如吃掉蛔虫。

和纽约州。经过三个月的挑选,见了九名房地产经纪人(包括一个说"我看过你的节目,也许你应该考虑租房"的经纪),我们在新泽西,这个花园洋房州,买了一所房子。

这所房子有我们需要的所有设施:一个屋顶,四面墙壁,油漆。更重要的是,我们另一所房子的交易到期时,这所房子正好在出售。所以我们就买下了它,事先连屋里都没有进去过。我知道你在想,"这些傻瓜早上是怎么穿裤子的?"跟你一样,一次穿一条腿,从头上套。这里有个合理的解释。房主和他们的孩子得了麻疹、腮腺炎,或者是禽流感,我们想,"为什么要冒得病的风险呢?"于是,他们要多少我们就付了多少。

搬家的那一天,我们很高兴地发现,我们的新家造得相当不错,还被漂亮地刷成了我们从来没有见过的粉红色。一座粉红色的宫殿。我们不是很喜欢这种配色方案,所以我们最终把房子刷成了蓝色。

搬家经历
(乔迁新居)

我们的新家和我们之间横亘着 6700 罐甜橙苏打水。

那辆半挂运输车为什么会撞得折了起来,把装载的货物撒了整整六个车道,我们不得而知。可是堵车让我们有了充分时间,来思考我们的新家和新生活。在你刚刚签了一份长达 30 年的贷款合同之后,有闲工夫来思考可不是什么好主意。我立刻就担心起来,我是不是多花了很多冤枉钱买了一所排水不畅的破烂房子?

这看起来是场交通事故,不过现在回过头来审视,这显然也是个坏兆头。"停下,调头,回去!"如果我们随身带了旅行用的通灵板①的话,上面肯定会浮现这条信息。

---

① 在西方国家人们热衷于通过通灵板与神灵交流问卜,或者与逝去的亲人联络,而今天很多的使用者是用它作为一种通灵占卜的游戏,在朋友聚会时使用。

两个小时后，我们穿越了橙色海洋，停靠在我们的新房边上。原先的房主一搬出去，我们就搬进去。他们误点了。在我刚刚买下的草坪上，停放着一辆皮卡，一辆厢式货车，还有两辆大货车，一队身强力壮的搬运工正在房子里进进出出，拽出一个个箱子和一件件电器。这简直不像是搬家，而是逃难。就缺一架直升机在屋顶上降落，把这一家子解救出来了。

"再给我们一个小时。"前房主说道。所以我们就出去吃饭了。我们回来的时候，他们已经走了。我们很快明白了他们迅速撤退的原因。显然，早在六周之前，我们答应买下这个地方之后，房主就放弃了房地产经纪人强烈要求他们实施的清洁工作。炉灶上浮着一层亮闪闪油腻腻的污迹，厕所里黑黢黢的霉菌正在生根发芽。他们到底吃的什么不含防腐剂的食物？

"嘿，那可不是小熊软糖！"我朝着女儿吼道，她在地板上爬，这会儿找到了什么东西，正在往嘴里塞。这显然不是饼干。而是一块 50 美分大小的装饰玻璃。我并没有因为它是装饰性的而感到好过一点！

房主应当在离开的时候，把房子"清扫干净"，也许他们觉得已经完成了任务，可是我太太变得歇斯底里起来，"我要给疾病控制中心（CDC）的谁打电话才能把这座房子检疫隔离？"我们的房地产经纪觉察到一场风暴正在形成，所以就给一家清洁公司打了电话。清洁队的负责人一个小时之内就赶到了。我还以为他来了就开始打扫了。非也，他是来估算劳务费用的。拿着写字板和卷尺在屋子里走了一圈以后，他给我们看了他的估价。清洁工作一共需要 8 个人花 12 小时来完成，总共需要 2700 美元。我检查了一遍屋子，没有发现《隐匿相机》[1]节目的制作人员后，我才知道他不是在开玩笑。我告诉他价钱太高，我付不起——我是在电视台工作的。

"只清理厨房和卫生间要多少钱？"我问道。他又用他的超级计算器算了一遍，这一次报了一个我们较能承受的 1300 美元。

我太太，另一个精明的还价高手，说道，"好吧，随便要花多少钱。这么脏兮兮的房子我可住不了。"我之所以接受这个价格，原因是原先的房主给了我们 1200 美元，作为万一有什么东西损坏的维修款。我原本希望把这笔

---

① 《隐匿相机》，美国 ABC 电视台于 1948 年首播的真人秀节目。

钱赚进口袋,现在看来,不得不把它花在一项伟大的事业上——炉灶去油污,杀死底下正在繁殖的虫子。

于是,清洁队开始了这个价值 1200 美元的工程。最后,他们把我的口袋打扫得比房子还要干净。然后搬家工人上场了,把我们这辈子的财产抬进了屋。他们一直在一旁耐心地等候,喝着啤酒。他们完工后,六、七瓶啤酒下肚的司机,把那辆 18 个车轮的卡车直接倒进了我邻居家的草坪。我说的可不是擦伤了草坪的边缘,他准确无误地从中央轧了过去。加上那天早晨下了有半英寸的大雨,草坪本就湿软,这下又在正中多了四道深深的轮胎印。

"马上过去和邻居道歉。"惊慌失措的房地产经纪指挥道。我该说什么呢?"随便说点什么,不然的话,你们当一天邻居,他们就会恨你们一天。"就在我充满了罪恶感,往他家方向走去的时候,我发现,卡车压坏的不是草坪,而是他家新铺的草皮。而且他家的车道上停着一辆雷克萨斯。"啊,哦。"我暗自想,"他们很富啊!我猜他们是律师……"

咚咚咚。没有动静。我又连敲了几下。没人答应。我回到了新家,房地产经纪对这件事发表了颇有见地的看法,"你看,他们不在家,所以他们没有看到这场事故。这样一来他们就不知道是你们干的啦。"对啊。这不过是个巧合,我们搬来的这一天,一架莱涅戈德 767 飞机在他们家的草坪上试降来着。经纪人走了,我们庆祝自己乔迁新居的方式是,到医院的急症室打防疫针。

第二天,我又来到了邻居门前。咚咚咚。

屋子里面没有任何生命的迹象。我必须做点什么来修补他们的草坪,于是我到自家车库拿了一把耙子。接下来的 30 分钟,我试图修饰起草坪来。因为我不知道我的邻居长什么样子,所以每当有车经过,我就会跑回去,修饰自家的草坪。因为前房主撤离时候用的大货车也在我家草坪上留下了车轮印。

接下来三天,我都开展了草坪拯救行动。每天早晨,我都会去敲门,没人会答应,然后我就会试图收拾残局。我的辛勤劳作没有起到多大作用。他们的草坪看上去还是像举办过全美赛车协会的比赛。

到了第四天，晚上 8 点左右，我们在他们的车道上看到了车灯。他们终于回家了。天亮的时候，我们就该承担后果了。8 点 05 分，我们的门铃响了。我打开房门。门口是一名警察，带着枪。幸亏他的枪还装在皮套里，要是他拿出枪来打我的话，我还可以拔腿就跑。就在这个时候，我两个学龄前的孩子跌跌撞撞地跑下台阶来，迎接我们的第一位客人。他们刚刚在新消完毒的澡盆里，洗了第一个澡。哦，对了，我说了他们是光溜溜，湿漉漉的吗？

"晚上好，"警察说道，盯着两个赤裸的孩子，"你认识那栋灰房子里的邻居吗？"

"不认识，我们几天前刚搬来，"我回话的语气相当无辜，是那种法制节目里的罪犯惯用的语气。"警官，是我们搬家的车造成了全部的损失。"

"损失？"他竖起耳朵来想听得更清楚一点。

啊哦。他是在考验我吗？装傻充愣，好让我自己承认发生了什么事？我低头看见自己在他胸前的铬金属徽章反射出来的样子。我看上去就像是打了麻醉剂一样。我开始一五一十地交代，"他们草坪所受的损失。我们的搬家工人把他家的草坪擦伤了一点。"我稍稍美化了一下事实，就和你把五级的飓风描绘成"给屋顶带来了一点点损失"一样。

"好吧，我会把这件事做个记录。"他说道。记录。听上去还不坏。做个记录要比作为呈堂证供强。就在这个时候，他给了我吃了一闷棍。

"我不是来问草坪的事情的。你的邻居失踪了好几天了，我是来问问你知不知道他们上哪儿了。"

好极了。我刚向警察承认了我毁坏了他们的私有财产，这下我有明显的动机让富有的邻居消失了。明天早晨，他们会开始打捞城里的所有河流了。阴谋已经败露啦。

"他们的侄子在找他们，所以我要给他们留个言。如果你看见他们的话，让他们给我打个电话。"警察把他的名片塞到了我手里。

名片？留言？罪案现场录像带，提取指纹，坏警察和好警察斗法，这些情节都上哪儿去了？

"谢谢你的帮助。"他说道，然后走了。

"这事真蹊跷。"这是我的第一反应。这里到底是个什么鬼地方，人们大半个星期不出现,连自己的亲戚也不告诉一声去哪儿了。

第二天早晨,一辆银色的本田停在他家的车道上,挨着原先那辆被遗弃了的雷克萨斯。在我敲了好几下门之后,一个优雅的女人穿着家居服和拖鞋给我开了门。

"你好,"她说道。

"嗨,我是你的新邻居……"我开始说道。

"欢迎,"她打断了我。

"谢谢。听着,我们搬进来的时候,我们的车子把你们的草坪轧了,"我说道,指着身后两英寸深的土沟。"我实在是非常、非常抱歉。"

"别担心,我们有售后服务。"她答道。

什么?售后服务队会上她家来,把她门前草坪的沟沟填平?太棒了。也许等他们完事了,我还能让他们把我额头上的皱纹也整平了。

"那太好了,"我说道,真高兴她没有生气,"我很高兴认识你。还有一件事。给警察打个电话吧——他们还以为你们死了。"

快乐太太的建议

搬家那天,你常常会感到后悔。我们为什么搬到这儿?我们为什么花了这么多钱?我们为什么没有发现后院有个排放二恶英的工厂?

随着时间的流逝,大多数搬入新居的人会意识到他们的新家还不赖。而且他们第一天发现的那些天大的问题,其实并不是什么大事。

那么,如果你的新家不太干净怎么办?现在,你知道答案了。关键是,你要灵活一点。"要么适应环境,要么哭鼻子。"

无论你搬到哪里,记得那里都是你温暖的家,世界上最美好的地方。当然,你要忽略那所目前可以买的,达拉斯牛仔队①的拉拉队员训练营边上的双层小屋。

---

① 是美国职业橄榄球大联盟历史上最成功的一支球队。其拉拉队也相当著名。

隔壁的外星人

（你的邻居）

如果你现在清点一下我的车库，你会发现里面存着我邻居的可折叠梯子、篱笆剪，还有一把电锯(这个我是不会还回去的，除非他们先买个新的锯齿，好让我把烟囱上的树枝锯断了)。与此同时，我也在等各户邻居归还我的真空吸尘器，兔子瓶塞钻，还有我儿子的好奇猴午餐盒。

有邻居有一样好处：随便你需要什么都可以找他们。

当你知道在你需要一杯糖、一品托黑啤酒，或者三盎司氪石①的时候，你的邻居很可能会有这些东西，你还上商店去买吗？你要做的不过是上他们家问一问。这岂不是很好。不过很多小区的路都是双向的，这就意味着，在一场重要比赛进行到关键时刻的时候，你家门铃会响起来，四所房子之外的一个邻居开始会先问你这 9 个月来生活得怎么样，然后加上更多漫无目的的闲谈，最后才会说出他此行来的目的。"你有没有什么东西可以用来补地上游泳池的边的？我家游泳池漏了。"

"有，不过你得等一会儿，我要找一找。"你会消失在地下室里，回来的时候拿着一小管胶，递给你感激涕零的邻居，然后重新坐到椅子上，正好听见 ESPN 的解说员解说到电视机前的观众刚刚看到了体育史上一场最伟大的回归赛。

大部分邻居我都喜欢。可是有些邻居实在是让我头疼。现实中，你既会有好邻居也会有坏邻居。如果美国宇航局正在招募志愿家庭，参加为期 20 年的木星登陆计划的话。我倒是想给我的某些邻居报上名。

听我解释。他们家的狗总是跑到我家的院子来咬我们的狗。我家的狗一直都被隐形围栏困在院子里，白白地等着被侵略。他家的那只柴狗是一

---

① 超人漫画中的虚构物质，是超人来自的氪星爆炸后产生的一种放射性物质，会让超人失去他所具有的超能力。

路上挖洞过来的,穿过我家的大门,把我太太困在洗衣室里,又在我的古董地毯上拉屎,那可是我奶奶留给我的。

我还怪他家的孩子,星期天早上7点钟,就来按我家的门铃,问他们可不可以进来和我孩子一起玩。显然不行,我的孩子还在睡觉呢。这样,他们就会在我家的前廊上呆着,直到九点再按门铃,把我们一家子都叫醒。这时候,我的某个孩子就会邀请他们进来。

养我自己的孩子就够难了,我可不想再去养邻居家的孩子,除非政府给我减税。一般给他们吃过午饭,我就会说:"你们该回去了吧。"

"哦,不行。我爸妈这会儿睡午觉呢,"邻居家的孩子说,一边又从我家的储藏室拿出一盒乐芝饼干来,"我妈说让我们在这里呆上一天。"掐我吧,我肯定是在做噩梦了。光是用他家的狗恐吓我们还不够,这户人家还要把他们的孩子派遣到我家来,吃早午饭、中饭,理由是他们在睡觉?

终于他们走了。我也不得不跟我太太和孩子们摊牌了,我告诉他们,"在任何情况下"他们都不能再让这些邻居家的孩子跨进我家的大门。

"爸爸,"我最小的孩子问道,"如果外星人把他家毁了,我们可以让他们进来吗?"

"当然可以,亲爱的,不过只有让州立农业保险公司先理赔了再说。所以先要求和他们的保险调查人谈一谈。"

所以两天之后,当我在公司里忙碌了一天,精疲力竭地回到家,却发现那家的孩子,连同他家的保姆出现在我家时,你可以想象我有多么震惊了。令人费解的是,他家的保姆还抓着一只鸡。

她不太会说英语,所以当我问她为什么把一只鸡带到我家来,她只是回答,"系(Si)①。"

后来确切发生了什么事,我已经不太记得了,不过我们知道大概就在邻居家的孩子从他口袋里拿出一只蝴蝶来,让我女儿看它在屋子里是怎么飞的时候,那只鸡显然受了惊吓,从保姆的手中挣脱开来。

幸运的是,鸡不会飞。不过它也四下逃窜,把我孩子吓得魂飞魄散。他

---

① 系(Si),西班牙语,"是"的意思。

们比较适应卷着面粉,炸得金黄的鸡块。一只眼珠突出、咯咯直叫、乱啄乱跳的鸡能把所有孩子吓住。我们屋子里现在就有这么一只。

所幸我家的狗把这只鸡从厨房赶到餐厅,然后抓住了它。于是我家的狗把鸡带到了大房间,要送它上西天。

金毛猎犬有一个特性——一旦它在自己的领地抓到猎物,除了简易爆炸装置之外,没有任何东西能从它嘴里夺下这份口粮。任何东西都不能。我试了一下,结果我手上多了一道 2 英寸长的大口子,把我家里为星球大战准备的绷带都用完了。

因此当那只黑脉金斑蝶翩翩飞过犯罪现场时,我家的狗着实饱餐了一顿上校才配享受的鸡肉大餐。我们什么也做不了,只能在一边眼巴巴地看着,等着。等狗吃完了,那只鸡唯一剩下的部分是,它喙下面的红色肉垂。他家保姆捡起鸡残存的部分,朝门口走去。

快乐太太的建议

大部分邻居都很好。当你家有人生病或去世了,他们会带上意大利宽面条和沙拉来看望你。当你忙不过来的时候,他们会开车送你的孩子上学。当你问他们能不能给你一夸脱橄榄油、一块牛肉汤料,或者是一副手铐的时候,他们会去储藏室找给你。

可是,当事情出错的时候,你也很容易责怪他们。你的邻居不一定总是人。有时候你的邻居是只狂叫的狗、乱跑的鸡,甚至是那堆偶然堆在你家草坪旁边的烂树叶。

因此当你的邻居让你感到烦恼的时候,你应该这么做。装作若无其事。不要冲着他们大吼大叫。不要说他们的闲话。不要密谋用一场"车库意外火灾"把他们熏跑,警方很快就会追查到你头上。

记住,如果你对他们不好。他们一有机会,就会在背后报复你。当你失踪的时候,警方首先就会询问你的邻居。

"噢,他们不见了吗? 你有没有检查他们楼下的冰毒实验室?"

"冰毒?"

"是的,"他们会这样汇报道,"我听他们说尝起来像鸡肉一样的。"

我们一直都张口结舌地站在那里,这时,我意识到,这也许是我最后表明自己看法的机会了。于是我说:"你最好不要再把鸡带到我家里来了。"

"系。"

心灵手巧先生

(房屋改造)

一天早晨,我正在做每日的《福克斯与朋友们》[①]节目的时候,在一大堆乱糟糟的博客和恐吓信中,我发现了这封电子邮件。

"爸爸,赶紧往家打电话——水从厨房灯那里浇下来了。"

这封邮件的作者是我家那个高个的男孩,这点就足以让我重视了,可是鉴于我长时间收看波比·威拿[②]的节目,我知道厨房灯不应该会漏水的。

接下来放广告的时候,我打电话回家,发现我太太刚开始洗衣服,水就流下来了。我告诉她把洗衣机关掉,奇迹发生了,灯不再往外冒水了。危机解除,孩子们又去吃船长脆麦片了。

我回到家后发现,上次我改装洗衣间的时候,忘记把洗衣机的出水龙头放回下水道了。所以,洗衣机排水的时候,水就顺着地板、墙壁、厨房灯流下来了。

这不过是自助(DIY)者平常的一天。我的家族里有很多心灵手巧的男人。我爸爸只有先把自己的胳膊拿黄油刀切掉,才会请人来家里干活。所以,我生长的地方,起居室没有油漆过,厨房没有柜门,停车道上满是沙石。

我相信世界上有两种美国人。不,不是所谓的红州或蓝州,而是自助者和雇工者。

我认识的大多数人雇人来修剪草坪,油漆房屋,修理水龙头,做那些丈夫们以前自己动手的活。你很容易就能认出那些雇工的家庭,他们的生活

---

① 美国福克斯电视台早间新闻节目,本书作者为主持人之一。

② 美国家居美化专家。

充满了乐趣。与此同时，DIY 者在家得宝公司里，听穿着橙黄色围裙的销售人员解释点燃热水器的正确方式，这样你才不会把自己家炸掉。

很多年轻的夫妇经济都不宽裕，因此成了 DIY 者。这就是我们刚结婚的时候，我太太买回家 9 卷超级昂贵的墙纸的原因。她觉得只要她自己粘，我们就买得起这些墙纸。可惜，她在粘墙纸方面是个新手，不太懂墙纸的接缝和方向。我到家后，她让我参观她的杰作。确实令人印象深刻。她整个把墙纸粘倒了。我家整整 180 平方英尺的墙上全是颠倒的花朵。看起来就和撒旦的花园没什么两样。

DIY 时，除了会装错，你还得时时刻刻冒受伤的风险。当我在弗吉尼亚州（不需要许可证的州）改造厨房的时候，我付出了惨痛的代价才知道，看上去像是粉红棉花糖的纤维玻璃隔热材料，"就是玻璃。"这是急诊室的医生告诉我的，与此同时他从我眼睛里取出了玻璃渣子，上面还黏着我新剥落的角膜。

"我早告诉你找个人来干了，"我亲爱的太太一边开车送我回家，一边埋怨我，我的左眼上贴着纱布缠着绷带，"你听到了没有，大力水手波派①。"波派点点头。

另外一次，我和太太在木阳台上聊天，我突发奇想要立刻把阳台地板油漆一遍。我开始收拾孩子们的玩具。"别着急，"她说，"周末再做吧。"

可是和大部分 DIY 者一样，我是个死脑筋。"必须现在漆，必须现在漆。"

于是，我从地下室翻出了地板漆，找出了我那沉睡已久的油漆滚筒，一边清洁地板，一边让我儿子给我搅拌油漆。正当我把小天地牌儿童小房车搬下我前一年暑假造的完美的楼梯时，我的腿后面传来一阵刺痛。就像是碎冰锥扎中了我一样。这导致我做出了一个错误的决定，我一下子跳下了下面的 9 级台阶，重重地砸在小车的车顶上（拉尔夫·纳德②请注意：儿童小房车的安全气囊没有打开，请您调查原因）。

---

① 波派，也可译作突眼珠。一语双关。

② 拉尔夫·纳德，被认为是美国现代消费者运动之父，因为他常单枪匹马地提高美国人的觉悟，对产品安全质量、要求政府规范工业生产以保持安全标准施加了巨大影响。

我 5 岁的儿子跑到我边上,问我需不需要波波熊(一种冰敷袋,快速冰冻身体不适部位,神奇止住眼泪)。"叫你妈妈来,"我痛苦地呻吟道。

"要不要叫救护车?"

"叫你妈妈来,"我用嘶哑的声音又说了一遍。他消失了。在遭受巨大痛苦的时候,DIY 者也会充当业余医生,于是我察看了一下我腿的后部,想找出剧疼的原因。我本以为腿上会扎着什么东西。没想到却看到两个小眼,相距大概有 3/4 英寸。我不需要再等急救员来诊断了;我被蛇咬了!就在蛇毒在我血管里运行的时候,我不禁想我太太上哪儿去了? 得有人在蛇毒到达我心脏之前,把它从我腿上吸出来,要不我就要去天上那个巨大的工厂报到了。

她不见踪影,而我 3 岁的小女儿从台阶上跑下来,一边跑着一边还大声喊道,"我来帮你,我来帮你,爸爸!"就在她跑到我被咬的那节台阶的时候,她发出了一声让人毛骨悚然的尖叫,"啊啊啊~~!"噢,我的天哪!我家又有人被袭击了。不过,不像我,她没有缩成团倒在地上;她像个男子汉似的站在那里。听到她的哭喊,我太太立刻从屋子里冲了出来。

她先检查了不挣钱不养家的孩子,说她的腿上只有一个小眼。很明显,这意味着有一颗蛇牙断在我腿里面了。我太太爱我,可是我知道如果我腿上扎着一颗蛇牙的话,她是绝对不会为我吸毒的。时间不会太长了……史蒂夫……朝着那亮光走去吧……

她瞧了一眼我的腿,一言不发,然后冒着生命危险,走到我造的楼梯上,就在大蟒蛇袭击她家人的那个地方停下来,朝楼梯底下看去。

"这里有个马蜂窝,"她大声说道。

好吧,也许我腿里的不是毒蛇牙,不过那里确实有根刺,我唯一能感觉到的就是这个了。我的大脑完全处于一种震惊的状态,而没有反映出我腿部的真实情况:我的四根腿骨断了,而且上面的大部分韧带都脱位了。

我又去了急诊室,上次那个给我取玻璃渣子的医生给我打上了石膏。

第二天,拄着拐杖,吃着止疼片,我把阳台地板油漆了。

看,DIY 者不是受过专业训练的手艺人。我们看到日常生活中的问题,试图用合乎逻辑的方式来解决它们。可是,最终我们都会遇上一项没有指南手册可以参考的工程,我们必须自行解决。我发现,当你自己分析问题,并制定一个解决方案的时候,你会非常有成就感。而且你知道你节省了一大笔雇工的费用。

一天清晨,三点半左右,我照常从车库里倒车出来上班,突然,我意识到自己犯了一个不幸的错误:我忘记先把车库门打开了。撞击声把全家人都吵醒了。我太太说:"我还以为斯普特尼克①掉在屋顶上了!"不过比起那天后来,我试图自己修理弯曲的车库门而搞出来的动静来,这点声响还算是轻的。我事先是估计了整个形势。不过我把车库门、滑轮和弹簧的位置放错了。

"别动手!"是我太太最后对我说的一句话,当时我跑到外面去,松开了一个螺栓。400磅的大门狠狠地砸在了我新租来的汽车上。

现在,我正式成为了一个雇工者。

汽车保险公司的调查员对我冰雹砸车的故事并不买账。

--- **快乐先生的建议** ---

一项哈里斯互动调查的结果显示,72%的女人说她们理想中的男人应该在空闲时间做点改进家庭环境的活。你也许就是这种男人。

恭喜你。我就是这种男人,可是我快把我太太逼疯了。

我的建议是,去干吧,不过捡点容易的事干。你可以上油漆、换灯泡、修剪草坪。我是这么觉得的。

然而,当你遇到棘手的问题,诸如:电力、管道、重要的建筑工程,或者是弯曲的门,还是叫个要挣钱买雷克萨斯的家伙来干吧!

---

① 斯普特尼克,是苏联1957年发射的世界第一颗人造卫星的名称,意为"旅伴"、"伴随者"。

痛苦之王

（我该去医院吗）

我不知道主流媒体为什么没有报道此事，不过理查德·西蒙斯，就是那个教全世界人"运动到老"，令人着魔的健身大师，把我的鼻子打坏了。

事情发生在某天清晨，《福克斯和朋友们》插播广告的时间。就在要恢复直播几秒钟之前，舞台经理扔给我一个道具盒，让我在直播中拿着。理查德·西蒙斯灵敏的反应起了作用，他看见盒子朝着他的方向飞过去了，就直接把它朝着我的鼻子打过来。

广告结束，节目开播后，我们都因为这件事大笑了一场，可是到了急诊室，我就笑不出来了。入院处的护士、护理员，还有 X 光片的技师，不约而同地问了几乎同一个问题："那个穿着超短裤的家伙把你鼻子打坏了？"笑吧，我鼻子上的大包就是他打的。

我儿子和我膝盖一般高的时候，问我他能不能坐我开的除草机。我太太说了："除非我死了。"她没有死，不过她总有不在的时候。我觉得她不会知道她不在家的时候，男人们都用电动工具做了什么。

我儿子坐在我腿上，帮我一起除草的时候，他简直乐开了花，嘴咧得都合不上了。这是当父亲的意义所在，花时间和我唯一的男性继承人从事这项看似危险的活动。就在我们除到最后一圈的时候，灾难发生了。

事后回想起来，我实在是不应该去除临街的那个陡坡上的草。突然我这台从西尔斯公司(美国人都从那里买危险的工具)购买的 18 匹马力的除草机翻转过来，用两个轮子向前驶去。

"爸爸，我们飞起来啦！"我儿子高兴地叫道，他还以为我是故意用两个轮子着地来除草的。

"抓紧！"我发抖的声音告诉他，"爸爸遇到麻烦了。"我的第一要务是不让他从我膝盖上掉下去，所以我把他往地面的反方向靠。可是，那个方向，意味着除草机高速转动的刀片，那些本该除草的刀片，现在差点割掉了他的头发。就在我把脚落在地上，防止我们整个反转过来的时候，我的腿被除草机的金属刀片剐到了，我原本完好的大腿上多了一道长长的大口子。我又往我们翻转的方向稍微靠了一下，危机解除了。

就在我们快要翻转的一瞬，我还把我们俩都往前靠了靠，以便呆在座位上。这么一来，我儿子的鼻子撞上了方向盘。他大哭起来，我太太刚好开车回家。她生气极了。虽然我已经在草坪上流了有半个单位的血，可是我太太从车上跑过来，根本就没有注意到我。

"我们飞起来了，妈妈！"当我太太带着他，朝着急诊室绝尘而去的时候，我听到儿子这么说。在那里，我太太发现，一个鼻子流血，大哭大叫的男孩往往是家庭暴力的受害者，于是，当我儿子的鼻血被止住后，我太太被护送出来，值班医生好好地审讯了她一番。

这下可把我太太吓坏了。我们小天使有可能会随口编出上万个故事来，而且全都会被当成真话——可是你不敢保证他到底会说什么。他的口才一向很好，告诉值班医生到底发生了什么事简直是易如反掌。"我爸爸在除草，突然我们就飞起来了，然后我就撞到了我的鼻头头。"

感谢上帝，我们清白了。他实话实说，一点也没有添油加醋，比如加上上次他爸爸扎伤了手指甲喊出来的，他从来没有在儿童节目中听到过的话。不过，作为父母，我们也意识到一件事情，他说自己的鼻子的时候，说的是"鼻头头。""鼻头头"，谁教他的？是喜剧演员杰克·梅森吗？

一个小时之后，该轮到我缝针，和打一年两次的破伤风针了。值班医生告诉我他为什么要问这些问题，和我儿子是怎么说的。

我对他的关心表示了感谢，然后我给了他一些善意的建议。我对他说，如果我是医生，有鼻子流血的病人来看病的话，我首先就会问理查德·西蒙斯在哪里。

不要与人共同乘坐约翰·迪尔①的带啤酒箱的产品。

如果你对你自己伤势需不需要看医生存在疑问，先去看了再说。

安全第一。如果有出血，露骨，或是吃官司的症状，就一定要去接受治疗。

我死她富

（妻子受益险）

当我在华盛顿工作的时候，我觉得我买的人寿保险已经够多了，事实是，对一个单身汉来说是足够了。光是养活我的小猫 G·高登一辈子能需要多少钱呢？然后，我就结婚了，我的小猫咪被放逐了。

在我们结婚一年后，那时我太太已经怀孕 6 个月了，她的血管里新流动着无数种"理财"荷尔蒙。这是我对她的行为唯一能够找到的解释。那天半夜，她把我摇醒。一开始，我还以为楼下进了贼。不是的，是她灵光一闪。"你应该买更多的人寿保险。我们需要保护。"

保护？早在 6 个月之前她就应该想到这个问题，这样的话，我亲爱的小猫就还会和我们生活在一起，她会偷偷地溜进我们的卧室，在我胸口上呼吸。第二天，我开始对买保险的事进行考虑。

鉴于有研究的顾客才会拿到最佳的保险利率和方案，我开始调查应该给哪家保险公司打电话，哪家广告做得好我就选哪家。这些保险公司的广告要么很滑稽，要么很感人。我觉得，如果他们在广告上嘻嘻哈哈，我的继承人打电话给他们要求赔偿的时候，他们就会垂头丧气了。所以我选择了

---

① 约翰·迪尔，美国公司，世界上最大的农用、工业、林业和草场养殖设备的制造商。

一家严肃的公司。

保险公司经纪人在指定的时间来到了我们这对新婚夫妇的平凡小家。和他们公司的广告一样，他非常专业，直截了当。当然，他想让我接受那款"终身人寿"保险，这样的话，他自己就可以有钱造出他家的厢房了。可是和他想在采尔马特度假过冬比起来，我显然更需要钱，于是我选择了定期人寿保险。这款保险清楚地写明了，如果我去世的话，我的继承人可以得到现金赔偿。

既然我们已经定下了投保的险种，我就要对它提出申请。他们会审查我的资料，看我是否值得他们冒险——换句话说，我会不会马上就要死了，这样的话，他们可不想做我的生意。他们要找的顾客，心率和胆固醇水平都要是个位数的。为了帮助他们估算他们的风险，我必须回答一系列涉及隐私的问题。保险业务员先生问我是否患有疾病，是否有吸毒史、特殊性取向，甚至是是否文身。我觉得我简直就是在上莫瑞·波维奇①秀，"是的，我是孩子的爸爸！"然后，观众热烈鼓掌。

经受过三级考验之后，我觉得我要五级戒备了。因为保险业务员让我卷起袖子，他要抽两小瓶血。这可把我吓坏了。首先，此时，我正在用全身的血液与他斗智斗勇。其次，他是个保险业务员，怎么拿起了注射器？"为什么？"我问道。

他解释道，如果我想要获得大额保险的话，保险公司想要确保我值得他们冒险，就是，我没有毒瘾，也不会胆固醇过高，而且（我们又回到了莫瑞秀）没有性传播疾病。

我也想知道这些事情，所以我卷起了一只袖子，他找到了一根静脉。三天之后，报告返回，"你通过了。"这是保险公司使用的密码，真实意思是，"你没有淋病"。

又是提问，又是献血——这些都快把我逼疯了，可是却让我太太觉得非常好笑，她开起玩笑来。就在抽完血后，保险业务员问我们想获得多大数额的保险。"你觉得多少合适？"我问他。他建议我们多买，这样他就有得挣

---

① 莫瑞·波维奇，宗毓华的丈夫，主持一档以自己名字命名的脱口秀节目。

了。

"我也不知道具体要多少，"我太太用那种伤心的寡妇才有的腔调说道，"不过当我丈夫离开我们，我得需要一大笔钱。"

她没有说"如果"她丈夫离开他们，她说"当"。有那么一会儿，我觉得我该翻翻黄页号簿，找一个专业食物检测人员。保险业务员走过去，盯着寡妇热切的眼睛。

他不住地点头，就像那些坐在汽车候车座上，透过后玻璃往外望的宠物狗一样。

"那时候，我会有很多需要……我需要一个新的衣橱。我有段时间不赶潮流了，我要把所有东西都换新的。"他不点头了，脑门上有点冒汗。"寡妇也不能总是穿黑的。"她对他说。

然后，他问她买新衣服是为了面试还是工作，她立刻让他断了这种念头。

"噢，不是的。我丈夫不会想让我去工作的。我需要新衣橱是因为我需要出去约会，多多地约会。"说这句话的时候，她还朝他眨了眨眼睛。他呆住了。

虽然我已经死了，我的寡妻正在从内曼·马库斯百货商店购买一衣柜的成衣，我觉得我还是有必要说点什么，因为那个业务员已经看上去像是被吓住了。"先生，她是在开玩笑。"

"我没有！"她朝我喊道，然后她又换回那种充满了诱惑的声音说道，"你看，"她一边说一边向保险业务员靠过去，"如果我能找到保姆看孩子的话，我会闹点绯闻的。"

这个时候，他发出了一声咳嗽，就像是我以前那只小猫被毛球卡住了嗓子眼的时候发出的声音一样。"我想我需要的材料已经齐了，"他说道，一边赶紧收拾材料，让我在三个地方签了名，然后飞也似的跑出了我们家，就好像屁股后头有只疯狗在追他。

两周后，保险合同到了。

我太太正等着理赔，然后出去约会。

快乐先生的建议

　　在你能承受的范围内尽量获得较高的保额。确保你去世后,你家人能够过得更好。

　　我投保解决了孩子的教育费用,还让我太太能领取一份不菲的定期生活津贴。不过,我死后,她唯一发财的途径是,他们在给我挖棺材坑的时候,掘到了石油。

年度最佳宠物

(动物之家)

　　你在想养只宠物。在你去商场的宠物店看玻璃橱窗里面欢叫的可卡猎犬之前,你应该知道,到今天为止,我家的狗已经花了我们 327090 美元。我没有开玩笑。

　　每当宾恩公司新一期的邮购目录到了,封面上一只黄色的拉布拉多犬正在捕猎雉鸡,或者是我们转台,看到了蒂米正要掉下矿井而被莱西救了,我们的孩子就会说:"我们能养一只狗吗? 求求你? "

　　他们一直求了我们 13 年。终于有一天,我们实在被他们烦透了。圣诞节那天早晨,我们收到了一封信,圣诞老人写的,他带来了一条好消息:我们家今年要养一只小狗。孩子们欢呼雀跃,高兴得泪花直流,不过 45 秒钟之后,他们又继续去看《好莱坞真实故事:安娜·妮科尔·史密斯》①了。

　　他们花了 6 个月的时间来研究 "好狗狗"(柯利牧羊犬),"坏狗狗"(杜宾犬),还有"丑狗狗"(沙皮狗),最后得出的结论是,我们要养一只一看就是我们家一员的狗。鉴于我们都是金发碧眼,我们选了金毛猎犬,犬世界里

---

① 前模特、女演员安娜·妮科尔·史密斯,拥有花花女郎、牛仔裤模特、老年石油大亨的新娘、真人秀明星和悲剧母亲等多重头衔,一直是小报上新闻不断的"风云人物"。

面的金发美人。

我们选定了新泽西州普林斯顿的一个育种专家，买了一只价值1600美元的纯种犬，据说，它的上一代得过西敏寺犬展①的什么奖。盼了这么多年后，孩子们终于盼来属于他们的狗，他们实在是高兴坏了，可是没想到它却在回家的半道上开始上吐下泻，把我们的这趟旅行搞得一塌糊涂。

"是你们想要养狗的。"我太太说道，一边让孩子把车窗摇下来，免得他们情绪失控。

六个月之后，还是一只小狗呢，我家的狗就常常亲密地和我太太粘在一起——还差点害死了她。她正从车里面出来，小狗就开始疯狂地围着她打转，然后他显然打定了主意，"我是只狗，我要坐在她的脑袋上！"这时他就跳了起来，一下把我太太撞得膝盖着地。她的膝盖立即粉碎，产生了移位。

在三年里，我太太接受了四次手术，每次都不成功。最后那个也许想挣钱建一座度假小屋的医生决定，她得接受全膝关节置换手术，其实称为全银行储蓄清缴手术更为恰当。

现在，我太太有了一个钛合金膝盖。她的遭遇是如此悲惨，以至于她在一次纽约鸡尾酒会上，对一位职业的创伤心理咨询师诉说她的遭遇的时候，那个大男人竟然哭了起来。然后，他向我太太咨询他女朋友的膝盖受伤程度，问我太太觉得他女朋友还能不能再上滑雪场。"也许吧，"我久病成医的太太答道。

人们关心的第一个问题都是："你们还养着那只狗吗？"

答案是：是的。

你把最开始花的1600美元，加上买隐形篱笆，在一家纽约的医院零敲碎打地接受5次手术，三年物理疗法，还有买WD-40万能防锈润滑剂给她的膝盖润滑（我开玩笑的），以及一个加大衣橱以便装下和我太太的腿部支架相配的衣服的费用——"拄拐杖穿什么也好看不了！"——这只狗一共花去我们以及我们的保险公司327090多美元。

---

① 西敏寺犬展，美国最高水准的全犬种展。

如果有更多的人知道，"橱窗里的那只狗狗多少钱？"的答案是"比你的房子还贵"。猫咪的销售一定会红火起来。

我是一个养猫专家，我曾经和一只猫共享一套华盛顿特区的昂贵公寓。鉴于我们距离富有传奇色彩的"水门"大厦[①]不远，我把他取名为 G·高登[①]猫咪。他是一只漂亮的，黑白相间的猫咪，只要我小睡一会儿，他就会躺在我得胸口上，在我耳朵边打呼噜。等我醒过来的时候，我的耳朵眼里就会都是他的口水，沿着我的脸颊不断地往下流。

他很可爱，不过也很坏，很野。他会发出嘶嘶的声音，还会又抓又咬，好让我明白谁才是这间双人公寓里的老大。罗奇堡家居送来一套异常昂贵的白色皮沙发，才过了一天，G·高登就在上面磨自己的爪子，把他们全毁了。到处都是窟窿。你可以想象一下在电影《教父》里，詹姆斯·凯恩[②]在收费亭里被人打成筛子的样子。

可是，高登给我带来的麻烦远不止如此。曾经我只要花上 35 美元，就能请到一位能干的女家政工来帮我打扫卫生，她会把房子收拾得干干净净，就好像我从来没在那儿住过一样。她一直帮我打扫，直到有一天我接到一位邻居打来的紧急电话，说她听到我的家政工卢皮（Lupe）在叫救命。

等我赶到家里，G·高登，这只我从堪萨斯州危险的街道上就回来的，曾经生活在谷仓里的猫咪，正把卢皮堵在卫生间里。对我来说幸运的是，她已经困在里面一个小时了，什么事也干不了，只好清扫卫生间。我的卫生间干净得锃光发亮，可惜这种情况维持了没有多久；卢皮十分明智地辞职了，再也不回到有猫的地方了。

---

① "水门"大厦第六层 1972 年曾是美国民主党全国委员会的总部。1972 年 6 月 17 日警方出其不意地抓获了五个潜入民主党总部安装窃听器和偷拍文件的嫌犯，其中一位名叫麦克德的嫌犯曾是中央情报局特工，现任尼克松总统竞选班子的安全顾问，另外四个伙计是反卡斯特罗的古巴流亡分子。后来经调查发现，负责遥控指挥这次行动的人物居然是白宫特别助理亨特和尼克松竞选班子的法律顾问 G·高登·利迪。尼克松因"水门"事件被迫下台。作者给猫以 G·高登·利迪的名字命名。

② 詹姆斯·凯恩，1972 年在科波拉的名片《教父》中饰演火爆凶猛的教父长子桑尼。剧中，桑尼被人暗算，打死在一个收费亭里。

三年后,我已经结婚,住到了郊区,某一天,我回到家里,大吃一惊。很多男人希望回家的时候,有酒和羊毛拖鞋等着他。我太太,在家门口递给我一个 5 磅重的湿透了的帮宝适尿不湿,"你看看!"

她给我显示的是,在那片帮宝适上,通常被称为"隐私部位"的那部分,正好缺了一口大小的一块。G·高登在那里咬了一口,给自己赢取了一张去新主人家的单程票。具有讽刺意味的是,他的新主人住在著名的水门公寓里,就是在那里,G·高登·利迪变得臭名昭著。如果你留心的话,你会发现,自从 G·高登猫咪住进那里之后,再没有发生擅自闯入的事件。这是巧合吗?

在这只几乎让我儿子变成了中性的猫咪之后,整整 14 年,我们都没有养过宠物,然后我们就有了那只几乎害死了我太太和我的退休基金的狗。我开始想,我们是不是不适合养宠物。

快乐太太的建议

宠物是人类伟大的伙伴,即使他们不能总和你在一起的话,他们身上的跳蚤也会跟着你。

你的爱人不会给你无条件的爱,可是你的狗狗会。

养宠物是对你未来养孩子很好的一种练习方式。宠物也有很多需求。

对一个三口之家来说,养一只狗,就像是多养了一个孩子。你要给他安排伙食,带他散步,领他看兽医,当然还有在万圣节的时候给他穿上鬼怪的衣服,把他自己吓得半死。"必须把我头上的魔鬼犄角弄下来。"我知道他疯狂地前后摇晃自己的脑袋,直到撞上他价值 165 美元的奥维斯狗食柜的时候,是这么想的。

不过照顾宠物和照顾孩子还是有很多不同。一个相当大的区别在于,和狗不一样,大部分的孩子不会喝抽水马桶里的水。

搞笑志愿者

（公益劳动）

　　我太太是个伟大的社会公益活动家。她是基督教教义公会的老师，为孩子班级活动服务的家长，男女童子军的领队，社区巡逻队的指挥官，在她空闲的时候，她还试着为无家可归者提供食物，在儿童创伤病房里修建一个图书馆。而我，一直"相当忙碌"，至死方休。

　　所以，她给我在新泽西州新泽西市的慈善厨房报了名。他们在招募男性志愿者，因为那个区域的情况比较糟。我真的没有发现参加这项活动有什么坏处。我在电视上看过，感恩节的时候，名人们在慈善厨房工作，分发火鸡块。我觉得这是我回报社会的机会，而且说不定我还会和大明星伊娃·朗格莉亚①在同一个工作站服务呢。

　　工作站里没有名人，可是相信我，那里有很多绝望的主妇和他们的孩子。看到他们为领餐排起长队，想到他们在生命中所得是如此之少，而我获得却那么多，我的心都碎了。"我很高兴能来帮忙，"我告诉女负责人，她立刻让我去做饭。

　　很少有慈善厨房拥有最先进的瓦尔肯灶具或者是灶具使用手册。幸运的是，这里使用的煤气灶，和我奶奶 20 世纪 60 年代时在家里用的一样，所以，我知道怎么用火柴来点着它。可是，煤气灶并没有着起来，因为漏气了。

　　先是"噗呋"一声，随后是带白色闪光的轰隆声，让我回想起，协和式飞机飞过我家屋顶时的场景。"小心泄漏的煤气！"好消息是，原来空炉灶里留下的煤气已经蒸发了，所以不会伤到人。坏消息是，它同时也蒸发了我手臂上的汗毛。原本那里是漂亮的金色毛毛。现在，全都烤焦了，耷拉着，而且闻起来还有一股刺鼻的味道。谁知道加热肉块居然是项需要身体接触的活动？

---

　　① 伊娃·朗格莉亚，因饰演《绝望的主妇》中的加布丽尔·索利斯一角而成名。

接下来的食物准备过程还算是比较顺利,直到大约一个半小时之后,那个好心叫我注意煤气泄漏的女人让我把玉米从烤箱里拿出来。这对我来说应该是小菜一碟。我从 40 岁开始就烤箱里往外拿蔬菜了。我用的锅垫和手套显然已经有年头了,因为它们都被烤焦磨坏了。我之所以提到这点,是因为在我取烤玉米的时候,锅垫的一条装饰边掉下来,落到了 500 度高温的炉火上。只用了两秒钟,锅垫就着火了。前不久,我手臂上的汗毛刚刚捐躯,现在我的双手又被大火吞没了。你知道如果你把一块软糖放在火上烤,它会出一个火焰组成的光晕吧?现在我的手上就有出这样的光晕,而且我还拿着 5 磅重的即将爆裂的玉米。

感谢上帝,那位女负责人非常清楚一名志愿者着火的时候,她该怎么办:她把足足半袋面粉倒在了我身上(急救员注意了:面粉+烧焦的人肉 = 肯德基炸丈夫)。

"我的天哪!"跟我一个教堂的一个孩子说道。

"是啊,我就是。"我回答道。

"今天过得怎么样?"我到家的时候,我太太问我。

"还好。"这是我唯一的回答,然后我就坐到了我自己的电脑前面,用搜索引擎 google 搜索起"前臂汗毛恢复法"来。她没有发现,我还差一点就要成为《木乃伊》里面缠满绷带的僵尸了。第二天,我们走进教堂,她才发现这个事实。

"你还好吗?"和我共事的一名志愿者问道。

"我没事。"我答道,然后他就一口气把我如何坚持工作,直到我端着 10 磅重,通常不需火烤的玉米,再次着火的英勇事迹统统倒了出来。

鉴于我丝毫没有解释,脸还板得臭臭的,我太太十分清楚地收到了我要表达的信息:"除非是睡着了也能干的活,我再也不想去当什么志愿者了。"

不过,她没有放弃。"下个月你想当男童子军的伴护吗?"这招可够损的。那个当爹的不想和自己的儿子,在森林里呆上 3 天不用刮胡子洗澡、只用炭火烤肉,弄得人不像人,鬼不像鬼的日子?"儿子,这是块丁字牛排①,围

---

① 丁字牛排,从牛腰部细小的末端提取的含有 T 形骨的上等牛排。

着炭火吃吧！"

"当然了。"我答道，特地在头脑里提醒自己，这次一定要呆在篝火 75 英尺开外的地方。

"好极了，"她赞许地说道。

"你是不是已经给我报名了？"

"上个礼拜三就报了。"

她可真行。

和我上次的志愿行动不一样的是，这一次，我丝毫没有自燃，因为这次的头 18 个小时里一直在下滂沱大雨。很快，太阳出来了，很多父亲开始回到三角帐篷里去睡觉。

"爸爸，那里有一只熊！"我还以为我儿子躺在我的身边，却没想到听到这么一声叫喊。我拉开防虫罩，猛地跳出来，正好看到我儿子金发的后脑勺，他正朝着那只 200 磅的黑熊跑过去。这个大家伙之所以出现在这里是因为，有个白痴爸爸不顾警示牌上的通告：随时可能有熊，请勿携带食品！还是偷偷地把一打邓肯牌甜甜圈带到了营地。

就在我儿子跑到黑熊那里之前，一个童子军领队从他的帐篷里冒了出来。他手拿一个锡锅和一把木勺，用力地敲打起来。就像电影里演的一样，黑熊停止了进食，朝着路那一头的女童子军营地跑去。女孩子，赶紧把薄荷巧克力饼干藏好了！

到了最后一晚，帐篷终于都干了。再也没有发生类似《野生王国》①的惊险事件，然后我和另外一名父亲畅谈了一番。他是一个非常成功的股票经纪人。"咱俩悄悄说，我今年最顺啦！"他的语气藏不住他的得意。在我略施小技之后，他松了口，告诉了我让他挣了大钱的神秘股票的名字。

星期一早晨，东部时间九点半，我就上网，在我的购物车里装上了那支赚钱的超级股票，把我所有的家当都投了进去。这只股票的名字是安然②，

---

① 《野生王国》(Wild Kingdom)是和《国家地理》齐名的美国动物保护节目。

② 安然，全球最大的能源公司之一，2001 年 12 月因做假账，被迫宣布破产，成为美国历史上最大的公司破产丑闻。

就在两天之后，它崩盘了。

为什么那只黑熊就只吃了甜甜圈，没把我也吃了？

--- 快乐太太的建议 ---

志愿工作不仅仅能使这个世界变得更好，还能使婚姻更为稳固。然而，如果你们要成为伴侣，就应该一起去参加志愿活动。

而且，既然女人一般在厨房里的时间花得比男人多，点炉子这样的活还是应该让她们干，这样男人就可以站得远远地，竖着耳朵，等着听"轰隆"巨响了。

从我个人的经验来讲，志愿工作总是很值得去做的，尽管你也得付出代价。什么代价？你也许会问。记住，发"志愿者"沃伦铁斯这个词的时候，我们也发出了"眼泪"铁斯的音。

优秀的运动
（一起运动）

我看着镜中的自己。白鞋、白袜、白短裤、白衬衫。

我可不是格莱得公司的代言人①，我是要和我太太一起合作打双人网球。这是我们第一次，在周五夜晚的灯光下，和三对夫妻一起打网球。我们的初衷很简单：打几个球，笑上几声，然后在保姆给你打传呼90秒钟之前到家。

多么美好的想象啊，可是在现实中，一旦你走上了比赛场，你的朋友们就变成了野兽，为了赢球，他们什么事情都做得出来，即使是要他们像剖鳟鱼一样手刃我，他们也会毫不犹豫。

----

① 格莱得公司，专门生产垃圾袋和塑料袋的美国公司。其广告代言人总是一身白衣。

我承认我网球打得不怎么样，我们的对手对此就更是了如指掌。仅仅花上几分钟，他们就发现，赢球的最佳方式是，把球打到我这里来。

幸运的是，我太太网球技术可算是一流，她可以满场飞奔，保住了我的面子。因此，头几个月我们成了不可战胜的组合。可是当在红土球场上举行的总决赛来临的时候，我们俩察觉到了气氛的转化。其他的夫妻组合，在邀请我们加入之前，已经在这家乡村俱乐部里打了很多年的球了，他们可不想看到我们这对新来的搭档赢球。因此，他们都明显地转换了策略，从"玩玩而已"变成了"现在就干掉他们！"

欢迎参加网球之战

战争这样拉开了序幕：一名请了一个星期病假，说是接受了肘部手术的经理，意外出现在了周五晚上的红土球场上，血液里充满了兴奋剂。

我太太很同情他——毕竟，他刚刚拿掉了上臂吊带来打球——所以，她总是把球打到他的身边，好让他不会再受伤。

可是，那个时候，他和他太太不再是我们的朋友了，他们已经变成了野蛮的杀人机器。比赛接近尾声，我们领先，他们改变了游戏策略。那个肘部坏掉的男人跑到了网前，开始使出全力扣球，球都奔着我太太的裙子飞去。我太太每次也对他还以颜色。我有点担心，这个病人会对我太太不利，好在她还能应付，所以我也放下了心。其实，我最担心的应该是我自己。

眼看还差一个球我们就获胜了，那个经理突然违规把球直接发过网，朝我脸上狠狠地砸过来。这个球来势凶猛，砸得我向后摔倒在地上。我的胳膊肘擦伤了，血淋淋的，我膝盖上也掉了两英寸的皮。那个球要是再往下那么一点，现在我就会戴眼罩了，我女儿就会说："爸爸是个海盗！"我当场就该大哭的，可是我不想把白网球服弄湿了。上面已经有了血迹，不知道我太太还有没有足够的魔净洗衣粉能把它洗干净。她快速地跑过来察看我的伤情，而那个刺客和他太太却重新回到了自己的位置上，准备继续比赛。

"你这是干什么？"我倒在地上质问那个凶手。

没有回答。

"网球场上不应该发生流血事件！你看，我身上都是血！"

片刻停顿。最终他仅仅从网的另一边发过来这么一句话："你不会以为我是故意的吧，是吧？"

"就是。"我立刻反唇相讥，恶狠狠地瞪了他一眼。

"随便你怎么想了。你是要继续玩，还是要躺在那里继续流血？"

我们继续投入了战斗，然后输了。赛后，我们双方一言不发——没有寒暄，没有假惺惺地亲吻，什么都没有。我们怒火中烧地跳进我太太的 SUV 越野车，然后她开车把我送进了急诊室，让医生给我打一针破伤风，因为我疼得还不够厉害。

下一个周五，一对原本非常可爱、来自加利福尼亚的夫妻，在和我们进入延长赛时变脸了。显然，他们听说了，朝我的脑袋打球就肯定能赢。所以，他们两夫妻轮番朝着我的脑袋轰炸。这就像是在和李·哈维·奥斯瓦尔德[1]夫妇打网球。我的对策是，站到一边，让我太太从后场把球打回去。可是，当我躲过了那位丈夫朝我打来的、和上周那个致命的球一样的损球时，我太太的眼中闪过了一丝寒光，我知道那意味着"是时候清理垃圾了！"

她把球拍使得像火箭筒一般，把一只毛茸茸的网球直接而又准确地打到了他的隐私部位。

"啊啊啊~~~~~~~！"他痛苦地倒地。我们身边的其他夫妻也听说过他的大名，所以尽管他们和我们不是一起的，还是都停下来欣赏他的惨状。他慢慢地站了起来，不过其实他还是躺着比较好——因为那个网球留下的红泥巴印，清楚地显示了它和这位硬汉亲密接触的位置。

我们搬出那个州的时候，也退出了那个网球俱乐部。如今，多年之后，我们正在学打高尔夫球。就是我和我太太两个人比赛。还记得她是个高明的击球手吧，所以，每次她挥杆击球的时候，我都躲在她身后，双腿交叉，等着去看她新打出来的第 19 洞[2]。

---

① 李·哈维·奥斯瓦尔德是 1839 年刺杀肯尼迪的凶手。

② 高尔夫一场球一般是 18 个洞。作者此处调侃妻子。

如果你应邀去参加夫妻俱乐部的球赛的话,记住在比赛中千万不要记分。总是使比赛处于平局,就再好不过了。

唯一一个你需要不择手段获胜的游戏是:脱衣扑克。

我们的婚姻很完美,让我们约会吧

(一次试验)

你听说过多少次,在这个世界上有一个人在等你,你们会成为完美的一对这样的话了? 问题是,你要知道他们是谁,在那里,你要怎么和他们认识,还有你和他们约会的时候穿哪件衣服会比较显瘦。

我很幸运,我找到了属于我的那个人。我太太和我都相信,我们是注定要在一起的。可是,我们为什么仅仅靠直觉认定,而不是用最先进的科技来证明我们是最佳组合呢? 所以,在结婚 20 周年之际,我们双双加入了一个网上约会俱乐部。

没有什么比摘掉"婚姻幸福"的帽子,投身约会数据库这一危险举动,更能证明我爱我太太了。要知道,那里可有成千上万个渴望爱情的单身汉,他们会非常乐意地把我太太从我身边橇走。当然,我们不是去找约会对象的。我们不过是想知道,在计算机程序看来,我们到底有多么匹配。这些约会服务网站是这么干的——你先填一张长长的问卷——喜欢什么,不喜欢什么,等等——这些勾画出你的个性,然后,电脑就会吐出长长的一份名单,上面都是和你非常相配的人。我们希望,电脑会确认我是我太太最合适的对象,反过来也是如此。

我曾经问过我太太,如果 20 年前就有网上约会网站,而且我们俩都加入了的话,她觉得我们会不会通过这种方式找到对方?"不会吧,"她答道,"我一般不会喜欢又小气又有控制欲望的怪人。"她可真会开玩笑。

于是，就这样，我们开始了漫长的探险之旅。我们没有加入那些真正的大公司网站，而是选了一家免费网站。这家网站声称自己吸引了几十万人的眼球。可是，要是这些眼球的主人都不付钱，有那么多人又有什么用呢？不过，对我们来说，能在这个满是免费用户的数据库中搜索一番也不错。我们花了好几天时间，把问卷填好了。我们是在孩子们上学的时候，单独回答的。因为让刚读初一的女儿看到，妈妈在她做社会研究用的电脑上回答一些具有挑逗意味的问题，显然不是回事。

秘密大揭底。我们并没有 100% 诚实地回答这些问题。我们都说了同样一个谎——我们还是单身。真奇怪，这家俱乐部不让已婚人士参加搜索。我太太还撒了一个小谎——说她的最高学历是研究生。显然，她不想和一个傻蛋配成一对。我的意思是，另外一个傻蛋。

参加这样的一家俱乐部的好处是，一旦你回答完所有问题，你只要按一个键，就可以看到和你最相配的人的脸了。我期待，我在我太太的名单上排名第一。可惜，我不是第一个，所以我们就往下看了一个。也不是。我们看遍了她 53 页长的名单，上面根本就没有我。在一个区区几十万人的数据库里，我连她最相配的 532 名本地男人都排不上。她名单上没有巴塞罗那的男人，都是些本地人，而电脑认为，这些人跟她更相配。就让我们看上几个吧：

◆ 一个住在纽约州波基普西市的 24 岁小伙子，他说他最喜欢的三样东西是：女人、文身和汽车。
◆ 一个纽约州扬克斯市的男人，他的最大成就是在 8 分钟之内喝掉 40 盎司的百威啤酒。"他现在依然保持着这项纪录。"
◆ 一个说自己最喜欢的娱乐活动是"打屁股"的男人。

震惊之下，我们打开了我的名单。我觉得我太太回答问题的时候肯定是搞错了一些地方，而我答得中规中矩，所以我很有信心她会在我的第一页上。

第一页没有她。我看了足足有一个小时，我的 676 个最相配的本地对象里面没有她。电脑把我和离我有两个州之遥的女人配成了对，而不是把我和跟我一个地址的女人组合起来。但是出于节约煤气和拼车的考虑，也该把我和我太太配在一起啊。

电脑显示我该约会以下这些人，而不是我太太：

◆ "劳伦芝拉达斯①"，一个自以为聪明的，把自己的名字和一种墨西哥流行小吃混在一起的女人。

◆ 一个说自己是"歌手、词作家、宇航员"的女人。难不成莎莉·莱德②也到网上来相亲了？

◆ "珍妮，"她写道，"我有世界上最可爱的鼻子"（奇怪的是，她的档案照片却是她的一缕头发）。她还写道，"我的手腕文上了拉丁文。"显然，她是要找一个在祭坛服务的男朋友。

这可不是我们想要的结果。突然之间，我们俩产生了一丝疑惑。"也许，我们和一个错误的对象整整生活了 20 年！"下一回，我太太迟到的时候，我就会开始胡思乱想，生怕她正在和"炼金术士"（她的最佳对象之一）通电话。这个男人写道，他花了很长很长时间来思考"我早餐吃了什么"。或许，她正在和那个纽约州白原市的老师聊天，他是这么推销自己的，"我的微笑和眼神非常吸引人。"

现在我深刻理解了网上约会系统的作用。它会显示你的答案和别人的匹配度（87%）。然后，你当然会和这些人联系，看看你们是不是会擦出火花。对那些想要知道全部可能性的人来说，网上约会系统是个很好的工具。而且这样的问卷匹配模式，也帮你筛出了一大堆跟你完全不合适的人。

那么，为什么电脑说，别人比我或我太太更适合我们对方呢？

有三种可能性：

---

① 劳伦芝拉达斯，其中劳伦 Lauren 为女子名。芝拉达斯为一种墨西哥食品。

② 莎莉·莱德，1983 年 6 月 18 日，她驾驶"挑战者号"升空部署两颗通讯卫星，成为第一名进入外太空的美国女性宇航员。

1. 这个网站根本就是骗人的。

2. 在重大问题上，我和我太太出现了分歧。她说"纸"，而我回答"塑料"。

3. 现在和我生活在一起的这个女人，不是我当初娶的那一个。在过去20年里，我原来的新娘被人绑架了，而另外一个女人做了痛苦的整容手术，整成了她的样子，来冒充她，目的是夺取我们家几百美元的财产。

如果第三种可能性是真的话，我又立刻想到了两个问题："我真正的老婆哪儿去了？"还有"再找到她之前，我还可不可以继续申报有两个妻子家庭的减税额？一个真的太太，一个貌似的太太？"

警告：已婚人士不应该参加网上约会。花上一小笔钱和一点时间，你的伴侣就会准确地知道世界上还有人比你更适合他/她了。

弗朗西斯·培根爵士说过一句名言："知识就是力量"。不过，在这个问题上，我宁愿什么也不知道。实际上，我宁愿吃培根（咸肉）。

第四章

孩 子

生儿育女

（你结婚的目的是什么）

　　欢迎步入为人父母的漫长而又曲折的道路。在未来的 50 年里，你每天都要花上好些时间来担心各种事情。用这种儿童洗发液对吗？他把虫子哪部分吃掉了？还有，如果你的孩子还没有回家，那他/她是在吸毒呢还是去斗鸡，把他/她奶奶过生日给的钱都赌掉了？

　　成为父亲或母亲，是你一生中最伟大的事情。这是我生命中最美好的事情。我太太也是这么觉得的。不过，小心点，这也是你会遇到的最困难的工作。你很难说服你的儿子别踩油门，他会以 45 英里的时速转弯；你也很难说服你青春期的女儿不要穿着超短裙上街，她还会穿她的，搞得像个年轻的应召女郎。理论上来讲，教会一只猎犬换你本田车的火花塞，要比把一个天真无邪的婴儿养大成人容易得多。

　　尽管随着你的孩子慢慢长大，你会消耗掉几卷胃药，可是他们会说一些让你乐不可支的话，做一些让你感动得掉泪的事情，并且让你再也睡不成一个整觉，直到他们考进一所你永远也考不上，你也根本供不起的一所大学为止。

　　最开始的几年，他们就躺在那里，等着你去喂他们，给他们穿衣服，在他们和阿波罗号上的宇航员一样用完便盆后，给他们清洗干净。然后，有一天,他们已经准备好离开家,去上学了,在那里,尽管你对孩子的教育非常尽心,可是来自同伴的影响起作用会更快。

"妈妈,"我高三的儿子说道,"女子游泳队想让我和她们一起吃晚饭。"

"在哪里?"我太太盘问道。

"胡特斯餐厅①,"他一脸诚实地说道(心在胸口怦怦乱跳)。

"不行,"她答道,同时意识到她已经错过了家庭教育的最后时机。

随着你的家庭逐渐扩大,你会发现,当你第一个孩子降生的时候,你花了几千美元来冲印她的照片,把她头两年的一举一动都录了下来,等到你最后一个孩子来到这个世界上,记录他成长的那种新鲜感早已消失殆尽。当有人要你拿一张你家老小的近照出来的时候,你能找到也许是他在学校的照片,或者是一卷沃尔玛停车场的监控录像带。

我们的孩子总是让全家陷入一片无序和混乱。每个家长都会有说"我柜子里有个毛茸茸的专吃小孩的妖怪"的冲动。我最喜欢的一次野外遭遇是,有一次我去钓鱼,我让儿子和他的朋友去找蚯蚓。很快他们兴高采烈地回来了,说他们找到了大大的一条。他们遇到点麻烦,让我去帮忙。"爸爸,快过来!"这时,我才发现,他们要在渔钩上穿上一条活的噬鱼蛇②。

从你第一天满怀喜悦地从医院抱着这个穿着"帮宝适"尿不湿,喂着"喜康宝"奶粉的宝贝回来,年长一点的家长们就会说:"趁他们小的时候,好好享受他们带给你的乐趣吧,他们长得实在太快了。"我曾经以为,"别担心,老爹们,我自己都还小呢!"

如今,不过是眨眼之间,我的一个孩子已经入了大学,一个进了高中(抹着眼影),我最小的宝贝正在询问我太太中美洲自由贸易协议给全球带来的影响。这就像是,上个星期二,她还是四岁,在卫生间里歇斯底里地大笑。我太太走进去看到底是什么事情这么可笑,看到她站在那里,她的邦尼

---

① 胡特斯餐厅,美国快餐厅,以其女服务员身着清凉的白色小背心和橙色的热辣短裤出名。

② 噬鱼蛇:一种有毒水蛇。

兔子衬裤掉在脚踝的地方,屁股光着,正弯腰朝着马桶尖叫:"看!我的臭臭在笑!"它实际上没有笑,只不过是弯成了一个微笑的样子。她问我们能不能把它拍下来,我们拒绝了,因为我们家有一条严格的规定:决不拍摄任何大肠的活动。

我一共有 125749 个这样可爱的故事,和它们相伴的是 347687 次 "尽快把它们忘记"的事故。

你是哪种类型的家长			
	传统型	现代型	极权型	无能型
家庭教育榜样	奥齐与哈丽雅特	电视剧《橘子郡男孩》里的父母	斯大林	荷马·辛普森和玛吉·辛普森
教育手段	打屁股	暂停反省	古拉格	强迫孩子们看保龄球比赛
让你生气的事	厨房里满是泥脚印	家庭博客没有更新	孩子们没有把弹药储备所装满	孩子忘记了你们的名字
孩子就读学校	常春藤盟校	家庭	军队	(无)
宠物狗的名字	莱西	比约克	格洛克	哪来的狗?
最喜爱的消遣	桥牌	听 iPod	给恐怖小屋贴墙纸	喝干啤酒
最大的成就	孩子上哈佛大学	做了无碳水化合物的烤款面条	造了自己的烧烤架/碉堡	昨天晚上倒了垃圾
你和孩子说的最多的话	停	请停止	再不停我就开枪了	哪来的孩子?

然而,我无怨无悔。

最后,你怎么抚养教育孩子,他们就会变成什么样的人,他们长大后或者会为你在伯克莱屯①的高级疗养院买单, 或者会偷偷去咨询你的医疗保险里面是否包含安乐死的费用。

在测孕棒上尿尿

(怀 孕)

这可是件神奇的事情:只要有你们在家里,孩子就会冒出来。

"我的裙子又紧了。"我太太抱怨道。

"你要我去骂那个干洗店的人吗?"我问道。

"我觉得我是怀孕啦,笨蛋! "

你听说,怀孕的女人的荷尔蒙变化会使她性情大变的吧?这是真的,你该听听我的亲身经历。早在我太太第一次怀孕的时候,我就犯过这样一个错误:当时我们在宜家购买平价的瑞典风格家具,我问她:"你的荷尔蒙升高了吗?"她立刻大哭起来。作为一名新手准爸爸,我不知道"你的荷尔蒙升高了吗?"在准妈妈听起来的意思是,"亲爱的,你现在就像是个疯子,不过,没关系,因为你怀孕了。"

我再没有犯同样的错误。

她怀孕的头三个月是非常痛苦的90天,对我们两个来说都是如此。她早晨的妊娠反应非常严重。有一次去例行检查的时候,她急匆匆地把车并排停在了别的车的旁边,然后跑进一家杂货店买菜。在肉类柜台附近,她突然想要呕吐。不过,她知道,如果她要是在羊排附近大吐特吐的话,下一次,她就不能到这里来花钱了。所以她冲出店去,在一位警察面前呕吐起来,这位警察正在给她的车开罚单。

_____

① 伯克莱屯,美国佛罗里达州东南部城市,位于大西洋岸边的棕榈海滩南面,是旅游胜地和工业中心。

第四章 孩 子

"女士,"这位警察说道,"情况没那么糟吧,我只不过开个罚单而已。"

幸运的是,就在同一天她从头三个月过渡到了第二、三个月。她的相扑运动员的基因开始起作用,她又重新有了胃口。有一天凌晨,2点30分,我被厨房里烟雾探测器的疯鸣惊醒。我手提灭火器,冲下楼,准备把一场三级火警扼杀在摇篮中,却看见我太太刚在一个咸肉、莴笋、西红柿三明治上抹上调料。她把咸肉烤焦了,这才让警报响了起来。"别大惊小怪的,"她说道,"我有两个人要吃呢。"

"哪两个?你和大鲨鱼奥尼尔①?"

在这一个阶段,我们开始在空闲的时间给宝宝"置办新家",买一些儿童用的家具和其他我们仅仅使用一次就抛弃的昂贵物品。我太太看上了一款意大利的顶级儿童推车,她非要买到不可。我们连着花了几周的时间,开车穿越了三个州,终于找到了一辆——这是电话区号为202、301和703的地区②剩下的唯一一辆了。这一辆还是陈列品,不带外包装和使用指南。

"我们买了。"我太太告诉店员,因为她察觉到另外一个"为未来宝宝购物的"女人也看中了它。母性的本能是如此强烈,以至于没有任何东西能够阻挡我太太买下这辆儿童推车。把车推到我们的旅行车后,我才意识到了没有使用指南的麻烦。我们怎么也不搞不懂怎样才能把这该死的玩意儿拆掉。经过20分钟徒劳的努力之后,我把它整个扔进了后备箱,然后用绳子系住了后备箱的盖,这样它总算是合上了75%。我娶的这位孕妇又哭了起来。我知道是她的荷尔蒙又在作怪,所以,我说了一句话来分散她的注意力,据我所知,这话十有九次能够让她的哭泣细胞停止运作。

"去塔可钟③吃点怎么样?"

她脸上立刻绽现了一丝笑容,优惠券也拿出来了。于是,很快,我们就停在了一家塔可钟的汽车外卖窗口,叫了一点正餐前的点心。我们一家子:

---

① 大鲨鱼奥尼尔,美国NBA运动员,原名沙奎尔·奥尼尔,因体型大,打球凶猛,绰号大鲨鱼。

② 华盛顿特区,电话区号202,马里兰州,电话区号301,弗吉尼亚州,电话区号703。

③ 塔可钟,提供墨西哥美食的连锁餐厅。

我,我太太,还有我们的小伙伴,沙奎尔·奥尼尔,一起吃了个饱。

快乐太太的建议

　　丈夫们对太太怀孕时的痛苦不能感同身受,除非他肚子里也有一个家伙在翻江倒海,急着想蹦出来他才能体会得到。所以,最重要的是,他应该尽可能地让他不那么弱小的太太感到舒服。"你好,我是你的丈夫,接下来的四个月我听从你的使唤。"

　　很重要的一点:如果你有任何医药方面的问题,找正确的大夫进行咨询。我听过这样一个故事,有一名孕妇到她的妇产科医生那里接受例行检查,检查快要结束的时候,她问:"我丈夫想要知道我还可不可以做那个?"

　　那名医生显然对于这样的问题不知道听过多少遍了,立刻安慰她:"直到最后一个月,都可以有性生活。"

　　那名孕妇大窘,说道:"不是这个,我老公想要知道我还能不能继续给草坪除草。"

　　她可以做的。

荣升母亲
(分娩之日)

　　我妈妈接受了大腿麻醉后,努力了 36 个小时才生下我。第二天,她的医生乘坐医院的 SS 希望号,志愿踏上了为期 18 个月的援助之旅。显然,对他来说,在落后的第三世界,治疗疟疾和伤寒,比起前一天汗流浃背地把我从我妈妈那里挤出来,简直就是小意思了。

　　我快要出生的时候,那名医生觉察到了有什么不对劲,于是就助了我妈一臂之力。直到今天,我的左眼边上还有小小的一条伤疤,就是这名医生用一把不锈钢产钳(就像巨型的沙拉钳),把我拽到这个世界上来的时候留下的。我出生的时候，我爸爸没在产房里——也没在产房外面等待。他当时甚至和我们都不在一个大洲上。那时，他正穿着美国大兵的制服，驻扎在欧洲。一封电报带去了他喜得贵子的消息，而他正在德国斯图加特骄傲地站岗，以免梅塞德斯·奔驰的员工突然发狂想要占领整个世界。

而我，不仅仅会和我太太在一个房间里，还会充当她生产时的指导。因此，几个月以来，我们从一个教堂的地下室赶到另一个，参加自然分娩的学习班。对很多孕妇来说，自然分娩意味着不用药物。对我太太来说，自然分娩不过是生孩子的时候不能画眼影。

就在她要生的第一天，我们住进了乔治·华盛顿大学医院。就在这家医院里，他们收治了遇刺的里根总统。刺杀他的约翰·辛克利在行动之前写了一封信给朱迪·福斯特，表明自己这样做不过是想引起她的注意。我们在黎明之前就入院了，可是直到天黑，我太太的宫缩才达到了正常频率，护士这才告诉我们开始使用"拉玛泽生产呼吸法"。

"吸气，呼气，吸气，呼气，"我指挥道。就像巴普洛夫的太太一样，她跟着我的指示行动；她吸了又呼，呼了又吸，整整坚持了一个多小时。我们生产指导师说过，在生产的时候"孕妇的体温很容易过高"，所以她建议丈夫(我)在她的脸上轻轻地喷一点依云牌的喷雾。所以在我太太吸气，呼气的时候，我不断地给她喷雾。半个小时过去了，她简直像是被雨淋了。她浑身湿漉漉的，又是汗又是水的，而且尽管喷雾应该有镇静的作用，她却已经想要把我掐死——这可是标准的谋杀亲夫啊。

"别再喷了，我都快淹死了。"

于是我开始看着宫缩监视器上的指示，如同打高尔夫球一般，告诉我太太每一次疼痛的高峰和谷底。"噢，这次会很厉害，"我提醒道，确实如此。"这有多疼？"我用一种"关切"的语调问道。

"就像被高尔夫车辗过去一样。"这会儿，她已经干了，还在吸吸呼呼，突然她做出了一个惊人的决定，"这破呼吸法一点用都没有，给我用硬膜外麻醉，马上！"

"你能不能再坚持一会儿，亲爱的。"护士哄道。

"马上！"

一个小时之后，孩子就要降生了。可是这小东西还没有准备好上场。他的心跳开始减弱，医生说什么孩子"卡住了"。产房里一阵忙乱，45秒钟之后，就和我30年前出生时一样，我儿子也被巨大的沙拉钳子拽了出来。

"哇啊啊啊啊~~~~！"

"是个男孩！"医生宣布道。他刚才还要问我要不要站在护士的后面，选个好角度，把宝宝露顶的那一段拍下来。我拒绝了。我要在什么时候才放这段录像呢？他高中毕业？我都能够想象画外音是这么说的……"现在他正从产道里出来。他妈妈干得真棒——这是漂亮的胎盘！"

不过，我从一个不错的角度，拍下了他独立呼吸的头15分钟，我还拍下了医生把他蓝色的小身子放在保温灯下的时刻。戴着一顶针织绒线帽，他看上去就像是个说唱歌手，或者是未来的便利店劫匪。

"你要剪脐带吗？"医生问我。

他是在开玩笑吗？不过，这个美妙的时刻，我可不想显得男子气概不足，所以我决定吓他一下，好让他自己动手。

"我很乐意，"我说道，"不过我要用电锯来锯断它。"

"咔"，医生就剪断了脐带，夹上了。

人们都说，每生一个孩子，生产的过程就会容易一点，我觉得这话没错。然而，每生一个孩子，事情也变得越来越疯狂。三年后，我太太又重新回到了产房。在短短三年里面，医疗界在控制疼痛方面取得了长足的进步，护士教我太太，"只要你感到有点痉挛或是不适，就按一下这个按钮。"然后就递给她一个小玩意儿，只要她摁一下，就会把一股强力的麻醉剂通过她脊椎上的针头送到她的后背。这个装置有点像任天堂的游戏机一样。我们给它取了个名字叫"止痛机"。

在宫缩监测器上显示了50次强烈宫缩之后，止痛机干了。

这时，护士才解释道，一小时内连续按那个按钮一定次数之后，"什么都流不出来了。"她非常客气地请我太太只在疼得受不了的时候再按。

"啊啊啊啊~~~~~~！快来人救救我！"另一个哭喊连天的产妇被推进了隔壁的产房，实在是惹人注目。人们常说同病相怜，只可惜这个伙伴一直扯着嗓子大喊大叫。

第四章 孩 子

"老天，真疼！快帮帮我……有没有人啊！"我太太盯着她的护士说，"我真高兴我在这边，没在那个屋子里。"

"啊啊啊啊~~~~~~~~~~！快来人把这东西从我肚子里弄出去！"

她的哭喊，让我想起了莫尼卡·塞莱斯在美国网球公开赛上，每回过一个球时发出的吼声。

"我给她买一支麻醉剂，"我对我们护士说，"只要她别再叫了。"

"那个混蛋！@#$谁让我遭这罪的&;%$死定了！"

一个怀孕的卡车司机要生出一辆叉车来肯定是这么叫唤的。突然之间，我太太即将生产这件事变得如此平凡而乏味。我真想看一眼隔壁到底发生了什么事。所以我对太太点了一下头，她的眼神在说："好吧，去吧，我要生你的孩子了——而你去看安德鲁·戴斯·科勒太太。"

我一眼就察觉到了我太太所在的房间和这位大嘴巴妈妈的房间不同，我甚至都小有点嫉妒了。我们可没有带枪的保镖。一位县警察局的男警官把着门；一位女警官站在尖声喊叫的产妇边上。这到底是谁？我暗自猜想。名人吗？政府的高官？还是外交家？

"她是个囚犯。"等我回来的时候，我们的护士悄悄告诉我。好极了。我们不过是想要再次平平安安地生下孩子，却不想被一个生活在监狱里的女人给挟持了。

"有的时候，快要生孩子的女人会跑到一家商店里去偷东西，"那名护士继续说道，"知道这样一来，她会被抓起来。"

"为什么会这样呢？"

"因为她们没有医疗保险。可是要是你生孩子的时候正被关押，你就可以免费了，本地监狱会替你买单的。"

"那他们为什么不给她一个止痛机，这样她就不会大呼小叫了？"我问道。

"她也许是个瘾君子，"护士说道，"她血管里的东西比我们给她的麻醉剂要厉害。"

就在几分钟之前，我真的觉得隔壁的这个大嘴巴是个疯子。现在我觉得自己是个笨蛋。这又一次证明了，一位母亲为了照顾自己的孩子能够付出什么样的代价，为了能让孩子在一个干净舒适的医院里降生，她即使是使自己被捕,或许会被判入狱也在所不惜。她的叫喊一直没有停,直到她的小女孩的哇哇哭声替代了她的呻吟。

我们的宝贝女儿在午夜过后一小会儿就降生了。她幸运地躲过了鬼节①,而是在万圣日①出生了。

等到我们第三个孩子要来到这个世界上的时候,我们对于该发生的一切已经是轻车熟路。我们放弃了"拉玛泽生产呼吸法",取而代之的是"勒芒"耐力赛②。经过 24 小时的"勒芒"耐力赛后,我们没有再控制呼吸,而是直接开车进了医院,那里训练有素的医疗队会给我太太装上麻醉装置,然后在孩子出生的时候叫醒我。最后这一次,我们选择的这家医院,不怎么像医院,倒是比较像五星级宾馆。我们的房间就像高档宾馆里的套间:地上铺着地毯,屋子里有一张巨大的沙发、一台大电视,甚至还有给我放三明治的冰箱。

"把护士叫来,我的羊水破了。"我太太说道,打断了我正在收看的一项重要节目:娱乐今宵。

我到了护士休息室,听到要开始工作,她们看上去不怎么情愿。一名护士来了,问我太太觉得怎么样,然后,她按了一个按钮,我太太身子底下的病床就变成了一张产床,床边上伸出不锈钢脚蹬子来。5 分钟之后,她的医生也来了。这名医生晚上 8 点在附近的日本牛排馆定了桌子,她已经接生了一整天,早就饿了。

"我要让孩子早点出来。"她一边说道,一边带上橡胶手套,然后把手伸进了那个精致的生产区域。我不知道她干了点什么,不过显然她找到了女人出厂时就设置好的闸门,因为就在她戴上手套后 5 分钟,我太太的产门从原来的 30%就开到了 100%。我太太用力推了 5 下,孩子就降生了,脐带剪断了(专业人员剪的),那名医生及时赶到了她预定的饭店去享用日本酱汤了。

---

① 每年的 10 月 31 日这一夜被认为是一年中最"闹鬼"的一夜。每年 11 月 1 日为万圣日。

② "勒芒"耐力赛是每年 6 月举行的被称为最辛苦、最乏味的单项汽车比赛。

对不起，我们就用"塔鲁拉"这个名字了

（给宝宝取名）

大多数人不会有机会把自己的名字做成青铜匾，挂在医院的大楼，学校的建筑或是某条大街上；我们顶多也就是能选一个我们喜欢的名字，给宝宝用。在为宝宝取名字的时候，要考虑很多因素，因为这个名字将会陪伴其一生。

如果我们按照宝宝出生时候的样子来给他们取名字的话，那么世界上的幼儿园里就都会是温斯顿①，卡西莫多①，和卡米拉了（就是那个英国王储查尔斯的太太）。

显然，我们应该用其他的标准来取名字。

我和我太太为给宝宝取名字的事讨论了好几个月。她有一个朋友，给他的孩子取了文学名著中人物的名字。真是聪明！我们为什么没有先想到这点？我们也想给我们的孩子们取一个系列里面的名字。可是文学名著已经有人用了。于是，我们花了好几个月来仔细考虑每个有可能的不同寻常的名字。开始的时候，我们尝试用时尚界的名词。考德莱（灯芯绒），法兰诺（法兰绒），和卡里克（印花布）我们都考虑过一阵，后来我们总算清醒过来了。"莎汀（绸缎）听上去像个脱衣舞娘的名字。"我太太说道，轻描淡写地否决了我的提议。

然后，我们又考虑动物系列的名字。可是我们找不到合适的名字来搭配莉玛（狐猴），于是我们又放弃了。我们开始考虑用一些大师的名字。

"莱昂纳多怎么样？"

---

① 温斯顿，指温斯顿·丘吉尔；卡西莫多指雨果小说《巴黎圣母院》中的驼背丑陋敲钟人。

"莱尼？"她立马想到了电视剧《拉维恩和雪莉》①里面笨笨的男主角，我的让我们家出一个达·芬奇②的梦想就此破灭。

开车穿越曼哈顿的时候，我突然灵光一闪。给他们取一个地方的名字！一个目的地。就在我们开车穿过那条著名的广告大街的时候，我抬头看了看街道指示牌，来了灵感。

"叫麦迪逊怎么样？"

"这是街道的名字，"我太太答道，"不是什么好名字。"

"那叫梭胡③？"

"他的朋友以后会叫他胡。"

"胡志明不也姓胡？"

取个地名好像是个好主意。我们的一个朋友给他儿子取名叫蒙大拿，既然这个名字已经有人叫了，我们俩就开始像个 5 年级的小学生做社会调查一样，浏览起地图来，直到我们有了发现：就在那里，田纳西州的心脏，就是我们要找的名字。

"叫孟菲斯？"

"孟菲斯……"

这个名字有点意思。孟菲斯首先是一种时尚的设计风格（明快、风趣、富有实验性）。其次，这个名字来源于古希腊神话。最后，当然，这也是一个中心城市的名字，那里还是个烧烤胜地呢。我们喜欢孟菲斯。这个名字多么与众不同。可惜，我们的朋友和家人都很难接受这个名字。

"你从来没有去过孟菲斯！"我妈说道，她的语调告诉我，她就要开车上我们家来看我没有磕药了。

"妈妈，可是——"

"你是在堪萨斯州出生的！你会给自己的孩子取名字叫托皮卡④吗？"

---

① 《拉维恩和雪莉》，美国 76 年出品喜剧。其中一个男主角叫莱尼。

② 莱昂纳多·达·芬奇，意大利文艺复兴时期的艺术大师，科学家。

③ 梭胡(SoHo)，纽约曼哈顿区的地区名称。

④ 托皮卡，堪萨斯州的首府。位于该州西北部、堪萨斯城以西。1854 年建立，1861 年堪萨斯加入联邦时成为首府。

"当然不会了,多傻啊——"

"那就是了,叫孟菲斯也一样。"她下了结论,咔嗒一声把电话挂了。

这下你无计可施了。还是回到正事上吧。我们的宝贝出生那年夏天最重要的一件事是,哈雷彗星回归地球。它每 76 年才会划过地球上空。这是个神兆。所以我们立刻就决定了,给我们的女儿取名叫哈雷。

好极了。我们达成了一致。可惜到了照 B 超的时候,我们才发现,我们的第一个孩子不是女孩而是个男孩(哈雷·乔·奥斯蒙特的父母很有创新精神)。

医生建议我们把哈雷缩短,给孩子取名叫豪尔。可是,我始终不能忘记电影《2001:太空漫游中》那台杀人电脑豪尔的形象,所以这个名字也被放弃了。

最终,我们决定以圣人的名字来给他命名。这样的话,我们就有很多选择了,而且我妈也不能说什么了。

我们给大儿子取名叫彼得。

后来,我们的二女儿降生了。名字就更难取了。什么名字才能和我们的姓搭配上,和她哥哥的名字又有联系呢?

又回到圣人的名字,我们选择了玛丽。

等到我们的第三个,也是最后一个孩子出生的时候,我们遇到了前所未有的难题:如果我们再生个男孩,我们想用圣保罗的名字做他的名字。可是这么一来,我们的孩子就会叫:彼得、保罗和玛丽。我们家的家谱到了他们那一代就会像是 60 年代最受欢迎的民谣组合了。

"你是不是疯了?"我太太问道。

随着我们小女儿的降生,我拥有一个彼得、保罗和玛丽三人组合的梦想破灭了。"这下你可不能给她取名字叫保罗啦。"我太太松了口气,微笑着说。

"叫保拉怎么样?"

"够啦,别闹了。"

"保罗太太?"

"这个可以接受。"

最后，当护士来问我们她叫什么名字的时候，我们写上了莎莉。这不是个圣人的名字，这也不是我们家里人的名字。不过，这个名字听上去和我们的姓倒是挺配，而且符合了一个条件：我们刚刚看到她的时候，她看上去像个莎莉。

那个圣诞，为了纪念我们完整小家的诞生，我去了一家高档首饰店，做了一个纯银手镯，把我太太带到这个世界上的三个宝贝的名字首字母刻在了上面。

三个孩子的名字：彼得、玛丽和莎莉被缩写成了"P–M–S"①。

到头来，我还是得了一个怪异的三人组合。

快乐太太的建议

用家里亲戚的名字作为孩子的名字肯定是不会错的。除非你的亲戚是塞米·大牛·基拉瓦诺②。

短小的名字就不太会被人随意缩短。

要取容易被人记住的名字。

孩子们最讨厌你弄混他们的名字。每星期总有那么三四次，我把玛丽叫成莎莉，或把莎莉叫成玛丽。有时候，我也把彼得叫成玛丽，这对一个刚刚开始刮胡子的男孩子来说，的确是个问题，尽管他是用他姐姐的女式刮毛刀刮的。

如果你想多点机会在死后升入天堂的话，用圣人的名字给孩子取名很不错。那些离天堂一步之遥的父母们，应该考虑用马修或是特雷莎，而不是白兰蒂或是比利来给孩子命名。

---

① PMS 是"月经前期综合征"的缩写。

② 塞米·大牛·基拉瓦诺，20 世纪 80 年代活跃在美国的黑手党成员。

乳房吸引力

（当众哺乳）

2005 年 5 月 17 日,芭芭拉·沃特斯[1]在电视上,对她喝着咖啡的搭档说了一件事:有一次她坐飞机,突然发现她边上的一个妈妈,拉开上衣,开始给孩子喂奶。"这让我觉得坐立不安。"她用她独有的芭芭拉·沃特斯式的声音说道。

这期节目播出以后反响很大,一个号称"母乳喂养者"的小团体还打电话来抗议她所说的话。为什么芭芭拉的这番言论会让他们如此愤慨?我还有乳糖不耐受的毛病呢,他们怎么对此毫无反应?

老实说,当我太太在公众场合给我们的孩子哺乳的时候——我们结婚头十年中, 她花了相当一部分时间在华盛顿的闹市区里悄悄地给孩子喂奶——我也会觉得紧张不安。"嘿,你在往哪儿看,老兄? 这是我老婆!"

我们第一次和大儿子走出家门,是去华盛顿特区富有传奇色彩的棕榈大酒店吃晚餐。我们让儿子躺在小推车里,把小车搁在饭桌边上。每次在我们点完菜,等着上菜的时候,不幸就会发生:他醒了,发起脾气。很快哼哼唧唧变成了号啕大哭。人们转过头来,看发生了什么事,白眼也开始飞过来。

这么小的婴儿的需求不多,我太太知道也许是时候打开奶仓了。她不太习惯在饭桌上哺乳,于是她走进了宾馆的衣帽间。开始的时候,她先给宝宝换了一块尿不湿,想看看是不是这个缘故。可惜那里没有问题。于是,她解开了衣服,可是,出乎意料的是,他也不饿。在 52 号桌,我都能听到宝宝的尖叫,于是,我急急忙忙地吃完了浇着俄国调料的配菜沙拉,跑去协助我的小女人。

"嘘嘘嘘~~~~!"没有用。对我妹妹有用的"乖就给你一块钱!"也不起作用。在他高声嚎哭了三分钟之后,我们两个全都跪在了地上,又是摇又是

哄。突然,我们听到身后两个客人对我们孩子声嘶力竭的哭闹作了这么一番评价:

"世界上最美妙的声音就是婴儿的哭声啦。"

当时,因为我们脸朝着另外一个方向,所以我们不知道是谁说了这句话,当然,他们也看不见我们听了这句话后作的鬼脸。恰恰在这个时候,我们的大嘴巴先生闭嘴了。危机转移,我们立刻抱着孩子站起来,转过身来,我们与安吉·迪金森①和拉里·金②碰了个正着。原来那句婴儿的哭声是世界最美妙的话是她说的。而拉里·金很有可能不过是在想:"快看,我在和安吉·迪金森约会!"

在闲聊了几句关于孩子的话题后,他们坐出租车离开了。同时离开的还有我太太,她受不了周围的人对她上下打量。她扣上了胸罩,带着孩子回家了。而我独自回到了餐桌,吃了双份的西冷牛排。

其他时间在公共场合,每当是时候给孩子喂奶了,我太太就会仔细检查她所在的地方,找一个人最少的地方,避开大多数人,解开上衣,让孩子含住乳头,然后再用小毯子把孩子遮起来。有一次,他们正在逛街的时候,停了下来,宝宝开始吃零食了。她把一片比萨饼塞到3岁大的儿子手里,然后就开始在西纳邦小吃的屋子里静静地哺育起新生儿来。头一分钟的时候,一切顺利,可是,很快,近3岁的哥哥被奶酪给噎住了。他们身兼几任的妈妈知道,要救他就得用两只手,于是,她把婴儿放下了,冲过去救她哥哥。她非常灵巧地用小手指从他喉咙里挖出了那块要命的奶酪。

她救了儿子的命。感谢上帝她在那里。这个时候,整个食品区的人开始为她鼓起掌来。从我儿子第一声咳嗽开始,很多人都把眼光投向了这位母亲和她的孩子们。不过,他们鼓掌的原因是因为她反应迅速,还是因为在这场奶酪危机中,她没有扣上衬衣就把吃奶的婴儿放回了小车上,站在那里曝光了整整30秒钟,让那里的食客大饱眼福,就不得而知了。

---

① 安吉·迪金森,以美腿闻名的好莱坞性格女星,70年代主要转往电视发展后,主演了《红粉女金刚》里的女警官佩珀·安德森。

② 拉里·金,CNN脱口秀的电视主持人。

安吉·迪金森,在我们心中她永远是女警官佩珀·安德森,她是对的——世界上最美妙的声音就是婴儿的哭声了。而世界上最美好的情景莫过于母亲给孩子哺乳了。不过,这件在我看来美好的事情,可能会让一些人发疯。我是支持母乳喂养的。母乳既便宜又对孩子有好处。而且像温蒂快餐店一样,孩子随时都能吃上。不过,鉴于这是非常亲密的举动,喂养者最好还是多遮上一点比较好。你当然不想把自己的孩子憋着,不过你也不会想让火车上那个坐在你边上的商人紧张得气喘吁吁。

你最不想遇见的事就是,当你喂完奶后,那个一直盯着你的男人走了过来,在你的婴儿背包里塞上 5 美元。

恐怖故事
（婴儿监护）

"哇啊啊啊~~~~~~~~~！"

从婴儿监护器里清楚地传来了令人毛骨悚然的哭声。这是太不是时候了——我刚刚倒上第一杯咖啡。你可以看出作为父母我们现在已经相当老练了,不是他一哭我们就跳起来了,我们会让他自己先哭上一会儿,因为有时候他自己又会睡过去。

"呀–呀–呀–呀–呀！"

好吧,该我出动了。我走下楼,悄悄地推开他的门,他就在那里,呼呼大睡。我就知道他自己又会睡着的,所以我就上楼了,就在我走到最上边一级台阶的时候,"呀–呀–呀–哇啊啊~~~！"

我太太瞪了我一眼,那意思是"我生了他,你照顾他"。我又转身下楼。这个时候,我们从婴儿监护器里面听到了我们有生以来最恐怖的声音。当然,我们的孩子还在号哭,可是,那里多了一个新的声音——一个女人的声音!

"宝贝,没关系的……"

这简直是史蒂芬·金的恐怖小说里面的绝对吓人的时刻。我们三步并作一步,冲下了楼。猛地推开门,我们期待看见一个从我家的窗户悄悄地溜进来的绑匪或是好心人,正在帮我们照顾孩子,可是,令我们大吃一惊的是,我们的儿子一个人待在那里,静静地熟睡着。

我四下寻找婴儿监护器,发现它根本就没有插上。等等……我开始处理起手头的信息来。楼下的发射器没有插插头。这就意味着,在楼上,我们正在听……别人的孩子的动静!谜团解开了,带给了我们意想不到的好处。

我们最终搞清楚了。所有监护器基本上都是用的是同一个频率。所以,当我们家摇篮边上的发射器要是关掉了,而我们楼上的接收器还开着的话,我们就可以听到附近邻居家的婴儿监护器发出来的声音。我们刚刚听到的,就是附近一个母亲正在哄她的孩子。

刚开始的时候,我们觉得自己好像是触犯了别人的隐私。可是后来,我们意识到这个装置是通过联邦通信委员会的合法认证的,所以,我们有联邦政府的官方许可去听取邻居家的情况。忘了什么道德规范吧——我们都有严重的失眠症状。加上我们家没有有线电视,娱乐活动也有限,听听邻居家发生了什么事情成了我们日常生活的一部分。如果我们的宝宝醒着,而且就在我们身边的话,我们就会把发射器关上,把接收器打开。这可比任何肥皂剧都要有趣,因为这是真人秀!

那个婴儿是谁家的?她的妈妈在哪里?我们有很多问题都没有答案。所以我们自己给那些声音的主人编了些名字和故事。我们相信,那个婴儿是个肺活量超级棒的女孩。因为她太能哭了,而且一哭就是很长时间。那时候正巧有一个叫杰西卡的小女孩掉进了得克萨斯州米德兰市的一口废井里然后获救了,电视播放了营救她的过程。所以我们把我们听到的那个孩子也取名为杰西卡宝贝。

某个星期天的一早,我们打开了婴儿监护器,可是却没有听到那个宝宝的哭声,我们听到两个成年人正准备要开始某种愉快的成年人的活动,所以我们关掉了接收器。难怪杰西卡会掉进那个井里——她的父母屈从于他们的原始冲动而让她一个人待在那里。我们给她的父母取名叫弗莱德和威尔玛,就是电视剧《石器时代》里面人物的名字。

和很多其他休闲活动一样,有一天我们终于厌倦了,我们听腻了别的家庭给孩子换尿布,拍拍后背打嗝,因为日复一日我们做着同样的事情,通过一个民用的接收装置收听相同内容的新鲜感慢慢消失了。直到有一天,我太太说,她看到一家人带着一个小婴儿,那个孩子的年纪和我们想象中的杰西卡宝贝一样大。她看见这一家子走进对街的一幢公寓了。事情于是又变得有趣起来。

这下我们可以把人脸和声音对上号了。然后,突然有一天,我们意识到,既然我们可以听到他们,他们也能够听到我们(要是在电视剧《犯罪现场调查》里面他们肯定早发现这点了,可是别忘了,我们俩都严重失眠,脑子不好使啦)。如果我们一直在偷听他们家的情况的话,他们为什么不会听听我们家发生了什么事?

这时候,我们做出了一个疯狂的决定,我们要让我们家的生活值得一听。我们要上演一出好戏!当然,我们也不知道,到底有没有人通过我家的婴儿监护器偷听我们,可是,因为我们被奶粉的味道弄得头昏脑涨的,一心想要做点有趣的事。刚开始的时候,我们做的是类似于电台广播的表演,我们围坐在婴儿监护器边上,把它当作一个话筒,然后和我们的孩子说话。为了掩饰我们的真实身份,我们叫对方假名字。如果有警察通过婴儿监护器监控我们,某天清晨突然闯进我们家的话,我们希望能够否认我们做过的事情。

"对不起,警官,这里没有人叫威兹·乔。"

然后,我们又给我们的对话加了点情节。我们假装在家里大打出手,打到一方倒地被拖出去为止,可事实上我们和平相处。我们还在家里讲住在附近的名人的花边故事。还有,就在股市的泡沫刚刚开始形成的时候,我就表现得我像是有内部消息一样开始评论故事。我没有内部消息,不过我们也没说一定要说实话啊。再说了,他们可是在窃听我们家的情况!我说我在英特尔上投了不少钱,另外"买了很多很多股思科",那个时候,还没人听说过思科公司。"他们为什么买那么多克利思科①?"他们会想。是不是他们什么东西都是炸着吃的?

我们最具有戏剧化的表演这样的:一声门铃响起,我太太去迎接按门铃的先生,也就是我。然后,那里传来了一些窸窸窣窣的声音。再然后是很多人都会和"造人"联系在一起的声音。当然,这是我太太和我在厨房的餐桌上故意弄出来的声音。

再这之后,我们又加上了一些对话。我问我太太她丈夫是否发现了我们之间的好事。如果他发现他在野营时想要亲手杀死的兄弟和他的太太发生了关系,他肯定会心碎的! 还有她丈夫知不知道他们的孩子……其实是他的? 这简直是太像电视剧《婚姻降落》的剧情了(没看过《婚姻降落》的青年读者注意:请看历史频道)。

我们坐在窗边,以便观察可能收听我们节目的公寓。我告诉她我要"回去工作了",我会从前门出去。她说"再见"伴着长长的亲吻的声音,其实她是亲自己的手弄出来的声音。在流感季节,已婚夫妇是不会这么接吻的。

我们设下了一个圈套。

我用力撞了一下门,立刻跑到窗口观察对面的公寓楼。如果刚才有人听了我们的精湛表演的话,他肯定会趁那个和嫂子私通的家伙离开的时候,看看他长什么样子。快速扫了一眼对面的三层,我们找到了一个听众。我们第一次看到了威尔玛·弗林斯通抱着杰西卡宝贝。就那么一眼,我发现,威尔玛抽烟。可怜的宝贝杰西卡。她在井里面的时候至少不会吸到二手烟。

---

① 克利思科,美国黄油罐头商标名。

成天在家，花了成千上万个小时来照顾哭闹的婴儿的父母们，应该获得作战津贴。如果他们能够富有创造性地打发时间，简直太妙啦。

我们就是这么做的，开了一些无伤大雅的玩笑。此外，如果那些偷听的邻居们真的按照我丈夫编出来的股票内幕消息去投资，按每股 2 美元和 1.6 美元的价格分别买进思科和英特尔的股票的话，他们现在早就成为亿万富翁了。如果他们那么做了，他们就富了，可我们还是穷人。

所以，玩笑到底开到了谁的头上？

"保姆门"

（寻找合适的保姆）

我应邀参加艾美奖的颁奖典礼，因为电视艺术和科学学院有一条规定：个子比伊曼纽尔·刘易斯[1]矮的人不能够进颁奖典礼的门，所以我们不得不找人来照看我们刚刚 7 个月大的儿子。这可是他出生以来，我和他妈妈第一次离开他十英尺以上，不能立刻给他擦口水。

因为我们的亲戚都至少在 2000 英里之外，所以我们找了一家非常有名同时也是异常昂贵的保姆公司。我说那家公司很贵，因为在电话里我就被告知，除了每小时 20 美元的收费，我们还需要支付路费和深夜加班费。我们是第一次请保姆，所以我们花了大价钱以确保等我们回来的时候，我们的儿子还在呼吸，而没有被哥伦比亚的毒枭绑架走。

当我打开门的时候，我很惊奇地发现，保姆居然是个可爱的 20 岁左右的黑发女孩。我还以为来的人多少会有点保姆的样子呢——虽然不一定是

---

① 伊曼纽尔·刘易斯，曾是好莱坞童星。

玛丽·波平丝①，至少也要有点像道菲尔太太②。怎么也应该穿着制服，或者至少有点欧洲口音吧？相反，我们要把儿子托付给这个女学生，我都敢保证我们前脚出门她后脚就会喝起啤酒来。

"玩得高兴点，我会照顾好孩子的。"她关门的时候让我们放心去玩。这还是我儿子出生以来第一次，我们把他留给了一个完全陌生的人来照看。我们刚刚走出去10英尺远，我太太就紧张得不行了。

"别担心，我们签了合同的。"我提醒她。

"签了合同又有什么用？"她问道，"如果他们把他弄丢了，我们是不是只能把我们的安全押金要回来？"

她说得有点道理。他们也许不止一次弄丢过孩子了，然后不过是罚了点款而已，付了不到250美元的赔偿金。我们可不能就这么算了，于是我走到小保姆的车边上，把她的车牌号和车辆识别号码都抄了下来。这样一来，万一出现什么意外，联邦情报局(FBI)就能很容易在全国搜寻我们的孩子了。

三个小时之后，我们回到家中，发现我们的儿子正在摇篮里熟睡。我们真高兴这位保姆没有招来布鲁诺·豪普特曼③，所以我们给了她40美元的小费。加上工钱，我们最终付给她平均一分钟一美元。

花钱求个"心安"，我太太说这钱花得值。可是按照这样的价格，如果我们每周想要出去吃饭或者是看场演出的话，我们就得直接给这个保姆的账户里存钱了。所以，我们开始找新保姆。

第一个应聘的保姆倒的确有点英国口音，她也穿着护士制服，不过她其实不是什么护士，这是她假装的。事实上，她应该穿迷彩服，因为她纯粹是个部队里的教官。我们不在家的时候，她就算是会对我刚刚蹒跚学步的

---

① 玛丽·波平丝，英国儿童读物中的一个人物，其职业是保姆，她经常驾一把小伞从天而降，把各家的孩子带得服服帖帖的。好莱坞拍过一部以她为主角的电影，也叫玛丽·波平丝，常译作《欢乐满人间》。

② 道菲尔太太，1993年出品的喜剧《窈窕奶爸》中的主角。

③ 布鲁诺·豪普特曼，1935年他被指控绑架并杀害一个18个月的婴儿。

儿子大叫："归位,给我 20 块钱。"我也毫不吃惊。我们雇了她三次,她就教会了我们儿子一些最基本的队列行进的技巧,于是我们把她从我们保姆的名单上划掉了。

第二个年轻的保姆是一家名字非常响亮的家政公司派来的。这家公司的名字总让人以为他们是联邦政府的一个部门。他们为外交官和政府官员照看孩子。这个保姆看上去很完美。她很活泼风趣,而且我儿子很喜欢她给他念儿童故事。纽约有一天下起了雨,她问我借雨伞。因为我要付给她一小时 15 美元,所以我当然是希望她越早走越好了。"下次来的时候我一定会还给你的。"她向我保证。然后她就走进了雨中。

"再没有下一次了。"我太太从另外一个房间里脸色难看地宣布。

就在我付钱给这个保姆两分钟之前,我太太正坐在客厅的沙发上,结果她在两个沙发垫中间发现了一张纸条。她不知道这是张什么纸条,所以就打开了。她显然不是有意想要窥探保姆的隐私,可是纸条的题目实在是太引人注目了,她不得不看了一眼:"我想杀了我弟弟"。这便一发难以收拾了。这张纸条显然是她的心理医生给她布置的任务,让她写下她痛苦和被困扰的感受。"当我自杀的时候,我想在一团荣耀的烈火中死去。"

最后这一句使我们清楚地明白了,我们必须得重新找一个没有自杀倾向的保姆,免得她在我们从布鲁明戴尔百货公司回来之前,就把我们家给点了。

我们整整花了一年时间才又找到一个我们完全信赖的保姆。好保姆就像是金子一样——一旦你拥有了一个,你总想炫耀一番。正巧,另一对和我们关系不错的夫妻也在找保姆,他们对我们找到了一个又诚实又值得信赖的保姆有点嫉妒。

某个周六的晚上,正当我家保姆在照看我们的宝宝的时候,我们这位邻居朋友敲门来了,她问保姆我们在不在家,虽然她心里清楚得很,我们肯定是出门了。当保姆向她解释我们不在后,我们的这位朋友说:"噢,没关系。我明天早上再来找他们。"

然后,想着拐跑我们的保姆,她出击了。"我听说他们不是每个周末都请你的,如果你想要份全职的话,你可以到我们家来。我还可以给你出看牙医的钱。"于是,噗,我们龅牙的保姆跟着她跑了。

这个故事的寓意是:如果你有一个非常好的保姆,并且想让她一直为你们工作的话,你就得闭上嘴,否则别人就会把保姆从你眼睛底下偷走。你也许觉得你的保姆对你忠心耿耿,可是如果让你在医疗补贴和你家冰箱里的冷冻比萨之间选择,你会怎么选呢?

于是,我们再度陷入了困境,直到有一天,我太太在我们常去的那家杂货店的公告牌上,在各种各样的出售车库、寻找失踪的猫咪,还有神奇的减肥秘方的广告下面,看到了威尔保姆的广告。她从广告下面的 20 张带电话号码的联系方式里撕下了一张,然后给做广告的人打了个电话,约她面谈。

一个女人开着辆货车,抽着好彩牌香烟来了。我们看着她吸了最后一口烟,丢在我家车道上,然后用穿着工作靴的脚踩灭了烟头。她个子矮胖,性格直爽,笑起来非常豪迈,还满嘴脏话。就在她坐着和我太太聊天的时候,我抄下了她的车牌号码,然后打电话给我一个警察朋友,让他查了一下这个号码。那辆车不是偷来的。

那周五,我们决定对她试用一次。我们告诉她三个小时后我们回来。可是,约会刚刚进行了两个小时,我们就失去了兴趣,于是我们决定对她来个突击检查。当我们回到家,我们发现她正在厨房里,四肢着地。

"骑大马!嘚-驾!"她大叫道,背上坐着我们的两个孩子。当他们三个看到我们的时候,全都愣住了。老实说,这的确是我们第一次回家听到有人在厨房里大叫"骑大马!"。看到我们回来,我儿子脸上露出了失望的表情。

"你们回来早了!"他哭丧着脸,"你们能再出去会儿让我们多玩会儿吗?"我们顺从了,走到露台上。打开灭蚊灯,我们等着到点。终于门廊的灯亮了起来,我们可以顺利回家了。历经千辛万苦,我们终于找到了一个没有犯罪记录、开心快活、喜欢孩子的保姆。我儿子小的时候,我们主要就是请她来看护了,直到有一天她向我们提出我们是否能给她做个推荐,她想要去另一家做一份全职的保姆工作。这让我们很为难。如果我们老老实实告诉那家人她有多棒,他们就会雇她了,这样一来,我们就又要找新的保姆了。还没等我们从橄榄园餐厅吃饭回来,新保姆肯定就会把我们家的窗帘点着了。我们也可以陷害她一下,告诉想雇她的人,我们有一次看到她头戴锡纸帽,对着烤面包机讲话,这样的话,我们就可以永远把她留住了。

我们说了实话,他们雇了她。她是个超级棒的保姆,也是匹很好的大马。

快乐太太的建议

在找人照看孩子的时候,你的亲戚应该是第一选择。他们和孩子有一种天然的亲密关系,而且他们也不会像陌生人一样对你狮子大开口。

请个陌生人也行,只要他们经验丰富,有问必答,而且不在最新的恐怖分子监控名单上。如果可能的话,先让他们到你家来一趟,再把你的孩子单独留给他们,以防万一。如果一切顺利的话,当场录用她。如果你得找个谈判专家才能从她手里解救下你的孩子的话,回到超市去吧,从公告板上再撕下一个名字来,重新开始新一轮的面试。

最后,如果你回到家里,刚进门就听到"骑大马!",你最好祈祷这是电视里传出来的声音,或者是你家的西尔斯除草车开口讲话了。

说什么呢
(孩子口不择言)

我的孩子知道的太多了。

因为他们潜伏在我们家里,所以他们什么都看在眼里。只不过,通常,他们不说出来而已。

"爸爸说你是个酒鬼",在一次公司的野餐聚会上,我大儿子脱口而出。他说话的对象是我的前任老板。我觉得事后他没能记住这句话——我真是幸运,当时他喝得醉醺醺的。

小孩在3~8岁的时候,最容易冒出些让大人哭笑不得的话来。这是个五年的窗口期,在这段时间里,你应该随时准备好胶带,万一你的孩子喝完果汁表现出醉意的话,胶带就能派上用场了。

　　我大儿子在公司野餐会上的失言之后，我们在回家的路上好好教育了他一番，我们告诉他，他再也不能在公共场合重复爸爸妈妈在家里说过的话。我们背后说的那些坏话和我们家不可告人的事情应该永远成为我们家的秘密。

　　他是个信守诺言的男子汉。他坚持了 2 个月。

　　那天晚上，到了睡觉时间，我儿子看我太太给他妹妹换尿不湿。他通常对照顾他妹妹之类无聊的琐事不感兴趣的，可是他那个年纪的孩子有个特点，就是只要能够不上床睡觉，怎么都行。所以他表现得兴趣十足，来磨时间。那个时候，他长得和换尿布的台子差不多高，所以他什么都看得一清二楚。恰巧就在这个时候，他妹妹出其不意地把自己和台子尿湿了。他从来没有如此近距离地看过女孩子是怎么排空膀胱的。这样一来，他生平头一次意识到了他和他妹妹的排水系统很不一样。

　　"妈妈，我看见她的屁股了，可是她的小鸡鸡在哪里？"

　　最近，他刚刚从一个可爱的、完美的天才小男孩变成了"十万个为什么"，平均每小时能够问上 75 个问题。所以我太太特地读了一本关于怎么回答孩子问的令人尴尬或难堪的问题的书。那本书说，当回答和身体部位直接相关的问题的时候，父母应该实话实说。因此，我太太用鹅妈妈般慈祥的声音回答道："男孩子有小鸡鸡，女孩子有阴道。"

　　因为最后这个词听起来和我们所住的地方的发音很像，他没有搞明白，所以他又问了一遍，"我知道我们住在弗吉尼亚，可是她的小鸡鸡在哪里？"她妈妈又解释了一遍，他点点头，可是她知道他没弄懂。于是她转换了话题，"谁想要吃点小鱼果冻糖？"他立刻把关于小鸡鸡的问题抛在了脑后。第二天，我太太去安全超市购买日用品，她结账的时候，收银员鲍勃问她家里人都还好吗。

　　"小的那个开始出牙了，"我太太说，就在这个时候，小的那个从小推车上探出头来，嘬着满是口水的小手，看起来糟透了。

　　就在我太太签支票的当口，我儿子显然觉得自己在谈话中有点被忽略了，决定现在该是"大家都看我"的时候了，他脱口而出："我妹妹屁股上有个小鸡鸡。"

鲍勃停下了手头扫描商品的工作,不怀好意地瞪了我太太一眼,他通常只有在顾客想要用过期的优惠券的时候才会这么看人。

"我都看见了,"我儿子继续说道,"就是昨天晚上。她屁股上有个小鸡鸡。"

那条收银通道里的所有人都呆住了,连附近两条通道里的人也停下了手里的事情。我太太进来不过是想买点东西回去好做烧烤,可是现在的感觉却像是我家被一帮特警队员包围了。嘿,那个拿着鲜牛排的女士,举起手来,出来!

快速结完账,偷偷摸摸地四下张望了一番,便急匆匆地回到了停车场。我太太明白小孩的脑子是怎么转的,重新回忆了一下儿子说的话,她知道,他妹妹把护理台子尿得湿漉漉的情景加上"男孩子有小鸡鸡,女孩子有弗吉纳"的解释,最后在我儿子脑袋里变成了"我妹妹屁股上有个小鸡鸡"。我太太也知道,她可以解释,可是她觉得没有必要对一个戴着"今天优惠券可以翻倍用!"牌子的男人解释这些。就在这个时候,她惊慌地发现她把买的一些东西落在那家超市了,于是她不得不再次回到那个尴尬的地方。

"有谁看见我买的肉了?"有人看见了,鲍勃把袋子递给了她。她折回停车场,打开了沃尔沃旅行车的后车门。用力把后门关上,她把孩子们推到边门,打开车门后,却发现汽车的坐椅被偷了。然后,她感觉到了车里残留的烟味,意识到她并没有走开多久,不可能有人能在这么短时间内既偷走了坐椅又在车里抽了一支烟,她这才发现这不是她的沃尔沃旅行车。她赶紧看了一下四周,就在后面一排一个相似的车位上,停着她的车子。教坏小孩子是一件事,再加上盗窃车辆的罪名,你可就真的成了新闻人物了。

还好没有什么政府部门的人上我家来调查。我们换了一家超市。

快乐太太的建议

任何事情你不想弄得邻里皆知的话,就不要当着你的孩子的面说。就像米兰达警告所说的那样:你所说的任何事情可能并且肯定会反过来对你不利。

看护陷阱

（快速测试）

这是对于家庭急救系统的测试。这些都是真实发生过的事情。如果你是监护人的话，你会怎么做？

问题一：你的孩子在和小朋友玩游戏，你发现你的小客人口吐泡沫，好像是得了狂犬病。你应该怎么做？

A. 给 911 打电话！

B. 立刻对她实施心肺复苏术；

C. 把一切都归罪于复活节的小兔子。

我太太选择了答案 C。

我 5 岁的女儿和她幼儿园里的小朋友劳伦在一起玩游戏。这一天，劳伦的弟弟要做一个非常关键的脑部手术——她妈妈可不想在这个时候还要为她操心，所以我太太主动请缨照顾小劳伦。

那周正好是复活节周，大家都在绘彩蛋。我家厨房的桌子上铺满了报纸，整个屋子里弥漫着醋和煮鸡蛋的味道。我们 3 岁的小女儿因为没人带她玩"大女孩的游戏"而有点不甘，她就拿出彩虹糖给她们吃，想引起她们的注意。于是她们又是忙着给鸡蛋上色，又是忙着往嘴里塞糖果。劳伦还说"我妈妈从来不让我在放学以后吃糖。"

鸡蛋终于从锅里拿出来了，而且放凉就可以上色了。我太太把鸡蛋拿到桌子上，这时，她突然发现劳伦的嘴角边上有很多沫子。

"她有狂犬病！"我太太心里惊叫。可是她嘴上说出来的却是："大家玩得高兴吗？"

　　她们当然玩得很开心。她们一边吃彩虹糖，一边给煮熟的鸡蛋上色，搞出一股臭臭的像是放屁的气味。"劳伦，是你放屁了吧？"我女儿开她的玩笑，两个小女孩笑得更欢了，彼此又取笑了一番。"也许这不是狂犬病，"我太太暗自祈祷劳伦得的不过是简单的癫痫。"好极了，"她心想，"他们家的一个孩子正在医院里，而我快把这个孩子也害死了。"平素遇事一贯冷静，她开始在 google 上搜索起"口吐红色泡沫"来。3 岁的小女儿也跑来了，给她一颗糖。

　　"妈妈，吃彩虹糖吗？"

　　"不吃，谢谢。"她刚说完这句话，就发现她女儿给她的不是彩虹糖，而是蓝色的染鸡蛋的小颜料块。这是劳伦一直在吃的东西！这就意味着她不是得了狂犬病——她中毒了！

　　3 分钟以后，中毒控制中心热线的接线员向她保证这些颜料是无毒的。

　　"我们接了无数个类似的电话了，"接线员让她放心。

　　"我已经尽力了。"我太太挂掉了电话。

　　劳伦弟弟的手术很成功。本来没人会发现劳伦像是得了狂犬病的事情，可是她满嘴红牙地回到家里，像是在我们家喝了一个下午的血腥玛丽。从那以后，她妈妈再也没有让我们照看她。如果她要是得了狂犬病的话，肯定是从别的地方感染的。

　　问题二：婚礼上，小花童的脸色突然发青。你应该怎么做？

　　A. 给 911 打电话；

　　B. 立刻对她实施心肺复苏术；

　　C. 责怪新郎。

　　我们差点就按照 A 项做了，然后我们要实施 B 项，结果我们最终只做了 C 项。

　　我姐姐刚刚结婚，就在新人说完结婚誓词，走到教堂边上坐到车里之间短短的几分钟内，必须拍好正式的结婚照。我是她指定的摄影师，努力让所有人都朝着一个方向看。我太太同时在给她们录像。

"假装你们都喜欢对方,"我开个玩笑。他们都乐了,笑出了声。咔嚓,咔嚓,咔嚓。

我突然听到身后传来一声轻轻的咳嗽。我转过头看见是 3 岁的小花童,我的女儿发出的声音。她看上去好像在笑,可是身为家长,你对孩子所有能发出的声音都了如指掌,你发觉这声咳嗽听上去十分怪异。一秒钟后又是一声咳嗽。可是这次听上去完全不一样了。这不是咳嗽,她是被噎住了!

"你是把花吃了吗?"这是你能想到的最合逻辑的问题。她摇摇头。"那是糖吗?"她还是摇摇头。她的脸色开始变成冰蓝色。我们最近才上了一次幼儿急救课,知道该怎么做。

"ABC!"我对我太太叫道,然后对大家解释道 ABC 的意思是呼吸道是否无异物 (Airway),呼吸功能是否正常 (Breathing),血液循环是否良好 (Circulation)。

"呼吸道:她喉咙里是不是有什么异物?"

"给她杯水喝。"有人建议道。

"可以用在孩子身上用海姆利克急救法吗?"有人脱口而出。又是几声咳嗽,她的脸色看起来更青了,眼泪也开始流下来。对于即将窒息而死的人来说,她还算是相当平静的。就在我们站在那里问问的时候,她又发出了一连串翻肠倒胃地干咳声,然后,就像小猫咳出一团毛毛球一样,一样东西从她嘴里喷射而出,足足蹦了两英尺远。那东西既不是花,也不是糖。而是一枚 25 美分的硬币。

如果我们听了别人的建议,让她喝水的话,硬币就会在她喉咙里越陷越深了。因为一切都发生在一个教堂里,我们的一个亲戚觉得是上帝拯救了她,于是大家都连声祈祷"阿门"。

我们吓坏了,显然小花童也吓得不轻,因为这天剩下的时间里,无论什么时候别人问她觉得怎么样,她都用同一句实事求是的话来回答:"不要吃硬币。"

我当然是要怪新郎了,因为这是他教区的教堂,显然他们这里没人仔细打扫走廊来收集捐款。这和我们教区的教堂完全不同,我们的筹款女负责人可要尽职尽责多了。

第二天,我父亲问她觉得怎么样。她重复了一遍她新学会的咒语:"不要吃硬币。"

我父亲对她说:"对,不要吃硬币。"然后他用他著名的慈祥而仁爱的声音问道,"外公想要买张报纸。你能不能再咳出 25 美分来?"

快乐太太的建议

尽可能地多学一点急救知识。如果有任何疑问,立刻给医生打电话咨询,或者打 911。不要浪费时间。

上心肺复苏课。

只买上好了色的复活节彩蛋。

如果在婚礼上发生任何不愉快的事情,做大多数新娘都会做的事情,责怪新郎就好了。

得 分
(上学时间)

小孩子可爱不了多长时间,某天,他们就会开始让你头疼,你巴不得他们一天能够不见几个小时。但他们还太小,不能当兵或者参加经理人培训项目的时候,他们还有一个地方可去——学校。

孩子上学的第一天,毫无例外的,会令做母亲的忧心忡忡。我太太发现了公立教育的黑暗小秘密后,几乎崩溃了。"他们的校车座位上没有安全带!"

我们孩子根本就用不着坐那辆校车。他的学校里我们家只有 1/4 英里。可是一条诡异的国家法律规定:所有的孩子都必须坐一辆大型的明黄色的国有汽车上下学,这辆车的座位上还没有安全带。

"我在跟踪他们!"我太太对钻进她 SUV 车的隔壁邻居说。这位邻居也是第一天送孩子上学,跳进她的车里,坐在副驾驶的座位上。她俩都生怕在我们的街道路口会发生什么不好的事情。在那里,校车的驾驶员要向左拐,横穿四条车道的开放式高速公路,我太太想要赶到那里"以防万一"。18个轮子的大货车并没有失控冲向孩子们,我太太的护驾之旅什么事情也没有发生,仅仅是安慰了她作为母亲的正常恐慌而已。

大多数孩子都渴望上学;他们喜欢结交新朋友,参与新活动,迎接新挑战。

"今天实在过得太慢了。"我儿子第一天放学回家后抱怨道。

我们的二女儿在第一天上学的时候,和她遇见的每个人都握手问好。"很高兴认识你。"她说了一遍又一遍。我不得不佩服她和陌生人交往的能力。总有那么一天,她会成为美国总统或是沃尔玛的迎宾员。

有一天,我太太带着我们3岁的女儿去一家幼儿园实地考察,这时,一个名叫布里坦妮的厉害小女孩跑过来,一把抓掉了我女儿的眼镜,然后把它扔进了装布里奥牌积木的盒子里。然后她又抓我女儿的头发,在她的前臂上画了个吊死的小人,最后还在我女儿的脖子上咬了一口。

"布里坦妮,快说对不起。"园长教育道,她是我太太的导游。

可是那个女孩一动不动地站在那里,直勾勾地瞪着我女儿。这孩子傲慢无理的态度,让我太太大吃了一惊,这时候,园长开始说蠢话了:"好吧,这是布里坦妮的权利——选择道歉还是不道歉,显然,她选择了不道歉。"

所以,我太太选择了不让我们的小南瓜到这样的幼儿园里就读,这里的大人对小恐怖分子俯首帖耳,纪律不过是美好的希望而从来没有实施过——显然,纪律会影响这家幼儿园的生意,他们可是以培养未来的谭雅·哈丁①为己任的。

---

① 谭雅·哈丁,在1994年的利勒哈默尔冬奥会之前,美国为选拔参加女子花样滑冰的运动员举办了比赛,结果就在比赛之前,当时被认为最具实力的克里根在比赛前突然遭到歹徒袭击,导致她未能继续参赛,结果代表资格被另一名著名的女选手哈丁获得。但是警方经过侦查之后发现,袭击克里根的人正是哈丁的前夫,而且哈丁此前对于袭击计划并非不知情。这一调查结果在当时引起了轩然大波,人们纷纷指责哈丁这种为求目的不择手段的做法。在哈丁参加完这届冬奥会,获得该项目的第八名之后,美国司法部门最终认定了她在这起事件中的责任,哈丁受到了终身禁赛的处罚。

由于孩子们总是和他们的老师在一起，他们常常会爱上老师，而他们的家长则往往对老师教授的东西不以为然。我儿子一年级的时候，他的老师在墙上贴了一张表，用来记录这一年课程中每个孩子掉的乳牙的数量。这可是场竞赛，看谁成为班上第一个没牙的万圣节南瓜头。在一次家长例会上，我太太指出这表快把我儿子逼疯了。因为他是班上唯一一个还有一口完整的好牙的孩子。"别紧张，"他老师说，"他会慢慢适应的。"可是，他究竟要怎么才能适应天天都是最后一名呢？那一年，他一颗牙也没掉。第二年也是。第三年依旧。一直到四年级，他的一颗牙才终于蹦了出来。善良的牙仙给了他 20 美元。在没有什么比现金更能抚平孩子童年时所受的创伤了。

很多孩子也是在幼儿园第一次尝到爱情的滋味。我太太在我大女儿的背包里发现了一张纸条，上面写着："嫁给我吧，我会给你买一个芭比娃娃。"

这可是引人注目的交易，尤其是这是个二年级男生用美泰的产品来作为交换。这也是个非常感人的条件，因为这个男孩子的妈妈就叫芭比。那个现实生活中的芭比妈妈吸引了他们班上很多父亲的注意力，因为她是个非常有吸引力的金发女郎，总是穿着印着美洲豹的七分裤和金色高跟鞋。顺便说一句，我们的女儿从来没有收集过芭比娃娃的嫁妆，因为我们有一条家规是：不到年纪，谁也不能结婚。

读小学的那几年实在是太珍贵了。孩子们在那几年里学会了今后找工作或者是实施电讯欺诈的必要技能。所以，很多人都说："好好享受这几年吧，时间过得实在是太快了。"确实如此。一眨眼，我们的大儿子已经读高中了。我还记得在他们的学生食堂里开的家长指导会上的场景。

"往四周看看，"学校请来的讲师说道，"你们的孩子中有一半人是同性恋！接受这个事实吧！"家长们大跌眼镜之际，他又继续发表了一番骇人听闻的演说："你们自以为了解你们的孩子。可是，除非你们现在就管教孩子，否则，某天你一不注意，你的儿子或女儿就会变成一个危险分子，偷家里的汽车，用电脑制作假身份证，买酒，然后把车一头撞在你家门前的橡树上，命丧黄泉。有什么问题要问吗？"

"而且你孩子有 50% 可能性是同性恋！"他朝着惊魂未定的家长们大

叫。这位激励人心的演讲者给人的唯一动力就是把孩子转到私立学校去。而那些真正需要听他演说的新入学高一学生，却没能来听这个恐怖节目。他们去参加一个交谊舞会了。这是我儿子第一次参加舞会。我们不知道那天晚上到底发生了什么事，不过无论是什么事情，显然不是好事。因为我儿子整整三年再没有参加过高中的舞会。

你孩子上学期间，有时候会跑回家来问他们是不是能够加入乐团，或者能不能出去参加社团活动，可是如果他们问"我能不能参加班干部竞选？"你就要提高警惕了。我的每个孩子都参加过竞选，他们都非常诚实地展开自己的竞选活动，基于崇高的目的——为社区里不幸的孩子举行慈善活动，为学校里关心社会的同学开展更多社会活动。与此同时，他们的对手却都是彻彻底底的骗子，他们在竞选的时候许下各种承诺，比如："如果你投我一票，我就会请 J.K.罗琳来我们学校，给大家念最新的《哈利·波特》！"结果这个人以压倒性的优势获胜。另外一个许诺："没有回家作业，整天都有免费糖果！"的孩子也成功了。

从小学开始，一直到高中，我儿子都参加了班级竞选。每年好像都会有各种各样的丑闻发生。忘了 2000 年总统选举时佛罗里达州重新计票的事情吧；和我们每年从学校董事会听来的校园选举中发生的丑闻或是舞弊比起来，那不过是三流的统计错误而已。那些联合国观察员在你真正需要他们的时候，都跑哪儿去了？我们收到了从食堂传来的一份急件，立刻就充满忧虑地给校长打了个电话，他说晚上结果就会出来，而且这次选举是该校历史上第一次出现的平局。第二天，经过一晚上的拉票和游说后，学校举行了第二次选举。这次，我儿子胜出，所以我们再没有对结果提出质疑。

同时，我女儿根本无法和那个撒了弥天大谎的孩子竞争，他许诺韦恩·格雷茨基会来学校当一天的校长。而我女儿承诺，如果她当选的话，她们班会参加更多的慈善活动、享受更多的乐趣。慈善活动挣不到选票。真正让她当选的是她承诺："如果我选上了，我保证把砂纸一样的卫生纸换成高质量的柔软的四层卫生纸。"她以绝对优势当选了。为遵守她竞选时许下的诺言，我太太在凯马特超市整整买了三箱查明牌卫生纸。

为什么校园选举会如此肮脏？因为所有家长都梦想在自己孩子申请大

学的时候,他们的申请表上能多出这么一行字,说他们担任过多年的班长。他们觉得如果一个孩子没有当选过班干部,就不能够进入理想的大学,这就意味着他以后不能在他这一行最好的公司里工作,继而他不能加入最高级的乡村俱乐部,他的妻子也不不能在那里和别的俱乐部常客调情了。换句话说,如果一个孩子不许诺:"我会请琳赛·罗翰来教家政课。"他就不会获胜,他的整个人生虽然还没有开始,却已经完结了。他们还不如花时间去和女孩子搭讪,许诺给她们芭比娃娃呢。

校园之路的尽头是毕业。在我们大儿子的高中毕业典礼上,校乐团一奏响"威风凛凛进行曲",我就听到了某些我以为是季节性过敏反应的声音:抽鼻子。那是我太太;我回过头来正好看到她泪流满面。"我的工作完成了。"她悄声说道。

她是对的。作为父母,我们尽我们所能在这些头戴学士帽的孩子的脑袋里灌满了数字和知识,还教他们明辨是非,区分美丑。现在开始全靠他们自己了。可是我太太可不需要听到我表示赞同。

"还远远没完呢,"我说道,"如今我们是让他把自己的衣服捡起来,用牙线清理牙齿。未来 30 年我们还要指挥他:'多存点钱在你的退休账户里,要多样化投资。'"

可是她并不买账,于是,我一下子也变得有点伤感起来。90 天之后,他就要开始成为一名大学新生了,这每年可是要花掉我们 42500 美元的。把这个数目乘上 4 年,再乘上 3 倍,就是他们兄妹三人总共需要的费用了。这就意味着,从我结婚以来就盘算着等我中年危机来临的时候要买的跑车,不得不再等上 10 年了。到那个时候我肯定已经非常可笑地秃顶了,我就根本不需要一辆漂亮的红色敞篷轿车了。我梦想着拥有一辆软篷轿车;可是我看见的未来,却是乳胶手套和前列腺检查。

泡泡里的儿子

（你是不是保护过度了）

在我儿子 18 岁生日的前两天，我做了一件大多数家长都不会做的事情。我看了那些 8 毫米的录像带——整整 73 盘——都是我用索尼摄像机在我儿子每次过生日和学校演出时候真实拍摄的。我也看了暑假时候的一些录像，还有偶尔给小狗洗澡的画面。

三个发现：

1. 我应该在拍的时候打开防抖动功能。

2. 我们花了一大笔钱让他在生日的时候骑马。

3. 虽然没有用真的塑料保护罩，我们也许是真的养了一个"罩子里的男孩。"

我们是不是对他保护过度了？

你们在做这样的事情的时候自己是意识不到的，可是当你距离一段空间和时间，回过头来去看发生的事情，你就会很容易会发现一些问题。我们非常认真地履行为人父母的职责，把他和所有危险都隔离开来，不管是真实的危险，还是我们想象的。现在他就快要成为一个男人了，我们不禁要想等他 30 岁开始去看心理医生，想找出"我爸妈怎么毁了我"的原因的时候，他会先说我们为他做的哪件事。

让我们来检查一下证据。

玩 具

当我重新回顾了 18 个圣诞节早晨的情景，我意识到，尽管我们想让我们的儿子长成一个正常的男孩，我们从来没有给过他真正想要的东西：枪。不是真枪，而是玩具"乌兹"冲锋枪或者自动手枪，或是什么他可以拿来瞄准松鼠或者是邻居家的孩子，然后一高兴发出一梭子子弹的东西。

他从来没有得到过玩具枪,因为我们读过不少"如何成为完美的父母"的文章,里面都说,枪代表着战争和暴力。各种研究指出,如果孩子从小就玩玩具枪,长大以后他们就会善恶不分,然后某天,我们就会接到大学系主任打来的电话,告诉我们我们的儿子正在钟楼上朝着女同学扫射。

所以,他从来没有收到过枪。后来,我们发现,男孩子的射击冲动是天生的。他 3 岁的时候,就把手指头扣在一起模仿手枪的样子,朝着树上的松鼠和院子里的兔子射击;后来,他还用一根弯弯的树枝做成了一件武器,朝着好心情冰淇淋贩卖车开枪。

到了他 18 岁生日,为了补偿他从来没有摸过武器的童年,我反复思考要不要送给他一副铜指套和一个凝固汽油弹,可惜我和黑市的关系已经断了,所以他只得到了一个旅行箱。

危险的水

就像住在比弗利山上的家庭一样,我们在后院里有一个"水泥游泳池"。刚开始的时候,我们觉得在离家 10 英尺的地方就有一个 52000 加仑水的游泳池,实在是方便极了。可是就在我们的儿子会走路之后,我们就开始担心地睡不着觉了,我们觉得他晚上一定会从后门偷偷溜出去,然后一直沉到游泳池底。所以,为了确保他不会一个人跑到游泳池里去,我们把家里每扇门都锁上了。我们买了游泳池盖和最先进的报警器,理论上讲,只要有东西掉进水里,这种报警器就会发出尖厉的警报声。事实上,只要刮起了每小时 5 英里以上的风,游泳池里起了波浪的话,报警器就会把我们的邻居统统吵醒。

当我们使用游泳池的时候,他总是穿着充气式的救生圈。我说的可不是那种,可以套在胳膊底下的、小小的充气式游泳圈。我们给他穿的,可是经过海岸救生员认可的全身漂浮装置。看,这是他 3 岁生日时候拍的录像,他穿着这套橙黄色的救生衣,从肩膀到跨部都被牢牢地固定住。我们两个人花了整整 15 分钟才给他穿上这套行头,所以等到他要骑马的时候,我们觉得不值得花工夫给他脱掉,所以他就穿着救生衣骑马了。他看上去简直就是个发胀的牛仔。如果莱昂纳多·迪卡普里奥①有他这套装备的话，他演的那个角色就可以在《泰坦尼克号 2》里面出现了。

快乐太太的建议

上万年来，人类究竟是怎么在这个充满了危险的星球上幸存下来的？鳄鱼、火山，还有葡萄！"快看,他在游泳池边上吃小红肠！赶紧叫特警部队来！"

我小的时候，我妈妈让我玩玩具枪，还让我骑着自行车在附近跑来跑去，不戴头盔，也无人看管。我们有时候甚至会在刚刚吃饱了饭，还不到一个小时的情况下去游泳。现在，我不也好好的吗？我们是有一些规矩：我不能和陌生人讲话，在废弃的冰箱里玩耍，或者和在晴天的时候用放大镜烧小猫的邻居男孩一起玩。

无论你让你的孩子做什么，你都要明智些，看住他们。

看完录像带以后，我意识到我们对大儿子也许是保护过头了，不过我们很快就调整了政策。现在，我们常常看着新手父母，惊叹他们怎么能保护得如此过分。

"超级安全手推车，这个主意不错。"我对快乐先生如是说道。

可怕的食物

你肯定听说过炸薯条里包含的反式脂肪酸会害人，可是你知不知道你的厨房里还有更可怕的东西可能会夺取你孩子的生命？

我儿子出生后不久，我们就参加一期儿童心肺复苏培训班。课上，讲师明确地指出，你家里最危险的东西不是上膛的手枪，而是葡萄。葡萄和孩子们的气管恰好一样大，如果他们吃得很急的话，很有可能会有一颗葡萄卡在气管里，切断他们的氧气供应。他们还说，热狗香肠也和孩子们喉咙的尺寸一致，所以在吃奥斯卡·迈尔牌热狗的时候一定要加倍小心。我们得知，

---

① 莱昂纳多·迪卡普里奥，好莱坞明星，曾出演电影《泰坦尼克号》男主角。

孩子两样东西都能吃,但是一定要切碎。从那天起,只要我们吃葡萄,或者是带肉馅的三明治,我们总是把他们切得像分子一样小。

我儿子第一天去幼儿园的时候,我高度警觉的太太问老师他们早上的点心是什么。

葡萄,她得知。"是切成两半的葡萄吗?"她问道。

园长听到这个问题不禁哈哈大笑,等她止住笑,她回答,不是。于是,我太太立刻提出愿意在厨房工作,亲自把15磅重的青葡萄都切成一半一半的。

这是她最后一次问幼儿园的伙食是什么。

我们做错了什么
(最糟的情况)

有的时候,我们的小天使仿佛是撒旦的仆人。比如:

◆ 一个读高中的小伙子,没钱买啤酒,听从了他朋友的建议:"把你妈的车卖了。"在一帮白痴的影响下,他觉得这个主意不错。于是他打了个电话,很快就在纽约一个不熟悉的地方把车撂下了。他把他妈的新莱克萨斯整整卖了250美元。然后他得知,他被禁足了,直到他的退休人员协会成员申请表来了,他才能出去。

◆ 一个7年级的女孩,趁着她父母出城的机会,邀请全班同学到她家参加派对。她家变得一片狼藉。她很担心她父母回来以后会大发雷霆。当她妈妈回到家,看到这个烂摊子后,感到很高兴。她觉得,如果一共来了75个孩子,这说明"我女儿很受欢迎!"

◆ 一个16岁的女孩在她父母度假的时候,邀请了45个同学到她家来。这些孩子喝光了酒柜里的酒,其中一个客人还从他们家的紧急备用抽屉里偷了500美元。这贼还留下了300美元,觉得没人会发现丢了5张100美元的大钞。当女孩的父母回到家,她为每丢失的

100 美元付出了禁足一周的代价。

◆ 一次出差回来，一对父母听他们读高中的儿子讲了一个令人心碎的故事："爸爸，妈妈，在我睡觉的时候，强盗闯进了我们家，把房子给毁了！"这就是他对家里墙壁上的洞，还有餐厅的吊顶被扯掉，以及家里的狗被"检查"了，所做出的解释。这对父母对垃圾桶里 78 个空啤酒瓶子，以及邻居打电话投诉后警察做的报告视而不见。可惜，保险公司并不接受强盗破坏的说法，所以，家长只好自己付钱修好了房子，并把这个传奇说给别人听。

罪 与 罚

（纪 律）

我太太知道纪律是怎么回事。她是在洛杉矶长大的，一次，在杂货店结账排队的时候，她闹着要妈妈给她买一块好时巧克力。"我说了不行！"她妈妈坚定地答道。

"可是我要~~~~~嘛！"她哭闹道。

她俩这样反复交锋了有一分钟，然后听到队伍的后面传来一个低沉而缓慢的声音："给这个小姑娘买块糖吧，女士。"她们转过头去，看到了同样住在恩西诺地区的约翰·韦恩①，好莱坞的天皇巨星，正朝着她们的方向点头，还做了个口型"现在"。

我太太得到了巧克力，她妈妈得到了"公爵"赞许的一眨眼。可惜，约翰·韦恩现在不再在杂货店处理这样的家庭事务了，不过我太太却明白了要怎么才能在家里实施纪律。

"要成为一个家庭，"当她在谈到教育孩子问题的时候说道，"一个类似

---

① 约翰·韦恩，绰号"公爵"，曾是橄榄球明星，后出演电影，因主演由约翰·福特执导的《驿站马车》(1939)大获成功，从此，他便以演出西部片和战争片中的硬汉而出名。韦恩是那个年代所有美国人的化身：诚实、有个性。

于黑道家族的家庭。"

她不是说,不听话的孩子醒来的时候应该在枕头上看到一个血淋淋的马头①。这样的话,马头根本就不够用。她的意思是,在家庭里应该考虑采用一些黑道家族的做法,比如,贿赂,铁腕政策,花言巧语,还有修正后的证人保护措施。

铁腕政策

当你的孩子做了某件非常不好的事情的时候,你会有一种想打他屁股的冲动。我就感受到过这样的冲动。不用心理学家乔伊斯·布拉德博士来分析,你也大概猜得到,我小时候犯错误的时候被揍过。我还牢牢地记得那一天,大概是 40 多年前吧,我非常不幸地,恰恰在我妈妈走进餐厅的时候,第一次说出了一句脏话来描述我家狗狗在地板上留下的东西。

"你从哪里听来这个词的?"她质问我。

"爸爸那里。"这是实话。可是,你知道,实话不一定给你带来好处。结果,我被妈妈拖上了楼,在那里她可以用肥皂来给我漱口。

她用一块新的象牙牌肥皂在我牙齿上来回擦。结果是,我不仅仅有了一口洁白闪亮的牙齿,我的牙缝里也塞满了白色的肥皂。我的白牙简直能和好莱坞明星媲美了。这真不错。可惜,坏处是,之后的两个星期,时不时地,一点肥皂屑会掉下来,触动我的味觉,让我像触电一样意识到我曾经是个坏孩子。这次惩罚起了作用。我吸取了教训,再也没有说过那个词语……当然,仅仅是在我妈妈面前不说而已。

我有很多次都尝到过大手扇来的滋味。我听说,被打屁股的时候,只要不要让他们看见你在哭,你就会好受点。否则,他们就赢了,而你一败涂地。这简直是胡说八道。任何时候,只要你屁股火烧火燎地疼起来,你就已经输了。我还清楚地记得有一次,刚被打完,我心想:"我恨死我爸妈了!"谁不会这样想呢?前一刻钟,我还好好地在看《迷失太空》,后一刻钟爸爸就回来

---

① 美国著名黑手党小说《教父》中的一个情节:砍下马头吓唬事主。

了,然后妈妈就把他拖到厨房,把这一天我干的坏事统统都告诉他。我基本上每年都会被臭揍一次,不过像这样挨打纯属飞来横祸。

那么打孩子屁股到底能有什么作用呢?这不过是让家长们觉得自己教育了孩子。作为家长,我不喜欢打孩子的屁股。好吧,我承认有一次我是打了一下。我们的大儿子,大概两岁左右的时候,有一次跑到街上去,差一点就被我们友好的邻居开的巨型别克给压扁了。自然,我差点就被吓得血管爆裂,所以我一把抓过了儿子,把他像个煎饼一样翻过来扔在膝盖上,然后重重地打了他一下。"你不能跑到街上去!"我用我爸爸的语气大声叫道。他再没有跑到街上去过。

证人保护措施

当犯人开始告密,政府就会把他们转移到别的地方保护起来。孩子们不喜欢新的地点,他们喜欢呆在原来的地方。所以这种暂停的方式非常有效。如果我们的孩子在客人面前表现恶劣的话,我就会把他们带到一边,告诉他们,他们刚才的所作所为非常让人难堪,然后把他们关进惩罚室——他们自己的房间里。"不,请别这样!"他们会哀求,"我会乖的!"他们不想错过楼下发生的任何事情,然而,他们必须受到惩罚。一旦他们被关起来,我就会打开厨房里微波炉上的计时器。大部分的错误,关上 15 分钟就够了,可是如果他们挣扎着把我的皮肤抓破了的话,计时器就要用日历来代替了。

贿 赂

有时候办成一件事情的唯一方法是付好处费。

如果你和一个孩子一起坐飞机到某地去的话,你最好直接说:"如果你在坐飞机的时候,做个好孩子的话,等我们到了的时候,我保证我们(在括号里填上他们喜欢的某样东西)。"

为了使贿赂产生效力,你要让孩子看到如果他们不听话会付出的代价。扣住他们的小熊软糖。欢迎来到充满了敲诈勒索的美好世界。

旅行到了一半的时候，你不妨把一半的奖励发给他/她。然后，等飞行结束，把所有奖励都拿出来。注意：如果你为换取他们的合作答应给他们买Mr.Misty奶昔，而等他们做到了，你却没有兑现你的诺言的话，你的信誉就玩完了。他们怎么还会再相信你呢？你最好乖乖地像达美乐快餐店一样，把奶昔送到他们手里。

另外，只有家长才可以开条件。如果你们即将启程，而你的孩子说："如果你给我50美元的话，我一路上都会乖乖的。"你已经培养了一个骗子。赶紧给青少年管教中心打电话给他订个房间吧。不过，另一方面，世界500强的首席执行官们就是靠了这种谈判技巧赚了几百万美元的。

快乐太太的建议

实行黑道家族式管理的最重要的一点是要前后一致。一旦我们立下了规矩，就没有讨价还价的余地。

我儿子4岁的时候，我们一家和隔壁邻居一起去黑眼豌豆餐厅吃饭（尝尝那里的炸鸡——味道很好）。我儿子非常兴奋，和他最好的朋友，还有好朋友在一起，喝着他第三杯可乐。就在这个时候，他做了一件让我们非常不安的事情。我们严厉地瞪了他一眼。可是他又做了一次。我们警告了他一次。可是他做了第三次。

游戏结束。我丈夫对邻居道了歉，把我们的孩子拽到了SUV车上，直接开回了家。从此，他再也不敢在饭桌上犯错误了。不过，我还应该指出，我先生把我和邻居们留在了一起，尽管他们有四个人，而我只有一个人，我还是觉得我应该为我孩子的无礼表示歉意，所以我最终把所有的账单都付了。这本来也没什么，可是他们一共叫了三轮鸡尾酒，还有开胃菜、主菜、甜点以及饭后饮料和咖啡。费用高得吓人。不过，我没有抱怨，而是在他们孩子的圣代冰淇淋里放了一根黑头发，想要借此免去餐费，没想到，他们的孩子连头发一起吃了下去。

我不建议大家在食物里放头发或是死虫子，来吃霸王餐。我发现假装心脏病突然发作更管用。

你要知道的是,如果你的孩子今天要 50 美元,下次就会是 100 美元,一年之后,他开出的条件会是一辆萨博轿车。

花言巧语

永远不让孩子仅凭嘴皮子就逃脱惩罚。要让他们清楚,你说了算。除非他们让州长打电话来替他们求情,他们最好还是"乖乖受罚"。

鸟儿、蜜蜂、胡萝卜
(有关性的话题)

一个痛苦呻吟、浑身蜷缩着的男人被快速推进了洛杉矶医院的急诊室。一个到医院志愿工作的小女孩想要安慰他,这个小女孩就是我太太,那个时候她还根本不够志愿者的年龄,才 12 岁。她和她同样是 12 岁的好朋友,安,在一间急诊室里给医生帮忙,安慰患者。当然,根据法律,她能提供的唯一安慰就是,最新一期的《生活》(Life)杂志。那名患者非常不耐烦,他拒绝了。

"那您想看《麦考氏》①杂志吗?"

"不要。"

"先生,我还有最新一期的《大众机械师》"

"有没有人能把这个孩子从这里弄出去!"当一名护士走进房间的时候,他请求道。穿着只有在护士脚上才好看的鞋子,她进来帮医生做一点基础性的工作,医生随后就到。在她例行公事地问完患者的年龄、身高、体重,以及过敏史之后,她终于问道:"你哪里不舒服?"

在急诊室里干了 29 年,这名护士还是第一次听到这样的回答:"我屁

---

① 《麦考氏》(Mccall′s)杂志,用彩色实例图片介绍四季服装时式,包括男女、儿童、学生服装。

股里有根胡萝卜"。一听此言,她便让小志愿者们离开这个房间,立刻!

两个小孩很奇怪这样的怪事是怎么发生的,所以她们自己讨论了起来,直到那天离开医院还对此念念不忘。幸运的是,这家医院的院长,正好是安的父亲,他开车送她们回家。用一个 12 岁的志愿护士所知道的似是而非的术语,她们开门见山地提出了问题:

"韦尔森博士,那个男人的直肠里为什么会有一根胡萝卜呢?"

韦尔森博士相当有智慧而坦诚。如果世界上有人知道这是怎么回事的话,那个人就是他了。"显然他在自己家的花园里干活。光溜溜的。不知怎么回事就跌倒了,正好摔在胡萝卜上面。"太对了!光着身子在花园里干活。这个解释对我太太来说很有道理,直到 20 年后,她在某份成人出版物上读到了更真实(也更恐怖)的解释,才明白造成这个裸体花匠痛苦的真正原因。

韦尔森博士对待这个难以启齿的性方面的问题的方式,和成千上万的家长们采取的方法是一样的。他编了一个孩子们看起来合情合理的故事,因为事情的真相会把他们的小脑袋吓出白头发来。

30 年后,我和我太太都已经是成年人了,由于家里总是看着的电视(这样,她们就可以看见爸爸早上的节目了),整个莫尼卡·莱温斯基案子成了我家早餐时候的话题。

"妈妈,什么是口交?"我们 9 岁的儿子问道。

长大了的小志愿护士在回答这个问题的时候,采取了和那个好医生一样的方式。她停下思考了片刻,把所有的后果都想到了,然后回答道,"问得好。口交就是你谈论性。你知道的,口头的意思就是'说'。"

"谢谢,妈妈。"那天后来,我儿子很有可能对他的同学说,"我可怜的妈妈,她连什么是口交都不知道。"

当我儿子 16 岁了,要在英国过暑假的时候,我太太命令我必须和他谈谈。我和他正坐在扬基体育馆的 52 号区的包厢里,我开始了谈话。要知道,自从接生的医生告诉我们"是个男孩!",我就害怕会有这一天。

"儿子,你要是远在英国,我们就不能帮你区分什么能做了……什么是对的,什么是错的……"

像只掉进陷阱的小动物，他立刻觉察到了他要听到的是"性教育谈话"，于是他急忙打断我，"我知道你要说什么，可是我们现在不用说这些吧——"

"你妈妈想要——"

"我在生理卫生课上都知道了，这样行了吗？"

等等。想到要和他进行这次小谈话，我在凌晨三点惊醒过来，大汗淋漓，头晕目眩，可是他已经知道了！我觉得这样不赖。我知道他们的足球教练是他们高中指定的生理卫生课老师，从别的家长对我们说的情况来看，他上课的时候都用的图表，几乎没有留什么想象的余地。

"那好吧，这方面，你还有没有什么问题想要问我？"我问道，其实根本就不想回答任何问题。

"没有。"

"好的，很好。我很高兴我们谈了一谈。"

快乐太太的建议

当你该和孩子们谈论有关性的问题的时候，你应该诚实而直接地告诉他们。使用他们那个年龄能够接受的说法。不过，现在的孩子都看电视，所以你可能会惊讶于他们现有的知识。

你不用着急让一个6岁的孩子坐下来，然后告诉她，你以前和她说的，她是鹳从天上送来的故事是假的。鹳不是送孩子的——它们都进了腌肉厂。

最终，尽管父母们在这个问题上的表述得磕磕巴巴，孩子们还是会学到有用的知识。如果你就是做不到和孩子们谈论这个问题，有很多这方面的书都把一切讲得清清楚楚。如果你连书也不好意思给孩子看的话，你可以总是给他们讲鸟儿、蜜蜂还有胡萝卜的故事。

4年以后，该轮到我二女儿了。她正好跟她哥哥相反。她哥哥对各种敏感问题避之唯恐不及，而她却是要打破砂锅问到底。每次生理卫生课后，她

都要缠着她妈妈问上十几二十个关于避孕、计划生育以及其他令人尴尬的比如女性器官的功能和保养方面的问题。更令人受不了的是,她不是笼统地问问题,而是非常具体地拿她妈妈来提问:"妈妈,你怎么避孕?还是你已经绝经了?"

我太太可受够了。她终于诚实地回答性方面的问题了。"我还没有绝经,"我太太说道,"尽管我说话的声音是有点大。"

我女儿把这点做了笔记。我太太继续说道:"如果这个情况发生了,我会告诉你。还有一件事,"她补充道,"把碗从洗碗机里拿出来。"

饱餐一顿
(吃饭时间)

很久很久以前,当人类还是处于史前(生孩子前)时代的时候,丈夫和妻子们在他们的山洞里悄悄地有什么吃什么。那时的牦牛长得非常庞大。随着原始人的家庭慢慢壮大,他们很快发现,他们的孩子不喜欢吃成人这么大块的牦牛肉,他们更喜欢吃牦牛爪或是牦牛加奶酪之类的食物。

到了今天,要喂饱一大家子的话,史前人类学到的这些东西依然管用。实际上,要是人吃饭的时候和喂马一样,都是在嘴巴下面套个袋子就好了。这样一来,吃完饭就不需要用1250磅/平方英尺的高压地板冲洗器来清理房间了。

抚养我们大儿子的时候,我太太从一系列最新的育儿手册上学习了关于幼儿食品方面的知识。这些指导通常是那些消化不良,而且没有孩子的人写的。他们一致同意,负责的家长应该只给他们的孩子吃"符合他们年龄的食物。"

好吧,既然书上这么说,那我们的儿子就不能吃甜食了,也不能吃比萨饼,什么乐趣也不能享受。他直到18个月大的时候才第一次尝到炸薯条的滋味。请不要打电话举报我们;我们后来就改变了我们的幼儿食谱。事实上,我们的小女儿出生后,我们在从医院回家的路上就给她买了第一顿麦当劳"快乐儿童餐"。

"姆~~~麦旋风冰淇淋……"

永远不要犯这个错误:问孩子他想要吃什么。有一次,我妹夫请我们全家去一家非常奢侈的饭店吃饭,这家饭店镶嵌在科罗拉多山脉的一座大山里。尽管这是家庭聚会的好地方,可是这里的菜单上却没有适合儿童吃的食物。我们的女儿不得不看着大人的菜单随意点菜。我们很高兴她点了一份南瓜意大利土豆团。

"多么高的品味啊。"就连阴着脸的服务员都感到赞叹了。可是,这是在上菜之前。等到上菜了,我女儿好好看了一眼那盘黄澄澄的东西,然后就彻底拒绝进食了。"至少尝一口吧。"直到我们吃完我们的主菜,我们还在劝她,而她开始从邻桌搜刮面包条吃了。

父母们总是想尽一切办法来讨好自己的孩子,很多家长都会问孩子想要什么,然后尽量满足他们。比如,我们的二女儿就经历了这样一个阶段,在那个阶段里,她只穿粉红色的衣服,只吃粉红色的食物。这样一来,她可选择的东西就极其有限了。只有加了粉红调味酱的意大利面和葡萄柚。也就是在那段时间,她甚至拒绝上大号,因为"这样不美"。

我们一个好朋友的儿子偶尔会上我们家来吃饭。所幸他和我们的孩子一样,喜欢吃比萨。让我再稍稍纠正一下我的说法——他喜欢吃比萨,只要上面没有肉、蔬菜,或者番茄酱。

换句话说,他只吃比萨的面饼。他可是个粉碎机。我太太知道这点。所以,当他来吃饭的时候,她特地为他烤了一个特制的比萨。可是他连一动都没有动。他妈妈烤的比萨面饼总是长方形的,而我太太烤的那个是圆的。

早知如此,她还是给他吃南瓜意大利土豆团好了。

有一天,我们小女儿的一个玩伴留下来吃午饭。我太太深知选择对于孩子们来说是很重要的,所以她精心准备了三种三明治:花生酱的、奶酪的,还有一个"只有面包"的三明治。她已经竭尽全力了。"您家有奶酪通心粉吗?"那个孩子问到道。

"我可以做一点,加上真的奶酪。"我太太提出。

"好的,我等着。"

于是我太太拿出迪斯尼菜谱，20 分钟后，一道美味的奶酪通心粉上桌了。"实在对不起，我只吃卡夫牌的通心粉。"小艾默利尔·拉加斯[①]宣布道。气呼呼地，我太太打开橱柜，找到了那个熟悉的蓝色盒子，又过了 14 分钟，这个小批评家终于吃了一勺黄色的黏糊糊的东西。我太太高兴能尽快把这个小客人送回去，就在她开车的时候，她吃惊地听到她的小客人说："我不想没礼貌，不过，我在你们家过得一点也不好。"

外出就餐

由于天天在家里吃饭没有什么新鲜的，所以能够出去吃饭，对于孩子们来说简直是伟大的探险之旅。各家餐馆都非常欢迎我们，因为我们总是第一批上门的顾客。如果餐馆 5 点开门的话，我们是唯一年纪小于 70 的头拨客人。另外，我们吃得越早，就能越早喝点使人放松的饮料，而不至于让孩子们担心，"爸爸你要吃药吗？"

除了多得吓人的菜肴种类，我还发现我们一家子去餐馆吃饭，能给我们的孩子另外一种他们在家里享受不到的自由，就是说"我用去洗手间"，然后在主菜上来之前，跑去厕所 2~3 次，仅仅是为了在那里玩耍。你也许会害怕公共场所的卫生条件不佳，可是他们可不明白病菌的危害，反而会立刻脱下裤子坐在马桶上。小宝贝，你要看体育版吗？

过去的 18 年里，每周我们都要去周边的餐馆吃上两餐饭。在这总共1872 次探险里面，有一次最为与众不同。

那天下午 5:01，一个穿着燕尾服的目中无人的服务员带我们在厨房边上不错的桌子旁边坐下。在停车场匆匆忙忙给我们的小女儿换了一个尿布湿，我把她放在了儿童餐椅上，扣好了安全扣。一对慈祥的老年夫妇走到我们的桌边，用手指头戳戳我女儿的脸蛋，逗她。然后用 60 岁人常用的那种高频率声音，那位老先生莫名其妙地说道："现在是米勒时间，给她一杯神风敢死队鸡尾酒尝尝。"小宝宝立刻笑了，小嘴咧得比什么时候都大。她的

---

①　艾默利尔·拉加斯，美国电视名厨。

嘴咧得那么大,眼睛眯得那么小,脸涨得那么红——让那对老夫妻觉得可爱极了,其实她根本不是在笑,她是在他们的眼皮底下拉屎呢。

这时,那个穿着燕尾服、态度极佳的服务员请他们回到座位上,给他们上菜了。之后两分钟内发生的事情,是我这辈子在餐厅里面看到的最为恐怖的事情,比上次那个黑手党老大在餐厅外被枪杀有过之而无不及。

我们清楚如果不马上给小女儿换尿布,她的哥哥姐姐就会用高声大叫,"好臭啊!"所以我主动提出回到停车场去给她换尿布。我把尿布的袋子搁在肩膀上,解开她餐椅的扣子,正当我把她抱出来的时候,我二女儿突然尖叫起来,"爸爸,她在往你身上拉屎!"

10 分钟之前,我匆匆忙忙地一心想着上饭店,来上一杯加冰块的伏特加威士忌(给我留着冰块,留着水),我没有把尿不湿上的那对粘胶贴上。我还以为它们不过是个装饰。今天,我终于付出了惨痛的代价,才认识到这些粘胶能把尿不湿固定住。因为我没有粘好这些粘胶,现在尿不湿的一边整个掉下来了。结果就是,她光着屁股扑通一声又坐到了高脚餐椅上。

就在这个时候,一大堆"大号"喷射到了她的餐椅上和我的道格斯牌卡齐裤上。

另外两个孩子这个时候已经笑得前仰后合,因为这是他们有生以来看到过的最好玩的事情了,比上次他们听到我们的邻居在图书馆里放屁还好笑。也就是在这个时候,我们点的菜做好了。不想让服务员受到惊吓,我采取了唯一的一种人道的做法:我把她重新放到了那堆东西上面。

服务员显然什么也没发现,他根本不是知道第九座的食客要了什么骇人的阴谋诡计。当他转身离去以后,我把孩子交给了我太太,她用一条婴儿毯把她抱起来,飞快地朝着车子跑去。她给我留了两张婴儿纸巾来收拾残局。我需要的不是两张纸巾,我需要两百张。

餐椅上到处是她留下的痕迹(我敢保证她的屁股粘走了绝大部分),足够做一辈子 DNA 检验用了。我把还在狂笑的大儿子派进了洗手间,他拿着一张湿纸巾回来了。我让大孩子们坐下来,装作什么事情也没有发生过一样。然后我进了男用卫生间,找到了一卷帮替牌卫生纸。也许这种事情已经发生了不止一次了。

我足足擦了三分钟,直到我太太抱着快活的小宝宝回来了。既然我已经把餐椅擦得够干净了,她又重新安坐了下来。我太太可是给她穿上了皱皱的尿裤。现在我对这个东西的作用简直是深信不疑了。事实上,我现在正穿着一条呢。

快乐太太的建议

出去吃饭的时候,记得给服务员的小费不是取决于他服务的质量,而是取决于你们扔在桌子底下的食物有多少。如果你的孩子把他主菜的 25%扔到了桌子底下,那么你就应该付 25%的小费。如果地上有 50%的食物,小费就应该是 50%。如果地上扔了 75%的食物,你还是应该付 15%的小费。因为,他们不会再欢迎你们回来了,那么为什么还要讨好服务员?

路漫漫其修远兮
(与儿同行)

"我有一条坏消息和一条更坏的消息,"丈夫对小型客货车上的乘客宣布道,他们刚刚驶出法国乡村某地的一个加油站。"我刚刚付了 100 多欧元来加油。"他开始说道。

"那更坏的消息是什么?"他太太问道。

"我刚刚加的都是无铅汽油。所有加油泵上的说明都是法语的。我本想用柴油的。"可是,尽管他担心车子会出毛病,一切运转正常。他们开出了 300 码。然后,车子突然失灵了。8 个孩子从车子里慢慢走了出来,其中一个给他取了一个他一辈子也甩不掉的外号:

"干得好,狄塞尔[①]"

[①] 狄塞尔,人名,亦有柴油的意思。

141

旅途多艰辛。和孩子们一起旅行就更加困难。

航空飞行曾经是特殊的旅行方式，那时所有的男性乘客都会打着领带穿着夹克衫坐飞机。可是现在，你坐飞机的时候最好穿上个围兜，因为你旁边的旅客，很有可能是个嚼着瑞士小鱼软糖的5岁小孩。

据我所知，我的孩子就给和我们同飞机的乘客带来过麻烦。比如，我记得有一次我们乘坐一架布迪·霍利飞机从洛杉矶到圣地亚哥做短途旅行，一路上，我们的小女儿一直在揪坐在她前排的旅客的头发。那个人是男演员哈尔·霍尔布鲁克，正要去出演他著名的单人舞台剧《亚伯·林肯》。我可以想象这次飞行给了他很多创作灵感。"87个小孩子之前……"①

再就是那次，我们全家去热带旅行了。在牙买加，一个显然不是毒品强制执法管理局合作的家伙，走到我和孩子边上，想要卖给我们一块大麻。

"不用，谢谢。我们已经有了。我买了足足够一个星期使的苯海拉明"我打趣道。他信以为真，开始先跟我打听他能不能从我这里买点苯海拉明，然后又问能不能让我的一个孩子在回程的航班上运送毒品——做运毒骡子。尽管我天生乐于助人，可是我们还是很快调头走开了。我的小女儿莎丽听到了他说骡子，还"哞~~！"地叫了一声。

我们跳上了一辆公共汽车，它会载着我们穿过牙买加颠簸泥泞的道路，把我们带到那个费用全包的家庭度假地。可是旅行社那本风景如画的宣传册子，并没有提到那个度假地离机场开车足足需要两个半小时。它也丝毫没有提到，这辆汽车唯一的一个停靠点是路边的一个小餐馆。就在那里服务员递给我的司机一瓶红条纹牌啤酒②，接着又给了一瓶。开始的时候，我担心我们的司机会不会变得僵硬麻木，现在我得担心他不仅仅麻木迟钝，而且喝得醉醺醺的了。

朝四周扫视了一下，我看到在柜台后面，厨房里，就是服务员烤鸡串的地方，立着一只山羊。它可不是用来做山羊奶酪的，它正忙着吃冰箱里的东西。当我小女儿看到它，她又叫"哞~~~~。"

---

① 美国前总统林肯的著名演讲《葛底斯堡宣言》的第一句是"87年前……"。

② 红条纹牌啤酒，牙买加啤酒。

　　我小的时候,我的父母很少带我们出去旅行。经济紧张是一个原因,不过主要是我们都聚在一起可能造成的巨大麻烦吓退了他们。

　　一年六月,万里无云的一天,我们全家到堪萨斯大学参加我的毕业典礼。那时,只要我交一笔数额巨大的图书馆罚金,我就能毕业了。就当我在参加我毕业考试的时候,我们一家去了豪马克度假村享受。那时刚过了中午,他们是游泳池里唯一的游客。

　　我妹妹詹妮那时快 7 岁了,就像一般的 7 岁小孩子在游泳的时候可能做的那样,她突然喝了一大口游泳池的水,然后开始大大地吐了一口。她的大姐,凯西听到了她呕吐的声音,也跟着吐了起来。她本来肠胃就不怎么好,所以毫不令人吃惊地,在短短的 10 秒钟之内,她就把整餐午饭吐到了她的躺椅上。

快乐先生的建议

　　当你和孩子一块乘飞机的时候,不要让爱哭鬼坐在经常旅行的乘客边上。

　　如果开车出行的话,一定要带上足够全车人使用的游戏、零食还有呕吐袋。如果对任何标志有任何问题,立刻和当地人打听它的意思,尤其是你,狄塞尔。

　　如果坐飞机旅行的话,我建议选择一家有机上电视的航空公司,这样的话你的子女就可以看动画片《海绵宝宝》,而不至于去揪前面的亚伯·林肯了。

　　最后,如果飞机上的饮料车推过来的时候,点两杯鸡尾酒。他们走过去以后,也许就不会再回来了。而且周围的旅客也不会认为你是个酒鬼;他们会理解你这么做是因为你正带着一帮小动物似的孩子。

　　"哞～～～"

　　我的另一个妹妹莉莎,正坐在游泳池边,双脚浸在水里,她扭过头去看发生了什么事情,结果立刻也吐了出来。她全吐在游泳池里了。恰恰在这个时候,就像是好莱坞电影编的那样,我的妹妹安从水底下钻上来换气,她上

来的地方正好是莉莎呕吐的地方。看到她姐姐满身都是呕吐物,始作俑者詹妮大吐特吐起来。还有安,顶着满脑袋的污物,差点把苦胆也吐出来。我妈妈,这一族的伟大族长,在游泳池最顶端也小吐了一下子,把整部呕吐进行曲完成了。当然,之后,她们做了任何一个有教养的正派美国家庭都会做的事——她们谁也没告诉,悄悄离开了。

就在她们离开半个小时内,游泳池被封闭了,整整关闭了一个星期。

差点被鲁道夫害了
(怪异事故)

作为家长,你会不惜一切代价确保你的孩子安然无恙、完整无缺。所以,你一定能够想象,当我家的老大差一点被一个汉堡夺去生命,而小女儿差一点被驯鹿鲁道夫①置于死地的时候,我们是多么惊诧。

这天学校放假,我太太决定不在家里烤奶酪三明治或者是烹制豌豆卷饼,而是带孩子们去镇上的一家快餐连锁店,好好地坐下来吃一顿。两个孩子点了那天儿童菜单上的套餐,包括上选鸡块、小号薯条,还有他们到这里来吃饭的真正原因——玩具。那个玩具实际上是一部动画片里的人物的小塑像,他们没有看过这部片子,所以立刻提出:"午饭后您为什么不带我们去看这部电影呢?"这显然打乱了我太太的安排,让她不禁愤愤地想,快餐店为什么不能给孩子一点有教育意义的、有用的玩意儿,比如每个州州府或者加拿大主要出口港口的名单?

我儿子显然已经不再适合吃小孩子的食物了,他点菜时所用的变声期奇特的嘶哑声音说明了这点。可是就在他咬了第一口汉堡后,他的声音就不再嘶哑了,而是哽噎了,他打出了国际通用的手势,意思是"妈妈,我吞下了一把瑞士军刀……而且是打开的!"

我太太,我们家的战斗女英雄,立刻采取了行动。她用左手掐住他的喉

---

① 鲁道夫(Rudolph),传说中圣诞老人的驯鹿名字。

咙,然后用右手的小指弯成钩子的样子,立刻掏出了一小块汉堡。那团东西落在托盘纸上,元凶赫然在目。那是一大块深棕色的、锐利的木头,大约有一英寸半长,一英寸宽。

"张嘴,让我看看里面。"妈妈医生命令道。受害者的上颚有个鲜红的、被扎伤后留下的伤口,他吃汉堡之前显然没有这个伤口。

我太太经常收看美食频道,知道汉堡的原料里面可不包括未煮熟的碎木头片。她立刻告诉其他孩子停止进食,然后气势汹汹地把带血的碎木头交给餐馆经理看。

"你没事吧?"这才是那个头戴纸帽子的经理应该说的话,可是,他听完我太太的陈述,看着我嘴里流血的儿子说:

"这真奇怪,你看起来不像只土拨鼠啊!"他停顿一下,等着别人发笑。"好笑吧。土拨鼠,他刚刚吃了一段木头……"

他显然是刚刚从这家快餐连锁店的幽默管理班毕业。我太太要求餐厅立刻停业,把所有三明治都检测一遍,看有没有残留的木头片,他听完后说:

"我不能这样做。"

"为什么不能?"

"就是做不到。"

于是,我太太转过身来,面对三三两两的食客,用一种飞机即将一头扎进印度洋时空勤指挥机上旅客的声音大声宣布道:"我儿子刚刚吃的一个汉堡包里面有一段非常尖的木头。仔细看看你们的汉堡。说不定里面也有。"

有一半的顾客停了下来,把汉堡上面的面包片揭开看了一看,什么也没有发现,就继续吃了。有些人什么也没做。有一个人把她的汉堡扔进了垃圾桶,而另外一个人明显也想在自己的汉堡里发现一小段木头——他把他的汉堡仔仔细细地,一点一点地检查了个遍,显然,他在想,既然一个女人因为一杯洒在大腿上的咖啡而从温蒂快餐店那里获赔了几百万美元,一段汉堡包里的木头碎屑怎么也能值上一辆雷克萨斯吧。可是,令他万分失望的是,他一无所获。

经理觉察到这可能会给他的连锁店带来法律上的麻烦,他于是想进行补救。"让我给你儿子一个新的汉堡吧。"

"你疯了吗?"我太太斥责道,"你刚刚把我们吓得都不敢吃汉堡了。"

"那我给他一杯免费冰淇淋怎么样?"

这是最后致命的一击了。"一杯圣代?你发什么神经?我有三个孩子呢!"

她回来,和3个孩子撤出这家快餐店,然后进了一家我家附近医院的急诊室。在给我儿子打了一针破伤风,填了一份正式的报案笔录之后,我太太给一个著名电视律师打了个电话,那个律师立刻给那家快餐店的总裁办公室打了几个让他们惊恐的电话。他们决定提供一笔钱来弥补。我太太不过是想听到一声道歉。可是她却没能如愿以偿。不过,一张支票如约而至,最终进了我儿子的大学资金账户,立刻把我前5年存进去的总数比了下去。"你下次也许还可以嚼点烂树叶什么的,可以让你妹妹们也有钱读完大学。"我向我儿子建议道,结果吃了一个恶狠狠的白眼。

对快餐店感到恐慌,固然是一个家庭的悲剧,可是,当孩子们最喜欢的节日象征居然差点把他们送进了天堂,这就更糟了。那一次,我们家的小婴儿,我们的小女儿,发起了高烧。我太太试了很多种方法,想把她的体温降下来,可是什么方法都不管用。她打电话给儿科医生,医生焦急地让她立刻把小女儿送进医院。

"你最好看着她一点,"医生说道,"婴儿高烧的时候很容易惊厥。"

"看着她一点"是个很难做到的要求。如果小婴儿在后座上发生了惊厥,我太太根本就不会看到。因此,她做了唯一能做的一件事,她把孩子捆在了副驾驶座上,这就意味着,如果安全气囊弹出,我们的孩子就会像个炮弹一样穿透我们的后挡风玻璃,掉在后面车子的水箱上。

那个儿科医生的办公室离我们家足足有15英里,而且开车到那里,我太太还得通过全美最拥挤,车况最复杂的一些路段。因此,我太太开得非常慢。她不让任何车靠近她。就在她离诊所3英里开外的时候,让人最最意想不到的情况发生了。天降横祸。确实如此,一头活生生的驯鹿掉在了她的车子上面。

是的,在车子上面。她刚刚开车通过一顶立交桥,而后突然"轰隆"一声! 这头驯鹿显然是到了立交桥上面,然后就不知道是失足呢、被撞了,还是自杀,总之是掉在了我太太的汽车上。

令人惊讶的是,由于这是次空袭,安全气囊居然没有打开。可是,驯鹿震碎了挡风玻璃,还在车顶上砸了一个大坑。距离我小女儿头顶 18 英寸的地方,就是分叉的鹿蹄留下的血淋淋的印记。现在,我太太有两大问题了,一头死鹿,一个高烧不止可能会有生命危险的婴儿,可是她绝不会让某头从天而降的臭驯鹿阻止她把女儿送往医院。她的 SUV 几乎已经不能开了,可是她还是成功地开到了儿科医生的办公室。在那里,经诊断,我们的小女儿是得了某种神秘的疾病,在往她嘴里灌了三天粉红色的药水后,她的病就好了。

一头除了我太太以外,谁也没看见的驯鹿,给我们的车子带来了高达 9700 美元的损失。就在撞击过后几秒钟,她把车子开进了停车道,发现有一辆车在她后面停了下来。她等着那位好心人走上来询问她的情况,可是那个随后停车的男人却抬起了那头死鹿,把它扔进了他的后备箱。他根本就没有问她或者孩子怎么样。他仅仅是带着车祸的证据跑了。那可是头终极马路杀手。

当我太太向我们的保险公司索赔的时候,她被保险公司经纪的问题激怒了。

"那么,你看到那头鹿是从天上掉下来的? "

"是的。"

"那那只鹿现在到哪儿去了? 它又飞到天上去了? "

"我能和你的主管谈谈吗? "

然后,她把她不幸的遭遇从头到尾说了一遍。在打了 5 个电话、发了无数次传真后,一个调查员终于被派来调查凶案发生的现场。

"对了,这是个鹿蹄子。"他边说,边从雨刷上揪下一大撮毛来。他见过很多次汽车和鹿的交锋,汽车总是赢。从那以后再没有问题了。一张支票开了出来,车子修好了,日子照常继续。大约是一个月之后,保险公司的服务质量控制部门打电话来,问我们对他们的工作是否满意。我太太说在开始的时候她遇到了一些困难,这时,对方向我们透露,公司的一名主管一开始就盯上这件事情,说是要把它当成一个故事在公司的圣诞舞会上来讲。"这成了本年度的最佳故事。"他说道。

哦,这些疯狂的保险统计师啊!

让我们再稍稍回到事故发生的那个夜晚。当我太太回到家里的时候,她看上去仿佛是度过了她一生之中最糟糕的一天。事实上,她确实是度过了最糟糕的一天。因为我一向好开个玩笑,这次我也想给这个糟透了的日子注入一点幽默的元素。于是,我问道,"把红鼻子的驯鹿鲁道夫杀了,感觉怎么样?"

我儿子正好听到了这句话,他立刻哭了起来。"妈妈!你把鲁道夫杀了?"

"没有,"她向他保证,"我杀的是只母狐狸。"

快乐先生的建议

无论在什么情况下,都不要把婴儿放在副驾驶座上。

不要在孩子面前开关于杀死圣诞老人的驯鹿的玩笑。

先把汉堡包用搅拌机搅碎再吃,会安全得多。

我爸爸是间谍,妈妈是杀人犯

(家长为孩子的付出)

我会为我的孩子做任何事情。在你回答"我也是"之前,让我先问你一个问题。这么说吧,你漂亮的女儿想要加入高中的拉拉队,可惜没有成功。她唯一加入拉拉队的希望是,某个队员退出。大多数女孩是不会退出啦啦的——除非他们被害了。

这就是发生在得克萨斯州的一个真实的案件。得克萨斯州的一名母亲，旺达·郝乐维企图买凶杀害她女儿的同班同学——因为这个女孩入选了拉拉队。所幸，在任何人受到伤害之前，旺达就被捕了。我可以想象，这个故事成了拉拉队编词的灵感来源，"二、四、六、八；谁有一个杀人老妈……"

尽管我现在住在新泽西州，我的后备箱里有一把铁锹和一袋石灰，我在任何情况下都不会杀人。可是我有一个朋友，他在他女儿升入高中之后不久就失去了理智。

事情是这样开始的，那天晚上他女儿问他可不可以开车带她走一趟。她交了一个男朋友。大多数高中女孩都有男朋友。而且她们都有一个通病：只要她们的男朋友不在身边，她们就会觉得他们肯定是在外面拈花惹草，和另外一个更可爱穿着更暴露的女孩在约会，而他们的父母是无论如何也不会让她们在外面穿那么短的超短裙的。"我们从他家边上开过去，看看他为什么不接电话。"她解释道。她想确保他家的门口没有停着她情敌的汽车。

"好的，"年度最佳父亲回答道，"我们走！"

如果是我的话，我肯定会说："别傻了，他不会乱搞的。现在，去把爸爸的报纸和拖鞋拿来。"可是，这是我，而不是他。

当他们开车经过她男朋友家门口，他们一无所获——没有别的汽车，没有别的女孩，没有别的任何东西。他们于是开车回了家。

又过了几个晚上，"爸爸，你能不能再带我上他家边上走一趟？"

为什么不呢？她爸爸想："开车路过别人的房子也不犯法……"

这一次他们又什么也没看到。"他上哪儿了？"他们不禁心里嘀咕。你知道那句"疑心生暗鬼"吧。很快，痛苦开始咬噬着父女俩。她痛苦极了，相信在她背后肯定发生了什么不好的事情，而他爸爸看着他的女儿内心备受煎熬也十分痛苦。

所以她爸爸，一个从来没有参加过海军陆战队或者是特种部队，而是在快捷假日酒店住过一个晚上的男人，制定了一个代号为"男朋友"的行动计划。

他立刻去了当地的银行一趟，拿了一张他们镇子的地图。然后他在上面画上了网格。他们会系统地驱车前往"可疑地点。"他们会逐一排除她男朋友的朋友家、台球厅、比萨快餐店、他前女友的家、还有跟他眉来眼去的女孩子的住处。这可不是什么扫荡行动,说是除奸行动更恰当。

他的 SUV 车成了他们的活动指挥基地。这辆车非常适于进行秘密活动,因为车子是黑色的,所以当他们开车在邻近一带活动的时候不太容易被发现。而且,这辆车还配备了良好的音响系统。开车的时候,他们会高声播放 TLC 乐团的《蹑手蹑脚》,一首关于女孩发现了男朋友背叛的欢快小曲。所以他们开着吉普车,唱着《蹑手蹑脚》,直到她最终哭哭啼啼。他们车子的仪表盘杂物箱塞满了克里内克丝牌面巾纸。

与此同时,她男朋友的简历让人印象深刻。成绩优秀、为人正派、从来没有触犯过法律。可是,他交的女朋友有个疯疯癫癫的老爸,每天下班的任务就是跟踪他女儿的男朋友。

这样持续了好几个星期,直到他们必须要做出抉择了。跟踪了这么长时间,他们没有发现他做什么出轨的事情。也许,跟踪他本身不是个好主意,他们是时候该放弃了,他们想。而且就算他们发现他干了坏事,他们又能拿他怎么样?可是,只有失败者才会半途而废,所以他们又把行动升级了。他们开始换上全黑的夜行衣。他们觉得,这样一来,当他们离开他们的车子的时候,那些好传闲话的邻居就不会发现他俩了。这样做是对的,因为在行动的第二阶段,她会蹑手蹑脚地摸到她男朋友家的窗口,想要亲眼目睹他的风流韵事。

他们还去无线电小屋商店走了一趟,她父亲买了一套最便宜的对讲机,他们的装备齐全了。"现在,如果我们分开的话,"他说道,他们可以通话了。一边跟踪一边保持联络。又过了一段时间,他们从简单的监视,升级到了更为多样的活动。他们会在当地的便利店停下来,买点糖果、可乐,或者其他零食,好让他们保存体力继续监视。

他们还开始在监视的时候带上她的朋友。

"你老爸做的事简直是太酷了!"她的朋友会赞叹道。她们的爸爸相比之下就无聊得多了。他们都是成熟可靠、举止得体的男人。即使是他们的股票投资需要,他们也不会穿上夜行衣去一探究竟。

就这样,他们身穿黑衣,熄掉车灯,穿行于街巷,用密语交谈,一直持续了一年。接着又是一年，之后又是一年。每过几个星期，她就会说："我们今天晚上出车。"她爸爸就会给他的车子加满油，然后上路。

如今，这个女孩已经长成了一个女人，和她父亲相隔两地。她爸爸非常怀念那段过去的时光，那些充满了欢笑的夜晚。虽然他们的行动耗去了好几百加仑的汽油，可是他们从来没有发现她的男朋友有什么劣迹。他根本就是个谦谦君子。

可是这并不是说，他们的行动完全失败了。相反，我觉得非常成功。当你寻找这个故事的缘起的时候，你发现它发端于女儿的一个请求——"爸爸，帮帮我"——而他做到了。他的职业曾让他长时间不在家，这就是他补救的方法，这么多次的行动，使他在她女儿长大成人，远走高飞之前，和她有了一对一独处的宝贵时光。

"我猜这在别人看来简直是怪异透顶。"我的这位朋友承认说。

实际上，我很嫉妒他。当我的孩子长大离家后，我希望我也能有一个像他这样的故事。某些我和他们每个人一对一单独做过的事情。某些我们会铭记一辈子的快乐。

现在，我确信我是不会去跟梢他们的男朋友的，不过总是有可能，他们想要参加拉啦队……然后却没有成功……

快乐太太的建议

如果你在考虑跟踪的话，记住，买夜行衣的时候要买棕色的，这是今年的流行色。

做好准备
（男女童子军）

"嘿，薄荷巧克力饼，什么时候送货啊？"上下电梯的时候，一位名人冲着本书的作者大喊一声。

"下周一。"我做出了保证。

"如果你还有富余的话,我要买。"

我欺骗性地朝他点点头,虽然我明知不会有富余。我女儿卖出了多少盒女童子军的饼干,我就带多少盒来上班,不过不少,一共是 307 盒。

好吧,实际上不是她卖的,是我卖的。可是,她确实是在每份订单的下面签上了自己的名字。这些订单从一个办公室传到另一个办公室,一个座位传到另一个座位。女童子军卖饼干的方法很不错——她们实际上是在卖自己。她们表现得很不错。相信我,如果曼森一家①卖的饼干有这么好吃的话,大多数美国人都会买的。可是,他们显然对加入世界上最大的饼干联合企业,美国的女童子军组织,不感兴趣。

那天结束的时候,我不得不给全公司的人发了一份电子邮件,"饼干征订已经结束,请尽快交回订单"。

又过了两天,又催了两次,订单终于回到了我手里。看到这么多陌生人支持童子军,对一个小童子军来说,是世界上最让人欣慰的一件事了。实际上,大多数人根本就不是为了支持童子军,而是对女童子军饼干的神秘味道上瘾。这是我们童年的味道,就像是新割的草地和花生酱香蕉三明治一样(我们每个人经过喜欢埃尔维斯三明治这个阶段。)

我的三个儿女全都参加过童子军。无论是男童子军还是女童子军,都培养了孩子的性格,教会了他们礼仪和如何推销商品。

一开始就有人告诉我们,那次充满奇趣的野营的资金,是通过我们向朋友和家人推销无用的东西得来的。

作为一个小童子军,我亲自体会了高超的推销技术的重要性,因为我常常要向仅仅在万圣节见过一面的邻居兜售。回到 20 世纪 60 年代中期,我在堪萨斯州萨莱纳市的顾客都非常乐于购买我们推销的任何货物。男童子军不像女童子军有自己的品牌产品,饼干,我们简直是穿着制服的 Ebay。我们什么都卖。让我说得再清楚一点:我们的童子军领队,一名食品加工行业的成功的父亲,能够批发进什么,我们就卖什么。

---

① 曼森一家,凶残的杀人组织,多数由年青富有的中产女性组成的杀人集团。

我们卖了两年的西屋电器牌电灯泡。我是我们小队的头号推销员。我乐于认为人们买我的灯泡是因为,他们是童子军计划的支持者。可是,现在回过头来看看,我相信,他们很多人买我的灯泡,不过是想把我尽快从他们家的门廊上安然无恙地打发走。我卖了几百个一种新上市的电灯泡,它有三种亮度:弱、中、强。我的推销词是如此纯真,但现在回想起来,又是多么的错误,"你对三向灯泡①感兴趣吗?"

"是的,我有兴趣。"我常常听到这样的回答。

现在这么多年过去了, 我开始猜想到底有多少人在做出肯定的答复后,看我立刻拿出一张订单开始记笔记,"你想买多少个三向灯泡"而倍感失望。

那个可是 60 年代,一个自由恋爱和多亮度灯泡的时代。我卖出了很多很多。

接下来的那年,我们卖的是圣诞卡,可惜那种卡片的纸张很薄,上面画的圣诞老人又胡子拉碴,没有人想把这种贺卡送给他们所爱的人,上面那个人人喜欢的神仙简直就像是刚刚酗酒狂欢了两周。

销售情况糟透了。然后,莫名其妙地,我们转卖冷冻食品了,当然我们卖的东西在全美各个商店都能买到。这样一来,又有谁会以市价两倍的价格,从目的纯正的,但是自行车后不带冰箱的童子军手里买速冻豌豆或者胡萝卜呢?没人这么傻。这又是一次战略失误。

孩子们为了成为推销员才参加童子军的。他们参加童子军,是为了友谊,还有有机会穿打满了补丁的制服,同时,这也是唯一能让我妈妈允许我使用一把 27 种功能的折叠刀的方式。

"它可以把啤酒罐对半切开!"我高兴地大叫道。

"这就是你想做的喽,把啤酒罐切开?"我妈妈盘问道。

实际上, 我是想用刀子上的放大镜把蚱蜢和其他虫子的肚子给烤开,可惜他们已经过季了。而且在我们第一次野营的时候,一把折叠刀给我们带来了最大的乐趣。男孩子们终于摆脱了妈妈的监管,全都在空中投掷刀

---

① 这里三向灯泡所用的单词也可以理解为三人性交。

子,希望能够扎中树干或者是户外厕所的墙壁。可是在这次野营时,一个领队(明显喝多了成人饮料)让孩子们聚拢来,看他把一个舒立滋啤酒罐子切成两半。那个时候薄铝皮的啤酒罐还没有得到推广,锡啤酒罐是很难切开的。他用他的折叠刀来回锯了很多下,才终于成功地把啤酒罐切成了两半。在一片叫好声中,他把切开的啤酒罐扔进了我们身后茂密的丛林。

大约过了 3 个小时,将近凌晨 2 点的时候,就是同一个领队光着脚至少是踩到了半个啤酒罐子上。我不知道那啤酒罐子嵌得有多深,我只知道他的惨叫声连最南边的玛丽·戴尔女童子军营地的营员都听到了。后来,我那里的一个朋友问我:"发生什么事了?是你们把一只雪纳瑞狗杀了吗?"

那个领队本来应该在第二天早上 9 点钟教我们"捆绑",可是由于他再没有回到营地,另外一名父亲教我们了关于安全使用篝火的事项。

童子军项目对我来说非常有益,因为它让我体验了远离家庭的生活。这是我们在上大学之前就能体验到的,和虫子与蛇共处的野外生活。一年中,每个月我们都举行一次周末野营;每个暑假,我们的领队还会策划年度野营之旅,让我们在一个一望无垠的奶牛农场边上度过两个星期。白天的时候,我们学习精确投掷短斧,在河流中划独木船、还有制造烟雾信号。这些都是很不错的娱乐活动,不过吸引我们大部分人年复一年地回到这里的是,所有童子军活动中最危险的一项:打靶射击。

童子军们趴在泥地上,用 22 毫米口径的步枪,瞄准远在 100 英尺之外的纸靶。那一端,立起了一堵 20 英尺高的泥墙,防止我们把外边种大麦的农民给误杀了。这是我结婚之前做过的最危险的事了。作为那次经历的留念,我把我打的纸靶塞进了我的剪贴簿,这是我打靶的最佳纪录,正中红心。上大学之前,我一直保存着它,以便提醒自己,如果必要的话,我拿起武器就能保护自己。我本来应该是把它拿到学校里去展示一番的,可是,那个时候,越南战争已经迫在眉睫,我可不想成为第一批应征入伍的 5 年级小学生。

"他是个神枪手,"在我的一个梦里,一个招募新兵的大兵对我妈妈说,"女士,国家需要他。"

"可是他需要留在国内卖电灯泡啊。"她请求道,直到我满头大汗地惊醒过来,就像是做梦梦见我没有穿裤子一样。

童子军还锻炼了我的意志,教会了我节约。我还记得,有一天早上吃了一顿令人难受的早餐:生燕麦片、红糖、提子、统统浸在 1/8 一杯康乃馨牌脱水牛奶里。之后我就往厕所里跑。当我跑进里面,发现那里连一点卫生纸的影子都没有留下,所以我就跑去找军需官了,他显然接到了命令要削减查明牌卫生纸的用量。

"我们刚刚在那里放了三卷纸。你能确定那里没有纸了吗,小兵?"

"是的。"我尖声尖气地答道。

"那你每次用多少呢?是一大把呢还是就用一张?"

就用一张?他是不是疯了?我每次能够用掉大半卷呢。可是童子军最宝贵的品质是诚实、实事求是。"就用一小张,先生?"

"那这肯定是 219 军的男孩子干的。"他一边说,一边发给了我 3 卷纸,然后转身把这项支出记在了官方卫生纸库存表上。我把两卷卫生纸拿回了厕所;另外一卷我当然是藏在床底下了,万一流个鼻血、得个过敏性鼻炎,或者是再遇上早饭是生的贵格牌燕麦片的时候,就能派上用场了。

在我的童子军生涯结束的时候,我学会了如何打水手结,推销商品,把制服穿神气,还有就是如何偷偷取乐。

所以,当我读二年级的儿子拿着童子军报名意见征求表,回到家里的时候,我可高兴了。我们终于拥有了专属于我们父子俩的活动。他报了名,我也准备好了让昨日重现。

那个月晚些时候,他发誓"遵守纪律",然后我们就正式加入了。在他们教会了他怎么握手之后,他得到了自己的一个任务:卖爆米花。

不像其他根本不愿意费力去推销的童子军,我儿子采取了非常有效的推销手段,让他妈妈立刻买下了他要推销的 20 包爆米花。

"我要参加野营喽!"我儿子高兴地尖叫起来。我们吃了整整两年的爆米花。

儿子就要去山上露营了,我报名参加了伴护。因为我父亲从来没有当过童子军领队,就连个童子军志愿者也不是,所以我对露营的成人后勤工作不太熟悉。后来,我搞明白了,每十个参加旅行的父亲组成一组,每人负责一项主要食品的供应。我是香肠先生。我太太非常仔细地在我的探索者背包里塞满了6打冰冻全牛肉香肠连冰块,把我们送上了路。

当我们离目的地还有一半路程的时候,我们遭遇了晚春一场可怕的暴风雨,使整个旅途变得异常惊心动魄。

"你觉得我们的营地也在下雨吗,爸爸?"

作为气象行业的专业人士,我对他说了实话:"不知道。"

当我们到达营地的时候,正下着瓢泼大雨,我儿子生平第一次见识到了暴风雨的威力。那简直吓人极了。电闪雷鸣,暴雨如注。我问旁边车上的一名鹰军①他有没有造出一条方舟来。

"小船可以吗?"他在雨中喊了回来。

真的下起圣经描述的这么大的雨的时候,开诺亚方舟的玩笑也让人笑不出来了。

30分钟后,雨势稍弱,我们终于可以把我们东西拖到我们的露营点了。天色漆黑,道路泥泞,只有在打闪的时候我们才可以看见彼此快速逃窜的身影。根据我那张淌着水的,模糊不清的地图,我们到了。

我找到了一小块空旷的地带,据我估计那是个30度的小斜坡,雨水沿着它留下来汇成了小河,挨着它我们安营扎寨了。我们的帐篷是前一天我在好事多仓储公司刚买的,主要是因为它的包装盒上写着"两分钟内就装好"。好极了——这顶帐篷适合耐心差的露营者。

我现在帐篷的顶上插进了两根交叉的支撑棍,然后把帐篷的四个角扎进泥泞的地里。眼看快到2分钟了,我按了按一个不知名的小装置,帐篷就立了起来,可以进去住了。

震耳欲聋的雨声盖过了附近野兽的吼声,它们肯定已经准备好把我们的眼珠子抠出来了。可是由于狂风夹杂着暴雨,肆虐不停,它们只好等雨停后把睡梦中的我们吞掉。

第二天早上,我意识到,把双腿搁在那个30度的斜坡上睡觉,导致我腿部的血液全都跑到我脑袋里去了。我醒来的时候,大腿抖动不已,就像是

---

① 鹰军,是童子军的最高荣誉。

大本钟在一下一下地敲击。

走出帐篷,我发现了一条好消息和一条坏消息。好消息是,另外一名父亲早已经起来了,而且煮了一壶麦斯威尔咖啡。坏消息是,我站在别人的露营地点上。我站的地方是对的,可是我们整个组都不见了。又是刮风又是下雨的,加上龙卷风预警,还有闪电,吓得他们都放弃了这趟旅行。不过,不光是我们组的组员胆小如鼠,大约有90%报名的童子军和他们的父亲都没有出现。

在我们这组,只有两家成行了。刚才说了,我们是负责供应香肠的。可是应该供应面饼的家庭没有出现,供应调味品的父亲也没来。薯条、豆子也都不见踪影。另外一个来了的老爸提供的是手册上并未包括的东西:啤酒。我们的孩子们觉得每餐都吃冷香肠十分有趣(掌管营地火炉和火柴的家伙也没来)。在我的车里,有一箱练足球时候喝的苹果汁,所以孩子们有足够多的饮料来就香肠。

与此同时,那个带啤酒来的父亲带了足足够10个人喝的啤酒。别担心,我们没有都自己喝了。我们的孩子们满怀兴致,观看了我们用啤酒和附近的父亲进行了物物交换。如果你对此感到好奇的话,我可以告诉你,用6听银子弹啤酒换一袋超大包装的多力多滋薯片是笔不错的交易。

而且尽管我灌下了无数罐啤酒,我从来不在半夜里离开帐篷乱跑,因为25年前,那个夏天,一个血淋淋的童子军领队用一只脚跳着走的形象依然让我心有余悸。我会一直坚持到太阳出来。

两年后,我儿子退出了男童子军。他厌倦了要让他父母买他卖的东西,才能出去露营的日子。这是一个时代的结束。我还以为,我的童子军生涯就此完结了——直到我二女儿宣布她要参加女童子军,我才知道并非如此。

和男童子军比起来,他们的野营就相当无聊了。她们会有"放屁大赛"吗?不可能。她们大概就靠谈论学校里的朋友和怎么修复分叉的头发来消耗时光。

尽管我女儿参加了童子军,可是我对她来说毫无用处,直到有一天,她问我,能不能帮她卖点女童子军的饼干,这样她就可以获得饼干销售荣誉勋章了。以前有项目的时候,她可从来没有要我帮忙,所以,我立刻抓住了这个和她搞好关系的难得机会,"我明天早上把订单带到我单位里去。"

我收到了 307 盒饼干的订单,很多是我根本就不认识,也不知道到哪儿去找他们的同事订的。于是,我于一个周六的早上,开着满满一车薄荷巧克力饼干、花生三明治饼干、小薄饼还有香草饼干。从一楼到我在洛克菲勒大厦几十层的办公室,我来来回回跑了好几趟,才把这些饼干全搬完。这些饼干盒又大又沉,我发现当我每次进出大厦,给警卫出示证件的时候,我很容易就失去平衡。"我 3 分钟前还在这里!"我提出了抗议。

"请出示证件。"

直到我第七次进门的时候,他才意识到我不是基地组织的成员,终于不再让我出示证件了。跑最后一趟的时候,我送给他了一小盒香草焦糖饼干作为感谢。

我整整花了两个半星期,才把所有饼干分发完毕。

当我告诉我女儿,我已经把她所有饼干都发完了,手里有一大叠钞票,富得和拉斯维加斯的赌徒一样,她说道:"谢谢。你只不知道我的 iPod 在哪儿?"

就这些?

我在放假的时候跑了 25 趟货运电梯,打了无数个电话给仿佛不存在的同事说"请到我办公室里来拿您订的饼干",我得到的不过是一句"谢谢,我的 iPod 在哪?"

我什么也没说,因为就在我即将心痛而死之际,我女儿跑过来拥抱了我,还轻轻地吻了我一下。

"谢谢你,爸爸。"

有那么一刻,我彻底明白了我为什么要如此不辞辛劳。全是为了我可爱、美丽的女儿啊。可是就在这时候,她把她的手放了下来,从我斜倚着的地方拿到了她的 iPod。

等等。

她说:"谢谢你,爸爸。"到底是因为我替她卖了饼干呢还是帮她找到了iPod?这个其实已经无关紧要了,因为和其他兜售饼干的爸爸妈妈不同,我给了我女儿一样他们的孩子没能得到的东西——最佳小女推销员的称号!

对于一个女童子军来说,这简直就像是得到音乐录影带大奖一样。

那么推销了最多饼干的女童子军的头等奖品是什么呢?

一条毛巾。

她根本就不需要毛巾,倒是我需要一条疝气带。

快乐太太的建议

我喜欢童子军计划。

它们通过往孩子们的头脑里灌输童子军的价值观,而让他们能够作出正确的选择。

然而,如果最终你是去推销饼干、灯泡,或其他任何东西,至少指定一下你想要的奖品。别是什么毛巾了。我建议还是一台手持游戏机好一点。

童子军的座右铭应该改成:准备好,去推销!

担当教练
(参加球队)

某天,你的孩子会宣布他们要"参加球队"。这会有两个理由:要么是他们喜欢紧张刺激的体育比赛,要么是他们的朋友在球队里,或者是他们喜欢穿上带着巨型号码的球衣,好让国际卫星空间站都能看清他们的号码。

每个看着自己的儿子或女儿穿上球衣的家长心中都有一个梦想:某一天他/她会引起大学球队教练的注意,教练会给他/她提供一个极好的在著名大学校队打上4年球的机会,然后他/她又会被职业队教练看中,每年赚上成千上万的美元,给你们在吹牛老爹①隔壁买上一栋豪宅,让你们数钱数到手软。

---

① 吹牛老爹,身兼数职,包括唱片发行商、娱乐界大佬、作家、组织者、设计师、演员和歌星,财富达3.15亿美元。

可是他们唯一加入职业队和耐克公司签下巨额合约的唯一途径就是：他们的教练发现你的孩子,也就是未来的超级明星,应该马上上场比赛!如果你的未来垒球明星不能马上比赛, 她就不能很好地掌握比赛的技巧,这就意味着,她不能打好垒球,自然她也就打不好棒球,这样一来她就得不到奖学金、职业选手奖金,过上奢侈的生活了,她最后只会落得去罗茜理发店打扫卫生。

一个在边线上来回踱步的家长的脑子里只有两件事:

1. 为什么这个教练不让我的孩子和别人上场的时间一样多?

2. 明知道 9 号场地上没有伯塔柏迪牌便携式坐便器,我为什么偏偏还要喝了那杯超大号的杜金多纳快餐店的咖啡呢?

在我们的镇子上有一条规定,教练要让每个孩子打上半场球。这是条伟大的规定,初衷是让所有孩子都能参加比赛,不管他们的运动水平怎么样。可是我儿子的几个教练,出于法律的规定在此隐去他们的姓名,只会在半场或者是比赛就要结束前 90 秒让我的儿子露露脸。他们觉得让他上场的话,就会影响比赛的结果。他们宁肯让自己的孩子占了我儿子的位置,然后输掉比赛。在遭受了 7 个赛季的羞辱之后,我只剩下一件事情可做了。

我报名志愿担任他们的教练。

直到那样做之前,我一直觉得自己当教练不太够格。我所见过的那些担任教练的家长,看上去全都是那么胸有成竹,制定了比赛计划,戴着和衣服搭配的护腕,拿着磁性写字板,在寒风刺骨的周六早晨从他们的 SUV 车子里面拿出特制的支架。他们看上去具有专业教练所独有的教练知识。而我"想当年"就是个糟糕的运动员,而且心里明白我是多么不配当教练,可是,我还是填了一张表格,寄了出去,还没等我回过味来,我已经挂着一个口哨,穿着正式的教练服出现在我们镇上的大草坪上了。我为什么要这么做呢? 有两个原因。

1. 这是我儿子在镇棒球队的最后一个赛季了。也是我最有一次成为他教练的机会。我看过很多教练对他大喊大叫,这次该轮到我了,而且我也只能以教练的身份对他吼两声。我想要和儿子建立起那种深刻的父子情。我想让他吹嘘,"我老爸是教练,你老爸忘记给我们带零食来了。"

2. 能让我儿子上场超过 90 秒钟的唯一途径就是，他的教练是他的直系血亲。

首先我们开始为球队选球员。我只认识大概 1/4 的球员。我的想法是，组成一支由我儿子在学校里的好朋友构成的球队。"慢点，"另外一个志愿当教练的父亲看了我想选的球员的名单说道，"我需要那个男孩，因为他是我儿子最好的朋友。"他告诉我和其他聚在一起选人的教练。结果后来我们发现，他儿子和那个男孩根本就不是好朋友，他不过是非常想要这个能够投出时速 84 英里的曲线球的球员而已，所以撒个谎编造一下他们的关系，也没什么大不了的。

我们挑选队员的程序和职业队的程序差不多。哪个教练的儿子被他上一任的教练打了最低分，那个教练就可以第一个挑队员。上个赛季最差的球员就落到了那个打分的教练手里。每个孩子都得了一个分数，从 1~5 分不等。全天下的父亲/教练，都给自己的儿子打了最好的 1 分——这是他们给自己儿子颁发的"奥斯卡"奖杯。

给我儿子打分的家伙上个赛季根本就没有派他上场。在我儿子的名字旁边有一个 4。刚开始的时候，我还有点为儿子感到难过，可是，当他们解释道，由于我儿子得到的分数最低，所以我可以第一个选人，我就高兴起来了。我选了一个最佳投球手。然后我又选了最好的游击手和最好的守垒员。这都是通过数字选的；把所有队员的评分加起来，我每轮选完之后，我们队的总分应该达到 18 分。我脑袋疼得都要裂开了。他们不断地向我解释规则，我根本就不明白我到底在做什么。

一些其他的父亲教练显然在选人之前做足了工作。他们列出了电子数据表，算出了每个孩子在小学里和初中里的平均得分。而我，连大多数的孩子都不认识，不过，我儿子给我列了一个名单，他在我的信用卡的账单背面写了十个名字。除了一个孩子以外，我把他们全部招入了麾下。为了保证我不像那些几乎没有怎么派我儿子上场的教练一样，只会夸夸其谈说每个孩子都能打上半场球，我用了 Excel 程序，把每一局，每个孩子自己希望打的位置，还有每个孩子在场上打满办厂的记录全都做成了表格。这种做法也得到了其他家长的支持，他们坐在看台上，拿着自己的一份表格,监督我至少让他们的儿子打满法定的最短时间。

那个赛季简直棒极了。多年以后,这些孩子们(现在已经是大学生了)依然会把那支球队称为"小小明星队",因为球队里面出了那么多伟大的球员。实际上,我球队里90%的球员4年之后,代表他们的高中参加了州冠军赛。他们全都得到了职业球队球探的垂青,一些人还因此拿到了大学的奖学金。想想我为他们的家长节省的成千上万的大学学费吧,就是这些家长总是嫌我派他们儿子上场的时间不够多,或者是把他们放错了位置。不过一切都是值得的,因为至今在我的书房里都屹立着我们在镇"世界大赛"上获得的亚军奖杯。既然现在诉讼时效已经过了,我可以坦白使我们的球队成功的简单秘诀了。每当其他球队得分领先的时候,我就会非常直接地说,"下一球跑垒成功的话,我奖励一美元。"

"教练,那打一个本垒打给多少钱?"

答案是5美元。我每次都付钱,即使那次我不得不从一个接球手那里借了10美元,我也兑现了我的诺言(当一个8年级的学生身上的钱都比你多,这是很让人难堪的)。

现在该说说坏处了:当了我儿子最后一个赛季课外体育活动的教练,我收到了两个女儿让我当她们教练的邀请。我俨然成了名教练。所以我又当了4年的业余教练。秋季,我一边给女孩们示范如何防守必杀球,一边躲闪赛场上的鸟粪;春季,我一边给她们示范如何滑入本垒,一边躲避赛场上的鸟粪。

当男孩子和女孩子教练的区别是这样的:男孩子不会听你说话,他们总是不停地窃笑,推推搡搡;而女孩子们听得很仔细,因为她们想要知道什么时候可以吃零食了。

当教练占据了你很多业余时间。每周至少三次训练,每次三个小时,另外还得算上你指定比赛计划,下雨延期或者变更场地时给每个队员打电话通知所花的时间。而且尽管你在这项运动上花了这么多时间,很多家长却把体育队当成是托儿所。你不是一名教练,你不过是一名保姆,帮他们在5点半前管孩子。孩子们都很不错,可是有些家长实在不怎么样。

"我女儿再也不能来练习了,"一位妈妈对我说,"可是你还是要派她打满半场,好吧。"

"那她从哪里学习比赛的技巧呢？"我愚蠢地问道。

"她有一张 DVD 光盘,在她芭蕾舞课后,参加拉拉队练习之前,我会在我的车子里给她放的。"

另外一位母亲明知道每次练习都是 6 点结束,可是她从来没有在 6 点半之前来接过她女儿。每次她来了以后,她都会放下自动玻璃窗,对我说"对不起"。

这时她根本就没有感到不好意思,她要参加一个"她非得去的"健身课,所以她把我当成了他们家的仆人。我倒是愿意做她的仆人,只要她给我报销医疗费和出车费用。

我发现,有些志愿担当教练的父亲不是去赛场上教孩子们最基本的比赛知识的。他们是去那里,千方百计地让他们的孩子们战胜我们的队伍的,为达目的,他们可谓不择手段。在一次加时赛里,对方的教练嘲笑我正在投球的女儿,"女孩们,别怕她,她连本垒板也出不去。她打得臭极了！"后来他又加了一句,"宝贝,这就是你最高的水平啦？"然后他哈哈大笑了几声。

我女儿显示了极大的平静,投完了这一局,走到场边,我们获胜了。可是当她走出赛场的时候,她再也控制不住了,眼泪夺眶而出。这个臭嘴巴的教练永远毁了她。从此以后她再也没有投过球。第二天,我又见到了那个教练,就在一个教堂里。我知道,希望天降闪电把他当场劈死是不对的,可是牧师布道的时候,人有时候就是会胡思乱想的。

我的助理教练说的一番话我也不同意,一次他坦率地承认："我们队的女孩子打得不行。"我提醒他我们到这里来不是来取胜的,我们是来叫我们的女儿们如何打球和从中获得乐趣的,他点点头表示同意,"是啊,不过她们打得实在是很烂。"

有一年,一个发怒的教练/父亲冲我骂出了一长串脏话。那时他正坐在教练席上,旁边是他们队的 2 年级的女学生。她们全都吓坏了。当我让他从球员休息区出来,好好谈谈的时候,他威胁要揍扁我。我可不怎么害怕,虽然,我每次和他们队交手的时候,我都会让我的中场手把我的汽车发动好。幸运的是,他的球员的父母投诉了他,所以第二年的时候他就神秘地从赛场上消失了。

我目前已经退出了我的教练生涯，我的大儿子已经毕业上大学了，他的两个姐姐都该打曲棍球了，就是一帮人在球场上跑来跑去，拿着长棍子互殴的一种游戏。我的大女儿已经扭伤了脚踝，弄断了鼻子。她现在棍子玩得可棒了，如果她再见到前几年那个毁了她的教练，她手下可不会留情了。

回想一下，我喜欢和我孩子们待在一起的时间。而且那段时间里，他们还有了一点特权。比赛的时候，他们总是最先被派上场，而且他们会让我把他们的好朋友安排在离他们最近的垒上，这样当比赛变得无聊的时候，他们就可以用闲聊来打发时间。

我也怀念每个赛季的最后一场比赛，按照习惯，在这场比赛后，所有的女队员送给我一个她们亲笔签名的棒球和一张她们父母签名的感谢卡，尽管他们的父母不怎么认识我，只会责怪我派我女儿上场的时间比派他们女儿上场的时间多。

"对了，我就是要这么做。"我会这样回答他们，"这就是当教练的好处。"

每当到了一个赛季的倒数第二场比赛，一位好心的母亲就会找各家家长收5美元，给教练买一个告别礼物。通常这件礼物会是一瓶酒。最终，我和这些家长有了一个共通点。他们的孩子都逼得我们一醉方休。

快乐太太的建议

如果你的孩子想要加入球队，支持他们。这是很好的体育活动，而且如果足够幸运的话，比赛结束后，他们会筋疲力尽，这样一来，当电影频道的限制级电影开播的时候，他们就会已经呼呼入睡了。

不要对着志愿教练大喊大叫。他们中的大多数人都已经尽力了。如果他们想挨骂的话，他们会留在自己的单位里，而不是来当教练。

毕 业 生

（孩子与大学）

你节衣缩食,你带着午餐去上班,你离开房间的时候一定会顺手关灯,一切的一切不过是为了供你的读高中的几乎不怎么跟你说话的孩子,有朝一日从他乱糟糟的屋子里搬到一个名校的宿舍里去,那所学校肯定要比你都读过的学校有名的多。

可是,在他们搬出去之前,他们先得决定他们要在哪里挥霍掉你一辈子的积蓄。出人意料的是,他们对此根本就不在乎。当我问我儿子这个问题的时候,他觉得进入一流大学没什么难的。

"一般说来,你应该去当牧师。"

"想都别想,"我儿子觉得,"牧师周末还得工作。"

"你觉得我读圣母大学怎么样?"我儿子问道。那当然是所拥有悠久历史的好学校。在那里读书一定会很棒。我儿子选择这所大学的原因是,前一天晚上我们刚刚看了电影《鲁迪传奇》。我跑去找电影里鲁迪的扮演者西恩·阿斯廷[1],他说他会给我儿子写一封推荐信。在南本德市,最火的名字就是鲁迪和雷基斯[2],而且万一那个在《指环王》扮演过角色的家伙的一页信能够起点作用呢?再说了他不是雷加斯的儿子?……我可不这么认为。

我儿子高二的春季学期刚刚开始的时候,我们就打电话叫来了一位好朋友,盖尔斯,他是位大学入学顾问。一边吃法式蛋挞和水果沙拉,他一边仔细查看我儿子的GPA、SAT[3]成绩,学校成绩,课外活动的情况。

---

[1] 西恩·阿斯廷,美国电影演员,于1993年主演的《鲁迪传奇》,参演了《指环王》中萨姆一角。

[2] 雷基斯,指雷基斯·菲尔宾,美国著名脱口秀主持人,主持过《谁想成为百万富翁》等节目。

[3] GPA,意思是成绩平均分,美国的GPA满分是4分,即A=4,B=3,C=2,D=1. GPA的精确度往往达到小数点后1到2位,如:3.0,3.45。SAT,即学习能力测试,美国高中生进大学要考SAT,证明语文和数学能力,两项满分各为800分。

经过 5 分钟的焦灼等待,他用 X 光般的目光把我儿子待在一起履历扫了一个遍,然后下了一个判决,"孩子,你的老婆不在圣母大学。"

这样对一个 17 岁的孩子说话好像是有点奇怪,不过再仔细想想,这种想法简直聪明透顶。如果一个小伙子要在一个地方度过整整 4 年的话,为什么不选一个有很多漂亮女孩的地方呢?可是这个地方在哪儿呢?

于是,我们开始了长达一年,对 20 所最有可能的学校的考察之旅。我们立刻勾勒出了我太太和儿子在未来的 3 个月里要考察的 3 条路线。北上马塞诸塞州和纽约州的大学,南下马里兰州和弗吉尼亚州。最后,我们向西挺进,小伙子,我们一起去看看宾夕法尼亚州。

校园之旅一般都是这样的:你去一所大学,听学校的招生老师说他们学校的新生培养计划有多棒,然后就由一个学生导游跑腿,带着你们四处逛逛。这个学生导游就会成就或者毁掉这所大学。有一次,我们去一所名字听上去还不错的大学,好像叫什么威廉与玛丽大学,那里的工程系的学生导游说:"我怎么也想不通我怎么会到这里来了,老实说,我讨厌这里!"

在另外一所大学里,给我们做导游的女生穿着超短的露脐装,根本就没有向我们介绍学校的学习生活或是社会生活,而是讲了一大堆学校里的伙食选择,还有就是她多喜欢在校园外的挖挖商店购物。旅程结束的时候她还对家长们说:"记得给我寄感谢卡、饼干和糖果来。"从名单上把这所学校的名字划掉。

我太太和我会问学校的食堂有什么菜色,"洗衣房有多大?"而我们的儿子只有一个问题:"你们这里有什么娱乐消遣?"

"就在学校外面就有一个很棒的酒吧,"一个学生导游透露道,"每星期二晚上是啤酒之夜,只要花上 1 角钱,就能喝一罐啤酒。"把这所学校也划掉。星期二晚上应该学习,而不是出来找乐子。

另一所学校里,导游的会计系学生提出让我儿子参加他们的数学俱乐部,我儿子对此不太感兴趣。在高中里面,他已经花了三年来躲避那些数学尖子,他才不想再花上四年和他们混在一起。

在最初的考察阶段,一所大学成了我儿子的最爱。是因为这所学校课程多样,楼宇雄伟,球队出色吗?那倒不是。他是迷上了那个做他导游的美丽的医学院预科生。

盖尔斯是对的，我儿子未来的妻子不在圣母大学，她就在这里，正倒着走呢。他正式爱上了……这所学校。

快到12月末了，儿子该向学校递交申请和个人陈述了。同时，家长也有活要干，那就是联系所有和那些学校哪怕是搭得上一点边的亲戚朋友，给所有打分的老师打电话，给孩子在入学方面创造一点点优势。新一轮的马屁攻势又要开始啦！

可是，这段时间里，要让快毕业的孩子们关注这件属于遥远未来的事情，实在是很困难。记住，他们正处在他们人生的特殊时期，整天和同班同学讨论的就是，怎么在毕业典礼上狂喷彩带。

用了一点意志毅力，加上家长的偶尔威胁——"如果你想用车的话，就先把个人陈述写好"——我儿子终于在12月31日午夜之前寄出了7份电子入学申请。

于是我们开始了漫长的等待。在4月1日早上7:25，我从网上下载了第一条官方消息。这是一所非常好的学校发布的，态度显然也很诚恳：

"感谢您的申请。可是除非您父亲能为我们未来的经济学院造一栋楼，否则没戏。"

一个小时之后，他第一选择学校，也就是那个漂亮的医学院预科生的母校也发来了邮件：待定。

我早知道会这样！我们应该坚持在孩子们打垒球的时候记分。那种"这是个平局，我们都是赢家"的废话，不能培养孩子们的竞争意识。

还有，我们为他走的所有后门，拉的所有关系，全都没起作用。比如，在申请一所大学的时候，两个推荐人给我儿子写了两封非常有分量的信。这两个人里，一个是参议员，有朝一日很有可能成为总统。而另一个是那所学校的"校友"，他写信提醒学校招办的主任，他那周刚给这所学校捐了100万美元。"你儿子肯定能进。"他刚跟我们说完，我们就收到了招办主任寄来的电子邮件，"未录取"。

短短两分钟内，我从天上掉到了地下，头疼欲裂。在我脑海中，那些他有朝一日成为一名出色律师的梦想破灭了，眼看着他就要成为新泽西收费高速公路上的周末收费员了。

"可不可以在家上大学？"我问我太太。

最终，四所大学寄来了"重要信件"，所以他有地方可去了，可是他对这几所大学都不怎么感兴趣。最奇怪的是，有一所大学接受了他的入学申请，而他还没去过那所学校，那就是宾夕法尼亚州立大学。

是时候该去一趟了。驱车四个小时后，我们到了，这里让我想起了大学。我立刻想起了我在大学里的欢乐时光，我当然希望我儿子有一天也会享受这样的欢乐，当然了他最好是不要像我们那时候那样去酒吧狂欢，或者和女子合唱团的成员打打闹闹。

由于这是一次紧急访问，我们请朋友的儿子做导游，带他在校园里四处走走。而我们在学生宿舍的食堂里吃东西，以后，只要他清醒了，就会在这里吃饭。这里的墨西哥风味自助餐厅很不错，不过鸡蛋卷好像做得太奢侈了。那台随时可以售卖软冰淇淋的机器，更让我们确定就是这里了。这个地方堪称完美。

一个小时之后，我儿子和他头戴"米勒时间"棒球帽的导游一起回来了。那个孩子根本就没有带他在校园里转，而是开车载着他穿过校园，直入闹市，向他展示了一些成人酒吧的位置，还介绍他认识了一些他们大二的学生。我儿子乐得都合不拢嘴了，"我想要来这儿。"

"哈里路亚！就是休斯敦了，我们选定一所大学了。"

在我们走之前，我们付清了第一学期的所有费用，这样一来，这所大学就没法更改主意了。我们在学校的招待所住了一个晚上，当我们离开的时候，给我们开门的人看起来不仅仅像乔·帕特诺①，而且就是乔·帕特诺。

想想这件事所具有的象征意义，那可是宾夕法尼亚大学的象征在给我儿子开门啊！要是他说："你看上去是个好孩子。想当我的首发线后卫吗？我能给你提供全额奖学金！秋天再见，孩子！"那就更锦上添花了。

我们简直是幸福地飘上了天。直到我们回到家里。

---

① 乔·帕特诺，橄榄球著名教练，从1966年起一直在宾夕法尼亚州立大学执教，他带领的球队荣获了2届全美冠军。

电话留言机闪着灯。"嗨,我是你们第一选择的大学的招生部主任。我们看到你的名字在待定名单上。现在,我们还有一个名额。请在 5 点之前给我们打电话,告诉我们你还来不来。"

我喜欢那所大一点的乔·帕特诺效忠的大学。我太太喜欢这所小一点,贵一点的学校。和以往一样,我太太赢了。而且她又对了。

当我告诉一个朋友,我儿子要去哪里读大学时,他给了我表情是"你在开玩笑吧"。"怎么啦?"我问道。

"我知道的唯一一个那所学校的人,是一个工程系的学生,他把他大一时候每次拉的屎都拍了下来。"

我又恶心又好奇,"他要那些照片做什么?"我又问道。

"他把这些照片给每个到他房间里来的人看。这可是个打破僵局的好办法。"

那个人,我觉得是个万里挑一的疯子,使得这所学校蒙羞。我儿子会到那里上学,然后成为一个人才,至少,8 月中旬,我太太送我儿子去那里参加为期三天的新生动员会的时候,我是这么想的。她开车出来的时候,给我打了一个电话,她被堵在了路上,车里全是送孩子来的家长。

"每辆车里的每个人都在哭,"她轻声地对我说。

"他会回来的,"我安慰她,"他还需要一些东西。他需要我们。"我希望我是对的,虽然我明知希望渺茫。

"孩子们长大了就会离开家了。"这是我上大学的时候,我爸爸对我说的。这已经是 30 年前的事情了。我常常和他通电话,可是我再也没有回过家。

当我合上眼睛,奇怪的事情发生了。在我的脑海里,我看见了我家的大学新生提着他的东西朝宿舍走去,可是,我听到的却不是他现在的声音,而是 18 年前他刚刚出生时,医生打他屁股后,他发出的尖嚣声。成人的身体;婴儿的声音。

我是产生了一点幻觉,可是毕竟我们承受了这么多的压力。我们花了那么多时间来让他取得好成绩,好让他进一所好大学,现在他做到了。这让我感觉好极了,直到到了那个学校的家长周末,我参加了一个关于如何安排你孩子的课程使他找到好工作的研讨会。

这时,我才清醒过来。我花了4年的时间把他弄进了一所好学校,现在我又要花上另外4年时间帮他找份好工作了。西恩·阿斯廷需要一名助手吗?我把他的电子邮件放哪儿了……

快乐太太的建议

整整20个寒暑,你鼓励他们,开导他们,回答他们的问题,尽管有些是你编出来的,好让他们不再烦你的。

你已经说了很多很多。尽管家长都害怕"性教育"的话题,我深深地知道这个世界上,家长们最难对孩子说的一句话就是:再见。

第五章

成人话题

我该把这个插到哪儿
（家用电器）

这本书不是性学专著。我也不是个医生，虽然我在家里会扮演医生的角色。可是，这么说吧，有些读者想要详细的了解这个话题。

考虑到无论我写什么，从菲尔医生①到我教区的牧师，每个人都会有机会对此仔细审查一番，所以还是让我用一个正常的、常干手工活的男人会使用的方式，来描述这个话题吧：用家用电器打个比方。

男人都像微波炉，女人都像电闷锅。

快速、高效、立刻搞定，对缓慢、有条不紊、晚些时候完成。

微波炉对电闷锅。

哪个会更着急吃外卖？

我爱你，你很完美，现在穿上这条丁字裤
（别在家里玩这一套）

有些事情是永远不应该尝试的，比如清醒的时候唱卡拉OK。

---

① 菲尔医生，美国心理学家，电视主持人，他主持了一档名为《菲尔医生》的节目。

有可能你的伴侣脑子里会有一点"既然我们结婚了,奇迹会发生的"之类的想法。可是,你应当注意,你到底愿意跨越哪条底线,你愿意花多大力气去迫使你的爱人改变。让她把牙膏放回去比让她打扮成小牧羊女要容易得多——我听说光是看到她头戴的小帽子就可以大多数男人浑身发麻,呼吸停滞。

"当我走在礼堂的通道上,我就感觉也许我是嫁错了人。"一个非常有名的离婚女人这样说道,"我知道他有很多坏习惯。可是我还以为我能改变他。10年之后,我才知道想要改变一个人是个糟糕的想法,你连试都不应该试。"

专家们会说,一个人的性格早在他 18 个月的时候就形成了。所以,别以为你有益的建议和优秀的表率就会塑造一个完美的伴侣,除非你早在他还是个婴儿的时候就下手了。

洗脑根本不起作用。我试过了。如果你真的想让你的爱人改变,你能采取的最佳办法就是顺势疗法。

如果他吃饭时放的调料太浓了,那就到不卖酒的地方去吃饭,比如达赖喇嘛庙;如果她开车就像是飞一样,也许你该充当她的司机带她在城里逛逛。如果他养成了满嘴脏话的坏习惯,那么每周一次邀请修女来和你们共进晚餐。

采用这种方法我成功地使我太太放弃了零买购物,转而批发。现在这个习惯和我们的生活方式已经融合在一起了。我们是平凡人,只有一些简单的需要。我们不是真正的社会活动家。我们什么乡村俱乐部也没参加。事实上我们唯一参加的俱乐部是山姆俱乐部①。

天黑后,永远也不应该做的事情

◆ 永远不要进入一间有秋千或者小马的房间,除非你家族有冒险的传统。

◆ 永远不要穿一件看上去会伤人的情趣内衣。

---

① 山姆俱乐部,为小型商户提供货物的大型仓储式批发商店。

◆ 立刻把你借来的别人使过的出格道具退回去。

◆ 永远不要和邻居或哥伦布骑士会的成员玩脱衣扑克。

爱情机器
（爸爸妈妈去偷欢）

孩子们就像是联合国武器调查员：正当你在做某些他们会大惊小怪的事情的时候，你能听到他们过来了，而后，就在门被推开，他们大叫一声"啊哈"之前，你已经把"黄饼"①或者不堪入目的东西藏好了。

由于孩子们惊人的糖摄入量，他们总是醒着的。这就给家长们制造了一个难题：如何在白天和自己的爱人制造一点亲密独处的时间？从生物学上讲，你不可能在直到你的孩子住校为止的15年里，一直抑制你的本能冲动。那么家长们该怎么办呢？这里我有一套办法。

比如，孩子们在屋子里安全地呆着，正看着电视，玩游戏，或是密谋一会儿怎么折磨你。这时你的机会来了，稍纵即逝，所以你要立刻行动。首先，父母一方给另一方一个"信号"，然后他们就到洗衣机和干衣机旁会合。

1. 找到一双耐高温的网球鞋；
2. 拿2~3条蓬松的毛巾；
3. 把球鞋和毛巾一起放到干衣机里；
4. 把定时器设为30分钟（哈！）；
5. 去你们的卧室，把门锁上。

现在定时器开始走了。很多家长此时可能会觉得十分紧张，因为他们的孩子近在咫尺。实际上，在干衣机里甩干的球鞋会发出剧烈声响，所以你们的孩子什么都不会听到。当然了，如果你浪费时间的话，过不了几分钟，你就会听到一连串急促的敲门声，好几双眼睛从地板门缝里偷偷张望，然

---

① "黄饼"，核反应燃料重铀酸铵或重铀酸钠的俗称。

后你孩子寻找保姆的声音就会传来，"妈妈，爸爸，你们在里面干什么？"

别回答。他们知道你们在里面。除非你们缴械投降走出来，他们是不会走的。慢慢地打开门，因为你非常清楚他们接下来要问什么，你马上也会知道你该怎么回答他们。

"妈妈，你们的门为什么锁上了？"

你要绕开这个问题，直接问你的问题："你这么急地不让爸爸妈妈睡个小觉，到底有什么事？"

拉斯维加斯的几率计算专家会告诉你，9 次里面有 3 次，他们会说："我想喝杯水。"你就会立即给他们倒一杯，放在你 15 分钟前给他们倒的、纹丝未动的那杯水的边上。可是给他们一杯水并不能让他们闭嘴；就像是参加白宫会议的海伦·托马斯[1]，她们一定会再问一个问题：

"你们的房门为什么关上了？"

当然了，你们自己不能说谎，所以，我建议你们采用一种经过科学验证是行之有效的回答："谁想要去牛奶皇后快餐店？"

等到每个人都坐上了车，你干洗机里乒乒乓乓的衣物也已经干透了。

非礼勿视
（当你看见不该看的东西）

这是个周五的晚上，激动万分的夫妻俩激动地换着电视频道。不是，换台，不是，换台，不是，换台……停！这是黄色电影！一大帮裸体的人干着裸体的人才干的事情。就在我们用来看《海底总动员》的电视上看到这番景象，实在是让人觉得有点不自在。

"出问题了。"我对我太太说。她表示同意。从屏幕上传来的声音和我们看到的景象配不上。我们听到一个也许是年纪比较的大的女人的、低沉的声音，在讲拯救和禁欲（这可真是奇怪），可是屏幕上却是一个性感的金发女郎正在销魂。

---

[1] 海伦·托马斯，美国著名女记者，《赫斯特邮报》(Hearst Newspaper) 专栏作家。

等一下。我知道这是谁的声音了！换台。我把有线电视台搜了一个遍，然后在 EWTN——天主教台，我又听到了这个声音，就是这个修女发出来的。我太太往上翻了一个频道，当然，那些裸体的人又出现了，可是我们听不到他们发出的声音，我们只听到了修女的声音。多么具有讽刺意义啊。任何付费收看那些节目的人，必须得听修女不断地说"肉体的罪恶"和"永恒的诅咒"。虽然这极端搞笑，30 秒后我们还是关掉了这个频道。

我太太是基督教教义公会（CCD）的老师，她说，如果我们能偶然收到这个免费黄色频道，那么其他人肯定也能收到。所以她走进了厨房，找出了电话号码，给有线电视公司打了个投诉电话。你每个月付给有线电视公司 125 美元，你想，总该有个人会接听你的电话吧；可是她却只能在哗的一声之后留言，"嗨，我打电话是为了投诉伴着修女声音的裸体人像……"

第二天，尴尬透顶的客服部副经理给我们打电话来道歉。他也在他家的电视上看到了一样的内容，对我们偶然接触到这类节目深感抱歉。当他发现我太太是主日学校的老师，我敢肯定他肯定在心里默念了一遍"圣母玛丽亚万岁"，以免自己将很快坠入地狱。

他解释道，由于电脑软件出了一点问题，把那个节目的视频和音频分开了，还放错了频道。"可是现在已经修好了，"他说道，他还保证以后再不会出现这样的事故了。我太太问他还有多少其他有线电视用户收到了这个节目。

"120 万户。"他告诉我们。

"那有多少人打电话投诉了？"

"只有你们一家。"

让我们面对现实吧，大多数人宁愿收看这种节目。他们应该是觉得，在自个儿家的客厅就能收看这种只有在汽车站旁的破烂小书店里才能租到的成人节目，实在是很方便。何必要打电话去抱怨呢？这样一来，以后就看不着了。

在租成人录像带之前请三思。你总会多多少少留下一点字面证据,这些证据等到你被提名年度扶轮社最佳成员的时候,就会给你带来不利的影响。

大多数人都不会像我们这样偶然接触到黄色节目。相反,他们必须要订购。跟我在网上读到的信息,成千上万的妻子和丈夫会自己充当明星,录制自己的色情录像带。无论在何种情况之下都不要这么做。

原因很简单。

有一天,你单纯的孩子会在家中寻找《欢乐满人间》这部片子的录像带,他们找不到这部片子后,他们会对另外一盘没有贴标签只标着"XXX"的麦莫莱克斯录像带产生兴趣。

"我还以为这是电影《极限特工2》!我没想到你在里面光着屁股,爸爸!"你永远不会想要和你的孩子、亲戚或大楼里的管理人员作类似的对话。

"爸爸,还有一件事,"你孩子补充道,继续羞辱你,"你真的该刮刮后面的毛了。"

人 与 兽

(换 偶)

换偶者和交换者这两种人到底有什么不一样?我不知道,不过我觉得我们社区里就有一些这样的人。他们会一起去一些充满了异国情调的场所,离开孩子的打扰,在那些地方,我都能肯定他们会在彼此敏感的地方涂上巧克力奶油。

然而,我非常想知道,不管他们是换偶者,还是交换者,他们为什么从来不来找我和我太太?他们为什么不想让我们参加他们的三人游戏?或者四人游戏?我来告诉你为什么。因为我们是保守人士,而且我们打算一直都保持这种状态。

可是他们问一问总是可以的吧？

快乐太太的建议

如果有人和你接触，让你加入某个"特殊俱乐部"，你也许会产生一种立即搬走的冲动。某一天，你会再见到那个人，那个时候你就会想他是个"换偶的"。这就像是他们的脑门上贴着这个名字，只有你一个人才能看见。

如果你把那个人和你的接触告诉你的配偶，而他/她觉得这是个好主意的话，你们俩就有大麻烦了。她也许不过是在和你开玩笑，看看你会有什么反应；或者这是制作人在制作下一期的《隐匿相机》节目了。

第六章

解决问题

这一章是专门用来助你解决婚姻生活中意想不到的问题的。

温柔杀手
(绝望主妇)

罗瑞娜·鲍比特再也无法忍受了，她采取了在她看来唯一可行的措施：当她的丈夫，约翰·韦恩·鲍比特熟睡的时候，她割掉了他的阴茎。

我觉得一般的男人都会被割得疼醒过来，可是显然鲍比特先生睡得不是一般的熟。这么说吧，他没有起来，直到那个小妇人开车走了一段路，把她憎恶的东西从车窗里扔了出去，他才醒过来。这下执法部门听到了一个罕见的全境通告："所有车辆注意：寻找一段被割下的阴茎。"

搜索的面积有数千平方公里，一个目光如同鹰眼一样锐利的巡逻警发现了这段失踪的器官。感谢一个医学奇迹，他们把它急忙送进了手术室，重新安在了博比特先生的身上。

他的太太最终被以"恶意伤害"起诉。陪审团听取了她的陈述后，他们相信了她是在"不可抗拒的冲动"的影响下做出了这个举动，她被认为无罪。她被判进入一家精神病院治疗45天，我敢保证，在那里，男护士肯定都躲得她远远的。

我还知道另外一个女人厌倦了自己的丈夫，所以就像走鹃在追丛林狼一样，她拿了一个铸铁的长柄锅劈头盖脸给了他一下子。

他活了下来，而她被捕了。他们都请了王牌律师。现在他们已经离婚了，整天靠吃百忧解过日子。

这两个故事里都出现了暴力伤害。可是有这么一桩最可怕最完美的谋杀案却根本没有用上当铺里买来的手枪，或是庞德罗莎牛排店里拿来的餐刀。

故事的主人公是一对在新英格兰诺曼·洛克威尔镇上住了一辈子的夫妻。他们都是一家由阿诺德·帕尔默设计的高级高尔夫俱乐部的成员，双方毫无疑问都是他们所在社区的精英。还记得摩根·史丹利的一则广告吧，退休生活是如此美好，你迫不及待地想要去买那些早晨的特卖商品。他们就是这个广告的真人版本。

可是，在家里，他已经足足烦了她几十年了。她都想一去不回头了。可是他们参加的乡村俱乐部不接受离婚成员。比如，迪克和简离婚了，那么他们俩就都当不成会员（肯尼迪家的人连申请都不用想）。然而，假如迪克死了，简作为遗孀就可以保持她的会员资格，而且肯定会被其他可怜的家庭主妇们嫉妒，因为她们只能眼睁睁地看着她和俱乐部里的常客调情。

离婚不可行，那就只剩下谋杀了。看完一期电视节目后，她酝酿出了一个计划。不，她看的不是《全美头号通缉犯》，或者《警察》，又或者《犯罪现场调查之迈阿密篇》①。她看的是美食频道。就在演示情人节牛肉大餐的做法中途，电视上的大厨提醒观众，"女士们，记住，抓住男人的心捷径就是抓住他的胃。"有了！

早在她丈夫第二次心脏病发后，一个心脏病医生非常明确地告诉他们双方，除非他立刻开始严格的节食，他很快就会死。他不能吃红肉，食物要低盐，还有就是绝对不能放黄油。过去，她总是完美地遵照医生的食谱做菜，可是他饭后的评价简直能要了她的命。

---

① 《全美头号通缉犯》、《警察》、《犯罪现场调查之迈阿密篇》，均为美国刑事犯罪类电视节目。

"这玩意儿难吃死了。"也许是很难吃,可是她这么做也都是为了他好。现在是时候该让他到天上去吃大餐了。她开始大量地购买黄油。她的丈夫是个矮胖的、火爆脾气的家伙,如果让他知道了,他肯定会大发雷霆,所以她就把买来的黄油都藏在了地下室里的一个小冰箱里。这个小冰箱是他们的一个孩子从大学里拿回来的。

吃了第一口她加了特殊佐料的饭菜,他对于食物的抱怨立刻停止了。

"这回的东西没以前那么难吃了。"他一边往嘴里塞食物,一边说。当然应该没有那么难吃了——她在西兰花土豆泥里面可是放了一整条黄油啊,三文鱼里面也放了一条,她甚至连沙拉酱汁里面都加了75%的液体黄油,100%会带来麻烦。

就在短短3周内,他长胖了,爬楼梯的时候也开始气喘吁吁。他胸口也开始不时地隐隐作痛,可是他从来没有错过一顿饭。

就在他也许还差一个星期就要上天上的大牛奶皇后快餐店去的时候,他在午睡后走进了厨房。他太太正在那里,往玉米上加整条黄油。

"你在干什么,想杀掉我吗?"他问道。

她太太紧张的神情和长时间痛苦的沉默告诉了他答案。于是他作出了一个拯救了他自己性命的决定,"也许我们应该出去吃饭。"

这已经是两年前的事情了。虽然她想巧妙地杀死他,可是他们还是没有离婚,还是一起去打高尔夫球,而且,信不信由你,她的生活得到了改善。他还是让她难以忍受,可是,由于他不再相信她在厨房干活,所以作为妥协之计,他们每顿饭都到外面去吃。大多数时候,他们会在他们心爱的乡村俱乐部里面吃饭,在那里,他们又成了一对恩爱夫妻。

她试图把他解决掉,结果却得到了一辈子的外出就餐。

她过上了舒适的生活,他得到了他的健康。

医生到了,停车场

(婚外恋)

家庭教师协会(PTA)主席正叫人通过上一次会议的议题,这时,我认识的一位妈妈站了起来,像是掏出手枪般,朝着另外一个妈妈伸出食指,大骂道,"离我老公远点,你这个婊子!"

与此同时,另外一个女人站起来,说道:"通过。"她通过的是会议议题呢还是那段关于婊子的评论?我不知道。我只知道,接下来的事情,讨论图书展览的预算,相比之下要无聊得多了。

我有一个朋友嫁给了一个相当有钱的纽约人,刚结婚的时候,他还是个模范丈夫,可是后来他就开始和一个偷跑出来的模特约会,再后来是个空姐,然后又和一个银行职员好上了。

当他太太发现了并且和他当面对质的时候,他反而发起火来。"如果你是个好点的老婆的话,我怎么会去找别人!"他声称。

那注定是场糟糕的婚姻。当他太太发现他最新的一个女朋友居然是他家的保姆,拿着他们的钱,她立刻定了一条新规矩:他的任何一个女朋友都不能从她那里拿薪水,享受带薪假期。他俩很快分手了。

另外一对夫妻正朝着杂货店的停车场走着,丈夫忘记拿法式面包了,他太太突然尖声说道:"我们得离开这儿!"

"为什么?"他问道。

"现在就走吧,别多问。"

"到底为什么?"他又问道,"我们刚刚走到这儿。"

"因为我爸爸"——她指指正前方的一辆汽车——"在和他的医生约会。"

在那辆停着的别克车里面,正是他父亲和他的女心理医生。他是从黄页电话簿上找到这个医生的电话的,想让她帮他解决他婚姻中的问题。我在想,他们在停车场花的这一个小时,不知道她收不收费?

我认识一户人家,他们准备在家里造一个5万加仑水的游泳池。他们3月份的时候挖了坑。为了让自己游泳时有好身材,这家的太太加入了附近的一个健身俱乐部去塑形。"到时候邻居们会看见我的,"她说,"我可要变得好看点!"

她每天都坚持去健身房,体重很快就轻了下来。她爱上了锻炼,她更有活力了,她乐于改变了,而且她看上去美极了。她的丈夫很高兴。

到了游泳池建成,可以投入使用的那一天,丈夫回到家里,在厨房的桌子上发现了一张纸条,上面解释道,他的如今拥有完美身材的太太爱上了健身房里的一个家伙,她和他一起去得克萨斯了。她希望她丈夫能够理解,并且留下了她的联系地址。

另外,你可以留着几个孩子。

他这么做了,而且成了一个更好的父亲,因为他不得不又当爹又当娘。6个月后,这个狂热的新娘和她的健身狂男朋友在得克萨斯结婚了。他们大概是甜蜜地一起生活了3个月,然后他就离开了他的新婚妻子,和他们新健身房里的普拉提教练一起私奔了。

一朝是骗子,永生是骗子。

配偶有外遇的危险信号

◆ 扔掉旧内衣,换新的带动物图案的内衣;

◆ 开始出去工作,问:"你知道我把我的 abs 放哪儿了吗?"

◆ 打电话回来说"我今天晚上要加班",虽然自从《香草冰淇淋》进入流行歌曲排行榜前 40 名以后,他就失业了。

◆ 在不该有口红印的地方出现了口红印。

◆ 电话账单显示他在过去一个月里面,从 976-热辣女孩台收了 600 条短消息(别急着下结论,也许他不过是迷上了黄色声讯台)。

◆ 丈夫和另外一个女人登上了超市的小报(请见下一个故事)。

快乐太太的建议

　　配偶发生外遇确实让人很难过。你还以为你们拥有快乐的婚姻,不想却发现,一颗老鼠屎坏了一锅汤。

　　因为每场婚姻都由 750000 个活动的部分构成,你总会踩到某个大坑。有的时候你会摔得遍体鳞伤,这时你就需要专业人士的帮助了。这就是牧师、神父、婚姻顾问,还有酒吧男招待存在的理由,他们会帮助你度过最艰难的时期。

明星婚姻

（凯茜·李·吉福德与弗兰克·吉福德）

他们完美的婚姻撞上了冰山。有传言说凯茜·李①在洪都拉斯开办了一家全是童工的血汗工厂，为她生产她这个品牌的衣服。"我从来没有开过工厂！"凯茜·李抗议道，"如果你从来没开过工厂的话，你就不会雇任何工人。所以我怎么可能有一个血汗工厂呢？"

在最初受到指责后3个月，那个说她是血汗工厂老板的男人给她写了一封书面的道歉信。可是，已经太晚了，伤害已经造成了。"没有一家报社或杂志社愿意发表这封道歉信！"

她和她丈夫，橄榄球明星弗兰克·吉福德和这个谣言斗争了一年。就在他们捐款700美元为艾滋病人和弃婴开办慈善之家之际，这个谣言把他们说成是虐待儿童的人，这"深深得伤害了"他们。他们对媒体不负责任的报道感到恶心和厌倦。

"让我们拿上我们应该挣到的血汗工厂里来的钱，"凯茜·李开玩笑说，"到别的地方去买个小岛吧。"她也许是产生了逃避的念头，可是接下来发生的一件事让她无处可逃。一张超市的小报登了一张弗兰克和另外一个女人在豪华的纽约旅馆约会的照片。这是弗兰克有外遇了吗？"不是的，"凯茜·李坚持说，"这不过是弗兰克一时犯错，而不是有了外遇。他不认识那个女人。她是别人雇来做这件事的。"

她也许是被雇来的，可是凯茜的丈夫和她一起进了旅馆。"这是对我最深的背叛。"凯茜·李对我说。

她和弗兰克曾经肩并肩地和血汗工厂的谣言战斗，可是现在，弗兰克却成了一个大问题。她面临一个抉择，在她丈夫欺骗了她以后该怎么做。她应该继续和他生活在一起呢？还是应该叫一个昂贵的纽约的离婚律师？

---

① 凯茜·李·吉福德，美国著名女歌星、曲作者、演员、电视脱口秀主持人，和雷基斯·菲尔宾共同主持脱口秀长达15年。

她在自己的歌曲《更悲伤或更好》里面描述了这种局面：

> 我可以更悲伤，或者可以过得更好
> 真奇怪，一个字就可以让一切变掉
> "我"字就是关键，选择权在我手握
> 这次我该怎么做？

"这种痛苦简直是噬人心肺，难以忍受。我怀疑这辈子我心里都会留下一个伤疤。"她一个人苦苦挣扎。她很清楚离婚是怎么回事，很多年前，在前一次不怎么知名的婚姻后，她已经经历过那种磨难了。"我们根本就不应该结婚。"回忆她第一次婚姻的时候，她这样说道。那次，她嫁给了她的《圣经》学习小组的组长。他们拥有共同的信仰和观点，本以为他们会是完美的结合。可是，凯茜·李说，从第一天开始他们婚姻就注定会失败，"新婚的晚上我意识到了这点……这就奠定了一切。"

那个时候，对妇女的要求是，拥有事业，同时也是贤妻良母。"我是个好女孩，来自一个良好的家庭，所以不能离婚。结婚时，你许下了诺言，你就得遵守它。"

"我在客房整整睡了 5 年。"直到她和比尔·科斯比①一起主持节目期间，他搬了出去。经历了第一次的痛苦的离婚后，凯茜·李知道再次离婚会给她的家庭带来毁灭性的打击——她和弗兰克生了两个孩子。最后一个专业人士的意见帮她决定了是去还是留："如果你无法原谅你的丈夫的话，那就原谅你孩子的父亲吧。"

她没有和弗兰克离婚。

"如果这是他的本性的话，我早就和他离婚了。可是因为这次行为非常反常，和他的性格不符，所以我权衡了他给我带来的欢乐和痛苦，发现他给我带来的欢乐要远远多得多。"

---

① 比尔·科斯比，早年他在夜总会以演滑稽独角戏开始艺术生涯，此后相当长的时间内，他活跃在电视界，曾获得 1966-1968 年最佳喜剧片男演员埃米奖，1969 年全国广播电视台埃米奖。

那么，如果生活劈头盖脸地打了我们一耳光，她建议我们该怎么做？她告诉我，美满婚姻的诀窍，和美好生活的诀窍是一样的："把上帝放在第一位。"生活就会继续。

阿门。

双重问题

凯茜·李·吉福德在男人方面有个独特的观点。她经历了那么多事。结婚，离婚，然后有结婚，生下了两个孩子，两次登上了小报头条，卷入了五级风暴。现在让我们在她的简历上再加上一条：重婚。

记住，很长一段时间里，她都和两个男人同时结着婚。在家里，她的丈夫是弗兰克。同时，雷基斯·菲尔宾是她银幕上的丈夫。在她的拉斯维加斯风格的电视访谈中，她会说："我觉得我是这个世界上最幸运的女人。我能和雷基斯·菲尔宾一起工作，和弗兰克·吉福德一起生活。"

"感谢上帝，"她笑着说，"还好不是反过来。"

争论之源
（婚前协议）

我结婚的时候，签署了两份正式文件：一份是结婚证，一份是密苏里州的钓鱼证。给我们办证的治安法官，同时也是个渔猎监督官，他就把两个证买一送一了。我那个时候已经破产了，急着想去度蜜月，根本没有空去想也许有一天我不得不把巨额财产分一半给我未来的前妻。那个时候我更关心的是我的新钓鱼许可证，"用这个证可以钓鲤鱼吗？"

"你会不会不签婚前协议就结婚？"我问唐纳德·特朗普[①]。"不会。"他立刻答道。

---

① 唐纳德·特朗普，纽约地产大亨，亿万富翁，主持真人秀《学徒》。

　　导致已婚夫妇争吵的第一原因就是钱。因此,一开始就把有关金钱的问题解决好,也许是个聪明的办法,没有什么比一张来自全美服饰连锁店的高达 974 美元的信用卡账单,更能激怒小气鬼丈夫了。

　　婚前协议可以是关于任何事情的约定。一般是关于孩子和财产的归属问题,可是在名流圈,很多家喻户晓的名人让他们的律师对很多在未来婚姻生活中可能发生的事情,做出了约定。我听说过千奇百怪的婚前协议:一个名女人只让她的丈夫在每周日看一场足球赛。一些明星要求采用固定的做爱体位。还有一个非常在乎形象的名人,规定他的太太,体重不能超过 120 磅。只要超重一点儿,她就会被没收十万美元的财产。"上称来……哦,140 磅?……那就是你的 S 级标准。亲爱的,和你的梅赛德斯轿车说再见吧……"

　　特朗普家族的男人让自己的妻子签署婚前协议的传统至少已经持续三代了。"我爸爸就提出过让我妈妈签一份婚前协议!你可知道那是多少年前的事情了?"很久很久以前。当唐纳德的父亲弗里德里克·C·特朗普在 20 世纪中期让玛丽·麦克劳德嫁给他的时候,雷欧·菲尔德[1]还没长到法官的膝盖那么高呢。那个时候,婚前协议就和黑色的 U-2 iPod[2]一样少见。可是他母亲知道他父亲到底打得什么主意。"她才不签呢!"唐纳德说。可是唐纳德的父亲最终还是屈服了,和她结了婚。不错的想法。他们的婚姻整整持续了 63 年,没有签婚前协议。

　　"顺便说一下,她不签是有正确理由的。"唐纳德继续说道,"世界上有两种女人,一种会签婚前协议,一种不会。而不会签婚前协议的女人又分为两类,一类是准备榨干你的女人,另外一类是觉得从爱情的角度来看,签婚前协议书是不对的。"他母亲显然是后一类人。

　　有一点很重要,唐纳德补充道,婚前协议并不是只对男人有利。很多女人挣得比她们的丈夫要多,她们也需要保护自己的财产。你不需要很富才需要婚前协议的保护,可是你得让你的配偶足够有钱,他们才会签署婚前

---

　　① 雷欧·菲尔德,专为名人办理离婚分财产的美国律师。

　　② 新款 U2 iPod。跟 U2 乐队一样不凡。红色的点击式触摸转盘。黑色的金属机背上刻有乐队成员的亲笔签名。

协议。

◆ 警告：请某人签财产协议是件很危险的事情。他们会觉得你不信任他们，或是你唯一关心的就是钱，而不是爱情。因为这项请求总是导致极端紧张的情绪，在你对象手中持有以下物品的时候，千万不要提出这个要求，这些物品包括：标枪、干草叉、战斧、绝地武士光能剑①，或简易爆炸装置。

◆ 另：如果一次随意的"婚前协议谈话"没能给你带来任何幸运的话，千万不要感到惊讶。

那特朗普先生会建议你如何提出这个棘手的问题呢？"亲爱的，我很爱你，可是万一我们的婚姻不成功的话，这是你会得到的东西。"唐纳德会用一副"公事公办"的表情说："这是个丑陋的条约，向女人提出这个要求很困难。"他是对的。我宁愿对我太太说，"这种光线下，你看起来真像吉姆·贝卢西②"也不敢提让她签一份婚前协议的事。

"没有人结婚的时候就想着要离婚，可是美国有58%结婚的人最终还是离了婚。"唐纳德说道，"如今的社会，法律体制问题重重，律师们个个如狼似虎，加上人心不古，如果你不签婚前协议的话，你会大大地伤害到你自己。我有很多朋友，如果他们没有签婚前协议的话，他们现在就会过着穷困潦倒，悲惨万分的日子。"

虽然唐纳德·特朗普的父亲没能让他母亲签署一份婚前协议，唐纳德成功地让他的三任漂亮妻子签署了婚前协议，他的杀手锏是，如果她们不签，就不和他走上礼堂。但他的前两次婚姻触礁了，他又孤独了，好在法律站在他这一边。

"伊凡娜让我过了一段难熬的日子。你简直不能想象她有多缠人。可是我赢了。婚前协议完全起了作用。和玛丽亚，情况也类似。我赢了。可是如果我没有婚前协议的话，我就保不住我的特朗普大厦了，所有的财产都保

---

① 绝地武士光能剑，电影《星球大战》中，绝地武士的武器。

② 吉姆·贝卢西，美国著名戏剧演员，憨态可掬。

不住了。我就没法和你做生意啦。"

　　那么如果他没有签婚前财产协议的话,会发生什么事呢?"如今我就不会站在这里和你说话了,除非你是在做一档讨论唐纳德·特朗普出了什么事的节目。"

　　是的,如果没有婚前协议的话,唐纳德·特朗普就不会是今天的唐纳德·特朗普了。他也许会沦落为曼哈顿中区一家肯德基的夜班经理,对着小鸡们大喊:"你被炸了!"。

快乐太太的建议

　　在结婚之前,保罗·麦卡特尼①的太太希瑟·米尔斯问他是否需要她签署一份婚前协议。保罗显然觉得没有必要。可是,4年之后,他们分手了,一大笔财产嗖嗖地飞进了希瑟的超大钱包。

　　大多数头一次结婚的新郎或者新娘都不会要求对方签婚前协议,因为就像保罗爵士一样,他们相信他们的爱情能够战胜一切困难。此外,头一次结婚的人一般也没有什么共有财产。谁想要奈德叔叔的老式摇椅?"我坚持认为,你应该拿走,记得我坐在上面的时候吐了。"

　　我的建议?结婚之前谈一谈这个话题,这样的话,等你结婚了,你就不会埋怨自己连提都没有提出来了。记住,婚前财产协议的作用和打垒球时戴的头盔作用是一样的。你总得把家传首饰保护好,别让一个曲线球弄坏了。

---

　　① 保罗·麦卡特尼,英国甲壳虫乐队成员,歌手、音乐人以及音乐创作家。

第七章

永远幸福地生活在一起

破解密码
（长久幸福婚姻的秘诀）

我认识一个非常聪明的家伙，他很有幽默感，头脑非常清晰，是个富有传奇色彩的律师。他的客户都是全美各大公司的老板，或是美国的一些头面人物。别管他的正式称号是什么，他就是个补救者。他的工作就是让问题消失。他是美国一个大党的心腹人物，而且最厉害的是，他的婚姻已经快乐地持续了 30 多年。

"幸福婚姻的秘诀是什么？"我问他。

"你开玩笑吗？"他问道，"很简单啊。"然后他就开始像放幻灯片一样，一样一样开始给我讲，夫妻双方拥有相同的幽默感、相互尊重、对对方的工作感兴趣、足够宽容有多么的重要。

"不过，当然了，还有最重要的一点……"他卖了个关子。

我都快从凳子上掉下来了，这将会是我认识的最聪明的人嘴里套出来的九阴真经啊。

"幸福婚姻的秘诀就是……单独的卫生间。"

见我的血压直线升高，于是他继续解释道，"单独的卫生间能让人私下里做那些个人的事情。单独的卫生间让人有自己的地方，按照他们自己的方式放东西，"减少东西丢失情况。我的古龙水到哪里去了？

最后,单独的卫生间让人的"领土本能得到满足。"想想一下在你家里有一条看不见的分界线。

这不仅仅是理论而已。显然,这是他和他太太几十年婚姻的亲身经验。他们之所以能够和和睦睦地相处了这么久,一个重要的原因就是,他从来没有发现过在自己的水槽里浸着他太太的连裤袜。

一旦美国夫妻意识到单独的卫生间是婚姻美满的窍门之一,房屋改造的数量就会飙升,成千上万的人就会把衣帽间或者家中空闲的地方改成卫生间了。我一写完这张,我就要给摩根·史丹利公司①打个电话,把我们全家的积蓄拿去买陶瓷用具去。

"好的,亲爱的,给我倒杯啤酒"
(世界最长婚姻)

这个问题一直困扰着我们这个时代所有伟大的思想家——劳拉博士,菲尔医生,还有德雷博士②:爱情究竟能够持续多久?

吉尼斯世界纪录保持者是珀西·埃洛史密斯和弗劳伦斯·埃洛史密斯,他们已经结婚超过80年了。

是什么让这对夫妻长久地结合在一起呢?

"我中午的时候喜欢喝点雪莉酒,晚上就来点威士忌。"弗劳伦斯坦陈。

难怪珀西这么爱她了——她有半天总是醉醺醺的。

可是她还有更可爱的一点,弗劳伦斯说:"你永远不该带着怨气上床睡觉。"

从我到的角度来看这是条很好的建议。很多妻子睡觉的时候还在生丈夫的气,恨不得趁他睡着的时候把他闷死,结果却是一头扎进了梦乡,第二

---

① 摩根·史丹利公司,是一家在纽约证交所上市的全球金融服务公司,是全球证券、投资管理和信用卡市场的佼佼者。

② 德雷博士,生于1965年2月18日,被公认为"西海岸痞子说唱"的创始人和领军者。

天醒来的时候,根本不记得昨天夜里为什么想要处决自己的丈夫。

弗劳伦斯对她的"睡觉前不要怄气"的教条还有一个告诫——无论丈夫或妻子都应该害怕说"对不起。"

艾尔顿·约翰①唱道,"对不起是最难启齿的话。"可是他又知道什么?他从来没有和女人结过婚。

与此同时,弗劳伦斯的丈夫,珀西既不需要酒精也不需要歌词——对他来说婚姻快乐的秘诀就是一句"好的,亲爱的。"没有比这更聪明的句子了。多少次夫妻争吵闹得两败俱伤的时候,假如一方能稍稍大度一点,说一句"好的,亲爱的",不就能够将一场腥风血雨化于无形了?

快乐先生的建议

如果你把躺在柜子里积灰的结婚录像带重新拿出来看看,你会发现,你们的结婚誓词里面没有说,只要发生争吵,丈夫和妻子就得拼个你死我活,决出胜负。有的时候,你得让一步,说一句"好的,亲爱的"。有的时候,你得说"对不起"。这些话,对那些从小是"机灵鬼"长大成了"百事通"的男人来说,确实是有点难以启齿。

可是,选择权在你的手上:你要么一直战斗,证明你是对的;要么就随一下大流,稍稍妥协一下,换来安宁舒适的生活。我就遇到过这种情况,有的时候明明我是对的,可是为了我们的婚姻,我不得不承认我太太有理。当然,她也为我做过同样的事情。

别把它想成"生活中,有时候你不得不闭嘴,吃掉那堆难吃的东西。"把它想成你的一个选择:是弄沉婚姻之船证明你是对的呢,还是随波逐流成为一个更快乐的人。

因此我常常对我的太太(据数据统计,她正确的时候比我要多)说"对不起"或"好的,亲爱的"。因为我爱她,而且我从大局考虑。而且,如果这些话起作用的话,她一定会一直陪着我,直到我105岁,这样就太棒了,因为到那个时候,我肯定需要有个人来告诉我,我把假牙放哪里了,我的垫子还在不在椅子上。

---

① 艾尔顿·约翰,英国著名歌手,公开承认是同性恋。

婚姻楷模

(现实生活中的成功故事)

我问我太太,她觉得我们至今相处融洽的原因是什么。刚开始的时候,她说:"我也不知道。"两天之后,她说她仔细思考了这个问题,得到了一个答案。

"使我们婚姻成功的秘诀是,每天我的丈夫都让我觉得我是世界上最漂亮的女人。"我觉得这句话非常感人,因为我就是她的丈夫!而且我说的话都是发自肺腑的。

如果警察把我太太和维多利亚内衣秀漂亮女郎排在一起,让我从里面挑一个的话,我还是会选她。我对亲吻维多利亚内衣秀的漂亮模特不感兴趣,尤其是现在正是感冒和禽流感流行的时候。一个吻才 15 秒,可是喉咙要是染上了链球菌可要难受上一个星期呢。

一个退休的阿拉斯加航空公司的飞行员对他的未来儿媳说,他能保持长久婚姻的秘诀很简单,"我只有一半时间在她的身边。"他已经结婚了 27 年,其中一半的时间他在天上,或在等着飞往某地。他老是不在这很糟,不过这也有一点好处,他就不会总是把他太太逼疯了。亲爱的,把你机舱的烟灰缸收起来吧,现在就起飞吧!

唐纳德·特朗普说,个人幸福分两种:家庭幸福和事业成功。"我认识一些人,事业非常成功,可是回到家却空空荡荡。我认识另一些人,他们家庭美满,可是事业上却一塌糊涂,他们也不快乐。"

"我还认识一些人,他们什么都有了……可是他们却没有了健康。我认为幸福的首要条件就是健康。如果你不健康,你怎么都快乐不起来。"

一个非常有名的电视新闻记者来自一个婚姻非常成功的家族。她说,在她家族里,婚姻成功的秘诀很简单,就是你得具有一些正确的品质。"尊重。除了相爱,你们还要喜欢对方。你应当真诚,同时具有幽默感。我妈妈(结婚快有 40 年了)和我的外婆(结婚 62 年)到现在都觉得他们的丈夫是非常有趣的男人,能时不时地让她们开怀大笑。"

她继续补充道，很多人早期犯的一个错误就是，爱上了某些他们不是完全喜欢的人。那个人性格的某个侧面让他们难以忍受，可是他们会自欺欺人地想，"我会让他改好的。"

"千万别太早结婚！"一个有线电视网的执行官告诉我，"我觉得应该立法规定 30 岁以下的人不能结婚。"她辩解说，以前的人高中一毕业就结婚，那是因为那时候的人均寿命只有 60 岁。而现在人们有了这么的多的洗剂、药剂，还有好的生活习惯——"别动那个奶酪汉堡，胖子。"——他们轻轻松松地就能活到 80 多岁。"你怎么可能忍受一个人 50 多年？"她问道。"两个人朝着互补的方向改变的可能性几乎为零，所以最好还是等你'定型了'再去选择你的伴侣。"

她最后一种惊人的坦率给自己的这番话做了一个总结："当我意识到我 20 岁时绝对不会和我现在丈夫约会的时候，我明白了他就是我合适的对象。"

"婚姻的成功全在于磨合。"一个朋友这样对我说。我们每个人都有一些小毛病和怪癖，有时会变得非常不可爱。当你"磨合好了"，你实际上是让一个人保持了他 90% 的样子。剩下的令你讨厌的 10%，你可以直接告诉你的配偶"打住"！或者就当没有看见。

我太太的一对老朋友已经磨合了很多年了。"我们总是吵架。"她说道。可是这些小烦恼总会立刻得到解决。"就像我儿子们说的，如果我要做的这件事的话，无论如何我也会去做的，所以何必要白费力气呢。"最后，她做了一个简洁明了的陈述，道出了他们的婚姻秘诀："我们知道有的时候会让对方生气。可是我们不会花钱去看心理医生。我会告诉他'你疯了'，他就会走开。这招对我们很管用。我们过得快乐极了。"

佩姬·苏要出嫁
（与高中恋人结婚）

为什么，高中里最强壮、最英俊、最聪明的男孩总是和学校里最聪慧美丽的女孩约会？

"这样的配对从来就不长久。"我读高二富有哲学头脑的孩子评价道。哦,真的如你所说吗,我的专听 iPod 的亚里士多德?

理查德·布鲁斯出生在内布拉斯加州的州府,林肯市。他的父亲是美国农业部的土壤保持专家。理查德 12 岁的时候,他父亲被调到了遥远的怀俄明州。

"他搬到卡斯帕的第一个夏天,什么朋友也没有。"理查德的第一个女朋友利尼·文森特回忆道,"那个时候他打垒球,同时也在卡耐基书店的历史书籍区读书。我也常常去那个书店,去读小说。"

虽然他们都在图书馆里消磨时间,可是他们却不是在借书处相识的。他们是高二的时候,以最老式的方式,在学校的储物柜走廊里结识的。等到他们毕业那年,理查德成了高年级的主席和学校足球队的队长,而利尼则是返校节舞会的皇后和仪仗队指挥。你读过高中,你知道这是怎么回事,他俩当然就开始约会了。

利尼回忆起他们的第一次约会,说道:"我们一起参加了一个那个时候的正式舞会。"那是在艾萨克·沃顿团①的小屋举办的。他们俩显然是一见钟情。她怎么就知道他更喜欢她,而不是返校节舞会皇后的亚军呢?

切。"因为他约我下次和他见面。"

他们开始经常见面,几乎每周二都在一个叫做食堂的地方约会,那栋楼是在二战期间造的,后来又被重建,成了年轻人约会的场所。打打乒乓球,跳跳舞。他们意识到他们之间存在着一种特殊的感觉。

"有时候我会看那部电影《佩姬·苏要出嫁》"前文森特小姐①告诉我,"电影的情节和我们的故事有点像。"

电影里,佩姬·苏是高中里的校花,非常受欢迎,追求者众多。她爱上了她的男朋友查理,两人结了婚。可是后来查理和另外一个女人私奔了。这个情节和我们这对怀俄明情侣的归宿就大不相同了。

事实上,当他们双双高中毕业时,理查德是开溜了,他得到了一个耶鲁大学的奖学金,而利尼上了科罗拉多学院。耶鲁远离怀俄明的万里蓝天和

---

① 艾萨克·沃顿团,1922 年成立的美国环境保护组织,目的是保护环境和促进户外休闲活动。

连绵山麓，所以在读了三个学期之后，理查德离开了学校。他想家了，更怀念他的仪仗队指挥官女朋友。

"我们从来就没有真正断过联系，"利尼告诉我，"我们的感情一直很稳定。1964年我们结了婚。"

那个时候，他们俩都非常勤奋，各自取得了优异的履历。她获得了文学硕士学位和博士学位。罗纳德·里根总统指派她为国家人文基金会工作。她主持了一档有线电视节目，成了一名非常成功的记者、演讲家和作家。

她丈夫继续他的学业，拿到了一个政治学硕士学位。他就要拿到他的博士学位的时候，他有一次离开学校为一个威斯康星的众议员工作了一年。他当选了当地的议员，为当地的民众服务了十年，要不他早就在尼克松或者福特当政的时候进入白宫工作了。当乔治·赫伯特·沃克·布什任总统时，征召他进入了内阁，后来他又经营了一家500强企业。2000年，他们家族的一位朋友乔治·W·布什邀请理查德和他一起组成班子竞选美国总统。后来，布什登上了最高权力宝座，而理查德·布鲁斯·切尼也成了美国副总统。

"我很喜欢我们的故事，"利尼·切尼对我讲了他们相濡以沫的故事，"他们非常怀旧。不过这其中最重要的一部分，应该是我们在纳特罗纳县图书馆度过的时光。"

和很多夫妻一样，他们一开始就有一些共通点——对于铅字的热爱。利尼·文森特·切尼曾经花了整整一个暑假的时间来通读小说，而她未来的丈夫也在那里静静地阅读历史书籍。现在他们两个都被载入了美国史册。

他们现在拥有两个长大成人的女儿、外孙、外孙女儿，和长达40多年的婚姻。切尼夫人知道我这本书的主题，她对我说："如果你真的想要找出美满婚姻的秘诀的话，我确实认为很多共享的经历能使夫妻关系紧密，因为这点是很难凭空创造的。"

很多共享的经历！

她是对的。你不是常常听到"我们有很多共通点"是夫妻和谐的重要指

---

① 利尼·文森特，即下文的利尼·切尼，因作者写作时她已结婚成为切尼夫人，因此文中称其为前文森特小姐。

针吗？来自同一个地方，有相似的兴趣爱好或者职业。都喜欢吃鳄梨调味酱和撒尔萨面卷饼。随便是什么共同点。

有相似点首先会吸引你，但是只有在长时间共处后，这些相似点才会变成共享的经历。它们会构成我们的记忆、我们生活的时代。"事实上，我们有那么多共同经历，那么多可以分享的故事，那么多那时候结交的朋友。我们是如此深爱我们长大的怀俄明小镇，爱那里我们都认识的人和老师。"

让我们回顾一下：

共享的经历＋共度的岁月＝真正的亲密关系

我们都来自于地图上的某个卡斯帕市，我们走过的日子都充满了欢欣和悲伤，跌宕起伏。如果你是世界上唯一一个（除了你的亲戚）知道你的故事的人，那又有什么意思呢？我们都是需要与人分享的物种。我们需要有人陪伴，和我们一起走完人生之旅。我们需要知道，在我们的生命里，有那么一个重要的人物在无条件地爱着我们，并且在需要的时候，会对我们直言不讳，"放下那棵白菜，该睡觉了。"

4-H 俱乐部
（婚姻良方）

当我还是个孩子的时候，在堪萨斯，我参加了一个组织。那个组织教会了我如何养猪，捆牛，它的名字是:4H 俱乐部。4H 代表的分别是：心灵（heart）、头脑（head）、双手（hands）和健康（health）。

现在我长大了，成家了，我总结了一套新的 4H：诚实（honesty）、处理难题（handling）、幽默（humor ）、手铐（handcuffs）。

没有一条是和家畜有关的。别急！

诚 实

说谎者总是会被拆穿的，而骗子永远也发不了家。所以，为什么还要那么做呢？况且，你连为什么要诚实都要我跟你解释的话，你这个人显然不太可靠,不值得信任,你的电脑硬盘里肯定下载了"101 个和瑞士小保姆搭话的绝妙借口。"

处理难题

开开玩笑可以,可是一到正经事儿,我们很多人就慌了手脚。你总不能一头扎进沙子里,假装你一点也不生气、嫉妒,假装你在从沙里饮水。你应该尽快解决问题。如果一位太太对她丈夫还在给他母亲洗头不满的话,她应当立即采取某种措施——我建议她在她丈夫给婆婆上护发素之前就行动。

幽 默

有些人从来不笑。比如教皇。他的工作非常严肃,几十亿的天主教徒最不愿意看到的就是他们神圣的教皇露出傻小子似的笑容了。可是,你不是教皇。所以,时不时的,你还是该笑一笑。

去年,我太太接受了全膝关节置换术。当她住院接受手术时,入院登记员问她知不知道她手术中可能会有中风或者心脏病发导致死亡的危险。她不知道。然后他又问她有没有什么遗嘱。没有。"如果你丧失了意识,谁能决定不再用仪器维持你的生命?"她指指我,失声痛哭起来。当他告诉我,我们的医疗保险不含单独病房的费用,为此,我们得多付 1200 美元一天的时候,我也不禁号啕大哭。

坐在候诊室里,她开始担忧起来,从"谁来照顾我的孩子们?""哪个邻居会成为我们家的新主人?"一直到"我是不是没拔熨斗的插头就出来了?"我们简直是凄凄惨惨切切。是时候该变换一下心情了。

我牵过她的手,凝望着她的眼睛,对她说:"我知道你很担心。这是个大手术,可是这毕竟不是心脏移植啊!"

我的脚刚刚踩上了婚姻的高压线。她蹙眉盯了我一秒钟,我知道她马上要泪流成河或者……

她的嘴角扬了起来,继而露出了牙齿,然后开始放声大笑。候诊室里其他人的目光都被吸引了过来,仿佛在问:"什么事情这么好笑?"嗨,坏膝盖的病人,放松点。你要做的不是心脏移植手术!

95%的夫妻说,幽默感是他们伴侣的一个重要品质。然而,幽默感也是很微妙的。如果使用不当,就会适得其反。如果那个好心好意的玩笑被理解成没心没肺的打趣,我太太就会抄起一把解剖刀,当场给我来个开膛破腹。

我太太也是个搞笑能手。年近30的时候,我的右耳垂上长出一根长长的毛来。在两次理发的间隔,它能长出一英寸那么长。我太太并没有因此叫我大足野人或者"失踪的一环"①。她要委婉得多。她会跑到我的右耳边,悄悄地说:"别动啊,我要剔牙了②。"

手 铐

把手铐想象成某种固定的关系。一旦你把自己和某个人铐在了一起,你应当做好准备把钥匙永远扔了。更重要的是,要喜欢和你铐在一起的人。

回 顾

诚实(honesty)+处理难题(handling)+幽默(humor)+手铐(handcuffs)=幸福婚姻。保持这个等式并不容易。你需要小心谨慎、不被迷惑。可是如果你真心投入,你的伴侣也是如此,加上你们同心协力,你们很有可能会成功。然而,如果你愿意投入你的时间和精力,你也许会心碎,最终甚至需要做心脏移植,那可比膝关节置换要糟得多啦。

---

① "失踪的一环",进化论学者确实很难找到猿猴和人类之间的"过渡生物",故称之为"失踪的一环"。

② 美国人用牙线剔牙。

辣椒酱哪儿去了
（如何保持婚姻的激情）

我们都会感到厌烦。即便是非常有趣的东西，过一阵子之后也会失去新鲜感。我有消息来源告诉我，即使是 XXX 级别的成人游戏日久也会令人生厌。

有人或许觉得用法国女佣的行头能让婚姻变得有趣一点。我太太说："不错啊，只要穿衣服的人真是个法国女佣，能把水槽下面打扫干净。"

可是我们根本不需要什么行头或者花招来使我们的婚姻保持生机。我相信，你在婚姻中的最佳投资就是，投入时间和你伴侣独处。我知道大家都很忙，可是如果你连两个人聚在一起的时间都找不出来的话，你们原本为什么要结婚呢？

已婚生活就像一个砂锅菜。里面有很多好东西，由厨师精心烹制。刚开始上来的时候是热腾腾的。可是放了一段时间以后就凉了，而且你已经连着吃了三顿了。你可不想又听说"还有剩菜，再吃一顿？"

改变这种局面的关键是，像对待一个特殊人物那样，对待你的配偶。如果你正在找什么好办法的话，我建议你从一个简单的善意举动开始。做些出人意料的事情，比如说"嗨，亲爱的，你真特别！"我个人来讲，我能给予我太太的最昂贵的东西莫过于我的时间了。下面就是我怎么做的。

每个月，我都会早回家一次，带我太太出去吃午餐。这样做简直太棒了。我们共度时光，共享欢笑，一起聊聊我们不想让孩子们听到的话题，另外，我还能吃到热饭，有的时候还能吃上饭后甜点呢！

而且还有两个额外的好处。我们吃饭的时候，常常会在别桌遇上她的朋友。她们会挥挥手，打个招呼，可是当她的朋友看见我们一起吃午餐，嘻嘻哈哈，她们就会不由地感到嫉妒。"我老公为什么不回家和我一块儿吃午饭？他现在在和谁一起吃饭呢？我敢打赌是那个问询处的小甜甜！"

如果你很忙的话，你也可以用其他方式来表示你依然在乎她/他。你可以写封信，或者写首诗（无论如何千万别写俳句）。随便写什么都好，这不是重点。这听上去有点迂腐，可是真正重要的是你有这种想法，即使是你为她/他定一份每月特选咸肉都行。这显示了你在乎她/他的感觉，而不是她/他的胆固醇水平。

本质上我们都是懒人。老是踩着油门太累了，所以底特律的汽车厂发明了自动巡航系统，机长们要和空姐调情，所以他们发明了自动驾驶仪。还有，我们总是懒得问路，所以世界上才会有了车载在线地图。"我告诉过你了，应该左转！"

相爱容易，相守难。每天早上起来，亲吻你的配偶，然后去上班，不再花一秒钟的时间在你的配偶身上，直到你下班踏进家门，大叫"我饿了！给我做个三明治！"这样做很容易。

可是，我们都应该做得更好。这就意味着，你应该放下报纸，掐掉网线，关掉电视，在一个安静的房间里面，好好交谈。

别说一些你们每天都在谈的鸡毛蒜皮的事情。尝试发现发生在你配偶身上的，你不知道的事情。还记得你们第一次约会吗？所有的事情都是那么新奇，你怎么就会觉得她/他身上的每一件事事都是那么那么有趣呢？现在你们已经在一起有段时间了，你也许觉得你已经对你的伴侣了如指掌了，所以你不再问他问题了。可是，相信我，你并不是真的那么了解她/他。

非新婚者游戏
（问你的配偶五个问题）

1. 你有没有打电话谎报过有炸弹袭击？
2. 你想把我换成哪个电影明星？
3. 如果家里着火了，你会救哪样东西？
4. 你有没有用 goolge 搜索过老情人的名字或者在黄页号簿上找他/她的电话号码？
5. 如果可能的话，你想让我改掉哪个坏习惯？

细水长流

（好消息：爱情能长久）

　　写这本书的灵感是两年前产生的。那次，我们全家去毛依岛度假，结果发现，我们整整飞行了 5000 英里，结果却是到了新婚夫妇的天堂。我们看见了几百对新婚夫妇，头上还沾着婚礼上撒的米粒，卿卿我我，在舞池里亲密共舞。我和我太太也到过这里，做过这些事情，不过那已经是很久以前的事了，可是现在这一切还是那么熟悉。

　　"这些人肯定不知道自己将要过上什么样的日子。"我太太笑出了声。

　　"绝对稀里糊涂。"我一边表示赞同，一边点了一杯椰奶鸡尾酒，来庆祝我刚刚找到了一个方法把这次夏威夷之旅纳入减税申报的范畴。

　　我们之后在佛罗里达的棕榈滩度了一次假。我们之所以选择那里，是因为那里距离纽约很近，而且我那消息灵通的太太给我们买到了非常便宜的机票。是的，这种机票是有些限制：开始的时候，孩子们被要求坐在底下的货舱里，不过我们很快就给他们升舱到了飞机的行李架上。

　　我很快发现，棕榈滩对于一个正在写婚姻指南的人来说，是再好不过的旅游点了。有一天晚上，大概 6 点钟左右，我们全家逛街回来，走进旅馆大厅，发现这里是老年人的舞会专场。我们把孩子送回房间，给他们订了一部我们家里有的迪斯尼动画片，然后我和我太太就一屁股坐进了最后的空座位上。

　　"这只乐队很棒。"我说道，一边扫视了一下周围的人群，发现我们俩是最年轻的，比所有人都要年轻 25 岁以上。然后，一个小时过后，我意识到，这里正是在毛依岛度蜜月的年轻人 50 年后会来的地方。因为我们面前的这些人曾在尼亚加拉大瀑布度过蜜月，而今晚在这里，穿着漂亮的舞鞋翩翩起舞。

　　没有迪斯科，没有电子乐，也没有饶舌歌——这里的音乐让我们仿佛乘上了时空机器，回到了属于他们的那个年代。米契·米勒，宾格·克劳斯比的歌声在飘荡,派瑞·柯默①的吟唱让他们疯狂。这些都是他们年轻时爱上的歌曲,现在又再一次为他们奏响。只要他们戴好了助听器就能享受了。

乐队一开始奏乐,每个人都站起来进了舞池。尽管他们有关节炎,做过髋关节置换,尽管这早就过了他们上床的时间,毋庸置疑,这是个属于他们的浪漫夜晚。

这是"伟哥的约会",一个女服务员告诉我。不管这是什么样的约会,看见他们结婚四、五十年,甚至60年后依然这样恩恩爱爱,活力充沛,真是令人感动。

"他们在演奏麦奎尔姐妹②的歌!"一个老头叫了起来,他刚刚花了三分钟时间来研究茶叶包上的标签,看看它是不是不含咖啡因的。"托凯,我们走!"

然后,他转过头来,对女服务员说:"给我你的电话号码。如果这东西让我睡不着觉的话,晚上3点我会给你打电话!"

那里有个70多岁的老绅士,站都站不住了,却还是挂着拐杖,和他的太太跳舞。这对饱经风霜的老人身上最令人惊羡的是:他们的笑容。大大的,真挚的笑容。他们闭着眼睛,跟着歌声轻轻低喃,仿佛穿越了时空又回到了遥远的过去,那时他们年轻健康,初坠爱河。这里所有的人,连我在内,没有一个能在10分钟内跑完一英里,他们的体型已经和刚结婚时大不一样了,可是从他们脸上的微笑,他们凝望彼此的温柔目光,和起舞时紧紧相拥的舞姿来看,他们显然还是深爱着对方。

这让我想起了凯茜·李·吉福德对我讲过的一个故事。是关于她朋友和葛培理牧师③的一段对话。她朋友问令人尊敬的葛培理牧师,他重病的妻子露丝情况怎么样了。

"她既不能坐着,也不能站着。"葛培理牧师说,罗列了一连串的病症。然后,他冲着那位朋友眨眨眼说,"可是我们还是常常互送秋波。"

的确,有的时候即使我们的身体生锈了,我们的爱依然延续着。

---

① 米契·米勒,宾·克劳斯比,派瑞·柯默,均为20世纪中期美国著名歌手。

② 麦奎尔姐妹,20世纪50年代著名美国女子歌唱组合。

③ 葛培理牧师,美国当代著名的基督教福音布道家。

　　那个美妙的夜晚快要结束的时候，我和我太太作了一个约定：我们25年之后再来这里，吃高纤维的食物，一起回忆过去。除了这里，我们还能在哪个地方听到优美动听的 Abba 乐团①的《跳舞皇后》呢？

　　在这里亲眼目睹成功的婚姻活生生的例子，真的叫人振奋。这是他们成功的庆典。他们携手走过了人生中的起起落落，胜利与失败。对他们来说"至死不渝"不是一句戏言。

　　当乐队休息结束回来后，新的一轮舞蹈又开始了。每首歌曲刚响起5~10秒，所有夫妻都已经进入了舞池。

　　我之前听过无数遍《我们的爱在此停驻》，可是直到那个晚上，看到那么多对恩爱的老年夫妇，我才明白了奈特·金·科尔②到底在吟诵么。"不是短短的一年，而是比永远还要多一天。"

---

　　① Abba 乐团是一支从 1972 年到 1982 年间活跃的瑞典流行音乐组合。

　　② 奈特·金·科尔，20 世纪 30 年代中期至 60 年代早期美国著名的爵士与流行乐歌手。

后 记

我快才思枯竭了
(最后的想法)

　写一本书,如何结尾是最困难的活了。我问我太太,我该给这本书加上一个什么样的结尾,她说:"如果结尾我死了,这本书会卖得好吗?"我不禁放声大笑,只有好莱坞才会给一个爱情故事加上这样的结局。

> 　　(电影的处理方式)就在作者在他的苹果电脑上写作本书的最后一章的时候,他的妻子不幸身亡。她站在他的边上读他的稿子时,一架路过他们家上空的波音747飞机上掉下一块巨大的蓝色冰块,冰块的碎片穿透了他们的家的天花板,不偏不倚正好砸中了她的脑袋。在他妻子葬礼一年后,作者在瑞士斯德哥尔摩领取了诺贝尔文学奖;奖台上,他悲痛的孩子们围绕着他。当他接过奖杯时,咔嚓咔嚓的快门声此起彼伏,闪光灯的投射下,一个孤单的英雄孑然独立。他定住了片刻,仰望苍天,把这项荣誉献给了他不幸的妻子。
>
> 　　作者说:"亲爱的,谢谢你给我的书增添了一个精彩的结局。"
>
> 　　(掌声雷动,观众们无不被此感动,伸手在口袋里掏面巾纸。)
>
> 　　　　　　　　　　荧幕渐渐变黑,电影结束。

好莱坞,请注意,我太太没有死。感谢上帝!而且她也绝不可能很快离开我们,因为冬天快到了,我们还需要有人给家里的车道铲雪呢。

以下才是我在最后要说的话。

谢谢!

最开始我想写这本书,是因为我想写下我们婚姻生活中的趣事。可是就在我在键盘上敲敲打打的时候,一件有趣的事情发生了:我意识到了我作为丈夫以前不曾注意到的一些事情。

在美国,世界上的一个超级大国,我们接受的教育是:大的才是重要的。可是在花了一年来收集和回忆这本书的素材后,我意识到,我生命里最重要的事情并不是那些大事。我得过艾美奖①,我主持过重要的电视节目,我甚至有一次还看见过赤条条的汤姆·布洛考(别多问)——这些对有些人来说都是大事。

可是,随着经验的积累和日渐成熟,我发现重要的事情,那些对我来说有重大意义的事情,其实是日常生活中发生的小事。它们是一个初吻、一个新生儿,或者是你的小狗在你混蛋邻居家里新添的一堆狗屎。除了你和你的爱人,没有人会认为这些事情是重要的。可是,现在我知道了,生活本该就是这样。

真实的生活是由千万片小小的马赛克碎片拼成的。每一天,你都在墙上粘上了另外一小片。这一片是这么小,这么不起眼,以至于你没法看清你生活过的整个图像。你只有停下来回顾的时候,一切才会清晰地呈现在你面前。

老实讲,我们家也遇到过很多问题。我母亲是在一个圣诞节早晨去世的,这让我们难过了很多年。我太太和她的膝伤足足抗争了五年,每次行动的时候都疼痛不已。她曾经是个家务能手兼运动健将。我和她开各种各样的玩笑,可是那些不过是玩笑而已。她在我眼中,是完美的。所以,当她没有100%康复时,我感到很心痛。走上我家的楼梯对我不成问题,可是每一步对她来说都是一次痛苦的提醒,让她牢记她身体的一部分是钛做的。

---

① 艾美奖,美国电视年度大奖,由美国国家电视艺术与科学学院颁发。

就在我完成本书的一半的时候,我儿子从高中毕业了。在他生日的时候,除了给他租了帐篷和充气城堡,我还给他做了一部关于他的成长的电影。和很多家长一样,我拍下了我们家过去 20 年里的所有重大事件。拍完以后,我就会立刻把录像带从摄像机上拿下来,放到架子上,然后彻底忘了它。

重新观看一遍你的生活,这种体验很是奇妙。录像带里也许你才 25 岁,可是你看的时候已经是 20 年之后了。你已经忘记了很多事情。你那时的穿着。你住过的地方。小男孩走路时跌跌撞撞的样子。你孩子第一天上学时的尖叫声。我整整花了一个月的时间,才看完了总共 84 小时的录像带。结论:总体说来,我们的生活相当幸福。亲眼看过我们的生活后,我觉得我做得很不错,我感到相当满足。我太太对此也表示同意:我们一起生活得很幸福。

很多人是如此匆忙,以至于他们从来没有停下来回顾过自己的人生。我们总是专注于自己生活中的不幸,这是人的本性。我担心的是,假如人们从来不往回看,他们就不会发现生命中好的部分。如果他们这样做了,他们就会同意我的说法:他们拥有快乐的人生。而且他们也会发现以前不曾注意到的事情,和未来他们可以改进的方面。这就像是每章之后的复习,你可以对自己说"这办法行不通,不过现在改主意还来得及",或者"我在熏什么东西?我们要赶紧把这片都是栗鼠的农场卖掉!"

当你读完本书中几个章节的时候,我希望你会联想一下自己的生活。你们共同分享的欢笑,你们携手共度的难关。在脑海中回忆一下,或者拿出你们的家庭录像,坐下来好好看看。这不是重来一次的机会,你不能改变你生活中的那些错误,可是这次你却能清楚看到事情的整个来龙去脉。

近距离观察,生活变得模糊不清,可是当你回顾的时候,一切都会变得异常清晰。

我希望你能看到你生活中美好的一面。我希望你和你的配偶在困境中都是坚强可靠的。我希望你能欣赏你配偶身上的优点,然后能够快乐地忍受她/他身上让你恨不得早上天堂的缺点。既然说到天堂了,我希望你能看到比人力更伟大的力量的存在。

我希望你能想到这些，或者更多。如果你这样做了，我的目的也就达到了。

最后说一件个人的事。昨天我应该告诉我太太，我可以穿的袜子已经用完了，然后问她能不能再给我卖点儿。可是我忘记问了。今天早上3点15分的时候，我拉开我放袜子的抽屉，心想着得穿一双不成套的旧袜子了，结果却发现了一打崭新的袜子。我没有问过她，可是她就是知道。记得我刚才还说过的话吧，生命中真正重要的不是大事，而是这样的小事。

等一会儿，她马上就要往我办公室打电话了，我会谢谢她为我做的这件事。同时，我也会告诉她，我不小心拿了我的和她的车钥匙来上班，所以她根本不可能去接孩子们放学了。她肯定会杀了我。

因此，也许这本书的末尾真的有人会死去。